安魂祭

沈湜 著

浙江工商大学出版社

图书在版编目(CIP)数据

安魂祭 / 沈湜著. —杭州：浙江工商大学出版社，2015.6

ISBN 978-7-5178-0968-5

Ⅰ. ①安… Ⅱ. ①沈… Ⅲ. ①长篇小说－中国－当代 Ⅳ. ①I247.5

中国版本图书馆 CIP 数据核字(2015)第 061312 号

安魂祭

沈　湜著

出 品 人　鲍观明
责任编辑　何小玲
封面设计　王妤驰
责任印制　包建辉
出版发行　浙江工商大学出版社
(杭州市教工路 198 号　邮政编码 310012)
(E-mail:zjgsupress@163.com)
(网址:http://www.zjgsupress.com)
电话:0571－88904980,88831806(传真)
排　　版　杭州朝曦图文设计有限公司
印　　刷　浙江云广印业股份有限公司
开　　本　710mm×1000mm　1/16
印　　张　15
字　　数　187 千
版 印 次　2015 年 6 月第 1 版　2015 年 6 月第 1 次印刷
书　　号　ISBN 978-7-5178-0968-5
定　　价　28.00 元

纪念中国人民抗日战争

暨世界反法西斯战争胜利 70 周年

向死而生：
反战士兵悲壮的灵魂救赎与精神升华

——长篇小说《安魂祭》代序

王嘉良

摆在面前的这部长篇小说《安魂祭》，是我省已故老作家沈湜先生的遗著。沈湜是20世纪50年代初即出道成名的作家，创作先是以中、短篇制胜，后以主要精力制作长篇，著有《欺骗的战争》《风雨同舟》《尧尧和火吒师傅》等。其作品在抗战题材的开掘中用力最多，成就也最著，这部《安魂祭》承续先前的创作思路，又有新的开拓，是一部颇为难得的力作。

小说篇幅不算太长，全书不足20万字，但捧读在手，仍会给人以深沉、厚重之感。小说表现的战争残酷性、破坏性，是今天生活在和平环境中的年青一代很难体味的；更重要的是，它透过对一场侵略与反侵略战争的深沉思索，揭示战争是邪恶与正义并存、抗争与醒悟同在，表现了投入侵略战争士兵的厌战、反战以及对罪恶战争的反思，抒写其以反战实现灵魂的自我救赎与精神升华，借以唤起人类的良知和人性的复归，这，恐怕更能直烙人心。

在当今汗牛充栋的抗战题材文学作品中，从“厌战、反战”视角切入战争描写的，并不为多。这或许是由于人们对此类题材所知不多，因为“反战”现象并不构成抗战主流，人们有意无意将其忽略了。然而，全面审视我国的抗战历史，用文学探究战争背后更深层次的东西，恰恰是战争文学所必需的，而反战主题就是其不可或缺的重要内涵之一，就此而言，本书选取的表现视角显出特殊的意义。在中国抗战史上，日本士兵的厌战、反战，曾形成一道奇特的景观，它在战时的影响和日后对战争的警示，都有不可漠视的意义。当年不可一世的“大日本皇军”，就在其“所向披靡”“攻无不克”的时候，竟然在自己的队伍中出现了“反叛者”，崛起了一支枪口对准“自己人”的反战队伍，这支队伍终于成了侵略者的另一种“掘墓人”，这不能不说是中外战争史上的一个“神话”。据史料记载，自我国华北的山西境内于1939年率先成立“在华日人反战同盟”①，反战现象便呈持续发展态势，日后此类组织不断涌现，给侵略者以沉重打击，因此它曾被称为“世界战争史上的奇迹”。这一现象背后呈现的事实是：战争不以武力、杀戮取胜，当滥用武力、大肆杀戮造成生灵涂炭、家园毁灭的惨绝人寰后果时，它激起的是被害国人民仇恨的滋长和加倍的反抗，同样，它也会激起良心未泯的侵略战争参与者在目睹战争罪恶以后的心灵复苏，从而义无反顾地同被害国人民站在一起共同反对一场不义的战争，历史的行进未有如此严峻者。中国的抗战史已经昭示：不义战争的不义性及其必然招致人们唾弃的结局，是无法改变也无从扭曲的；它至今仍在警示人们：对于历史，切不可失去了敬畏之心，任何企图掩饰、掩盖不义战争罪行的举措都是徒劳无益的。

正是在这样的背景上，当我们阅读《安魂祭》时，就能获得反侵略战争的深层意义认知。本书的场景选择，就在最早举起反战义旗的山西境内正太线周边，因而读这本小说，就会有一种亲历历史、重温历史之感。

---

① 关于该同盟的详细资料，可参见《在华日人反战纪实》（河北教育出版社2005年版）、《在华日人反战运动史略》（河南人民出版社1989年版）、《在华日人反战组织史话》（社会科学文献出版社1987年版）。

小说描写三位日军下层士兵,受反战同盟影响投入反战行列,由“鬼子兵”变成了“叛国犯”;他们身携日军即将发动一场与珍珠港事件遥相呼应的毁灭性大行动的军事机密出逃,使我国免遭一场历史大劫难,拯救了无数中国人民的生命,而他们自己则全在日军的围追堵截下壮烈牺牲。这一曲反战悲歌,生动地诠释了日本帝国主义发动侵略战争之不得人心,就如小说中的反战士兵所说,“发动这场战争本身就是个错误”,因为它“除了增加仇恨之外,只能有一个”悲惨的“结局”;而小说描写“牺牲三个日本人的命,保全一大批中国人的命”,不但彰显出觉醒了的日本士兵的精神面貌,也从一个重要侧面否定、谴责了这场不义战争。小说注重对抗日战争的历史做冷静的思索与描绘,对战争的描写在凸显我们民族顽强抗争的同时,又表现了另一种有可能改变战争走向的积极力量,这就大大丰富了战争小说的叙事模式,显示出作家对这场反侵略战争的独特理性思考。

从叙事层面考量,这部小说切入战争行为自身的反思,也许会欠缺更多的刀光剑影场面和扑朔迷离的故事情节描写,但由于作家侧重表现战争时期人的精神世界的变化,着力展示人性深度与人的精神升华,使人强烈感受到战争对人的心灵激荡之深,就会获得另一种阅读效应;同时作品又将故事浓缩在一个特定时空范围内,贯穿始终的是一场惊心动魄的反战勇士的“出逃”、中国村民的保护、日军穷追不休的“追捕”这三个方面的斗争,内中不乏紧张激烈的场景,同样能吸引读者的阅读兴趣。小说最精彩之处,就在抒写了一曲反战勇士“向死而生”的悲壮之歌。由于三位士兵身携军事机密出逃,对日军构成严重威胁,出逃就意味着危机丛生。这便注定了这场逃亡是“为了求死而逃生”,是一种“向死而生”:唯其是携带军事机密“逃生”,使日方重大军事行动存在外泄可能,他们招致的必是“生要见人、死要见尸”的严密追捕,生还的希望几无可能;而出逃者已痛恨这场战争,更不愿看到大规模的杀伤再次发生,为确保机密外泄可能性的存在，必须造成“生不见人、死不见尸”的效果，使日军的军事行动不敢贸然执行，以至于军事计划最终胎死腹中，他们的“逃生”选择也依然是“求死”，因为虽经几次脱险，结果仍是“逃无可逃”，最后只能纵身跃入无人知晓的高山峡谷。他们的最终结局，是在死亡中求得了永生，因他们的悲壮“求死”，必然赢得“同样深明大义、恩怨分明”的中国人的敬重，其蒙难处被村民们筑墓刻碑永远铭记，他们在中国人的心中是永远活着的，从而获得了最具精神价值的“向死而生”。这样一种切入人的心灵深处的惊心动魄的斗争描写，读者获得的不仅仅是阅读故事的满足，更重要的是人物身上闪现的精神光华给人以久远的回味。战争叙事必以表现人与人的精神取胜，从这个意义上说，这部小说是达到了相当艺术水准的。

对于战争时期人的复杂心理探究，也是战争小说作者必须切实面对的。当人类处在血火交并的战争环境中，同战争威胁、战争破坏相随而来的必是人的种种本能欲望的大展示，会把人所固有的正义与自私、良善与卑微、坚强与懦弱等等人性的真实内容及奥秘呈示出来。由是，作家把握人性的固有特点，切入人的心灵堂奥，就能使作品传达出对于人与人性存在的理解。《安魂祭》于此的描述，也用墨甚多，这也是这部小说颇值得称道之处。

由于小说的表现对象曾是“鬼子兵”，他们从参战到反战，从邪恶走向正义，由曾经的“屠夫”变成自觉的反战勇士，必然经历了一个充满痛苦的灵魂挣扎过程，需要经受血的洗礼和心灵的激变。正由于此，他们在完成心灵的激变后，放下屠刀，幡然醒悟，直至在反战的路上绝不回头，最终“向死而生”，实际上也就成为一种自觉的自我灵魂救赎。作家对此的表现颇具匠心。注意到由“帝国军人”转化为反战勇士，并不是一蹴而就的，既需要洗去从少年时代即被熏染至深的军国主义毒素，又要经受现实战争环境的种种拷问，进而完成人性的蜕变，就需要有对人性奥秘的深层透视。小说透过三个士兵不同的个性描写，表现其灵魂挣扎的不同内涵，读来便真切可信。下士佐佐木嘉树生性软弱，“平生最见不得血腥味儿，别说杀人，连别人杀只鸡他也不敢看”。这样的文弱书生被推到战争前线，见到了太多的日军杀人取乐场面，其逐渐滋长的对于战争的厌恶感终使其走上了反战之路。上士军曹长森田成吉觉醒较早，加入了反战组织，有对侵华日军强盗本性的深刻认识，因而反战行动也最坚决。对侵略战争具有深深负罪感的是中士小泽卫吉。他来中国参战，纯粹是为了替他心爱的“贞女”复仇，为此曾嗜血成性。然而，在他杀掉19人后，当再次举枪面对一对饥饿、柔弱的母女时，良心未泯的他终于放下了罪恶的枪；而这对母女面对枪口毫无惧色，更不求饶，有的只是“全部仇恨”和充满“鄙视”的眼光，这更使他震惊，也感到害怕，不期然明白了一个道理——“武力不是唯一无敌的东西，它不能征服一切”，从此他洗心革面，加入了反战行列。小泽经受的灵魂拷问，在所有反战士兵中具有一定代表性，他最终在尚存一线“生机”之际，仍毅然选择“求死”之路，可以说是最典型地完成了自我灵魂的救赎。切入人的心理层面表现人性的复杂性，显示出投入战争人们的复杂心态与复杂战争形态的高度融合，同时也使笔下的人物有灵魂、有血肉，既写出各自的独特个性，又有性格的多重性和层次感，从而为文学提供了极富创造意义的文学形象类型，这是本书的一个重要收获。

阅读《安魂祭》，还值得提及的是其在叙事艺术上的特色。本书的战争氛围描写、民俗文化透视乃至语言和叙述方式等等，都显示出老作家沈湜先生不俗的艺术功力。作家对于反战题材的把握，看重的并不是战争中的厮杀场面和人与人之间的血肉拼搏，而是透过战争氛围侧重表现自己的独特战争体验，以及描写对象的心理感受、精神撞击等等，这便赋予了战争氛围描写更深层次的意义。作品描写战争的残酷性、破坏性(例如小说描写整个村庄都被日军烧毁殆尽)，只不过是把它作为艺术描写的氛围，集中渲染的是战争给人们造成的肉体的、心灵的创伤，因而作品弥漫着悲怆的战争氛围与浓烈的死亡气息，将痛苦、饥饿、绝望、濒死等种种感觉描摹得淋漓尽致，于是，在此氛围中凸显人对战争的厌弃、独到的心灵感悟以及精神气质的变化，必是水到渠成。此种表现方法，突破了一般军事题材小说只热衷于战争“过程”的冗长叙说而人物性格刻画却流于一般的表现模式，就显出特有的艺术效果。基于侧重探究人的精神气质、人性奥秘的考量，小说还侧重从文化层面，即不同地域的文化特质造就人们不同的文化个性和精神风貌，去探察、表现人的精神和性格特质，作品中中日两国民情民风的描写就占据了相当的篇幅。通读全篇，可以看得出作家为创作这部小说，对于中国三晋民俗与日本地方风情，曾做过一番深入的考察与研究，于是就有作品对不同地域民俗风情的相当精准的了解和把握，浓厚的文化气息避免了把战争孤立化、抽象化做纯理性思索的拘囿，增加了艺术描写的深度与厚度。特别值得指出的是，本书在叙事方法上也有诸多创新，其中最突出的是改变传统叙事的线性叙述方式，将人物的心理与行为交杂表现，通过人物意识的流动，把过去与现在、本国与异乡、眼下的景致与昔日的情状，放在同一画面中呈现，不但大大浓缩了故事的进程，亦有利于人物心理、性格的深层开掘，使小说叙事获得更显著的艺术审美效果。这样的叙事方式，显然是吸取了新时期以来突破传统的小说艺术方法，一点也看不出这是出自于一位老作家的笔下，由此显示的正是这位老作家不断寻求艺术创新的可贵精神。

在纪念中国人民抗日战争暨世界反法西斯战争胜利七十周年之际，推出有分量的抗战文学作品，让人们透过文学重温历史，从中记取有益的历史经验与教训，显出特殊的意义。感谢沈湜先生的亲友将这部尘封20余年的佳作《安魂祭》发掘出来，贡献给社会，相信必能有惠于至今仍在关注着那段历史、那场战争的人们，并从作品中领略文学的风采，汲取历史的教益。笔者有幸对本书先读为快，特别激赏于本书对一种独特战争形态的描述，在艺术上也有诸多创新，特写下上面的文字，向读者推荐，相信明敏的读者在阅读此书后，也该会有同样的感受。

2015 年 5 月

（王嘉良，浙江师范大学教授，浙江大学兼职教授、博士生导师。曾任浙江师范大学学术委员会副主任、文学研究所所长，中国现代文学研究会理事，中国茅盾研究会副会长，浙江省中国现代文学研究会会长等。1993 年起享受国务院政府特殊津贴。）

写给三个好“鬼子”的《安魂祭》

老　庙

日前，我拜读了沈子悊从哥哥养女手中拿回的沈湜长篇小说手稿《安魂祭》。这部18万字的小说写的是侵华战争中三个因厌战反战而逃跑的日本鬼子的命运。森田成吉、小泽卫吉、佐佐木嘉树就是这三个鬼子的名字，他们是参加日本侵华“圣战”的普通士兵，最高军衔是上士，最高军职是军曹长，年纪在20至25岁之间。这三个逃兵身上携带着一份日军即将发动大规模行动的绝密情报，所以令华北派遣军驻北平总部非常震惊和恼怒，派出大竹联队务必“活要见人，死要见尸”，把他们缉拿归案。三个日本鬼子在时局复杂的中国大地上逃跑，当然要遇上中国官兵和百姓，他们遇上中国官员后迅即被出卖，所以被押回日本军营严刑拷打和审讯，但三个日本鬼子拒绝出卖自己，所以在被火车押往北平总部途中再次逃跑。他们逃到华北山中，一个无名中国村庄的百姓却没有出卖他们，但追杀他们的大竹联队对这无辜村庄和无辜百姓进行焚烧屠村，三个日本鬼子为了不连累无辜只有再次逃往旷野山中，巧合的是愤怒复仇的中国百姓把追入绝境的大竹联队120号人马全部焚杀，成就了世界战争史上的一个奇迹。三个醒悟的厌战反战日本鬼子其实逃无可逃，佐佐木嘉树在追杀中牺牲了，森田成吉和小泽卫吉陷入绝境也只有跳崖自杀，因为他们拒绝招供和连累而幸存下来的中国百姓立无字碑安葬了他们。抗战胜利后，中国百姓又为他们在墓碑上刻写文字：“长眠在中国大地上的三位日本朋友森田成吉、小泽卫吉、佐佐木嘉树之墓。”

这三个日本鬼子是好“鬼子”，他们从成为侵华杀人机器到不愿连累中国百姓而牺牲自己，这是多么伟大的醒悟和提升，这一步飞跃让他们从魔鬼回归到人。这三个好“鬼子”不仅拯救了一个村庄的中国百姓，还引蛇入洞，配合中国百姓成就了一个战争史上的奇迹，更为重要的是因为他们拒绝招供绝密情报，中华大地幸免了一场与日本袭击美国珍珠港遥相呼应的大灾难。这是一部写于20多年前的抗战题材小说，立意选题和人物刻画可谓深刻而超前，在中日双方渐趋理性看待那段往事的今天，重温这部小说有特别重要的意义。

相信大家一定会为这部小说没有及时出版而惋惜，但1994年1月病故的作家沈湜先生是位经典的江南落难才子，他生前创作的未出版著作有200多万字，其中100多万字竟然已经遗失。沈湜先生1926年出生在浙江省原宣平县县治所在地柳城镇书香门第，是湖畔诗人和革命烈士潘漠华的堂外甥。1953年毕业于南京大学历史系后，曾供职于南京市文联等单位，反右中回家乡宣平做砍柴种田的农民。沈湜本名沈子慧，用过“戈风”“严峻”“卫吉”“岳贤”等笔名，“沈湜”是他1979年复出后用的笔名，他于20世纪50年代初加入江苏省作家协会，后转入浙江省作家协会，发表、出版有长诗《妈，让我走吧》和中短篇小说《江风英》《路》《一帆风顺》等，还出版剧本《斗争的序幕》《同心酒》《强盗传》和儿童小说《尧尧和火吒师傅》等多部单行本，1965年完成60万字长篇小说《风雨同舟》三部曲和24万字长篇小说《蛇丐》，后来还写过长篇小说《鸳湖残迹》《仇恨》《黑蟒之谜》《传教士的秘密》《梦》等。沈湜众多手稿在“文革”中被红卫兵抄家抄走，他有2部长篇小说参加1993年10月举办的深圳文稿竞拍，后来不知所终，他撰写的数万字《潘漠华年谱》目前被北京某拍卖公司在网上竞拍。

1979年春天，沈湜受聘浙师大中文系任写作课教师，同时兼任文学校刊《黄金时代》责编，顾问和编务一肩挑。《黄金时代》不仅开创了浙师大中文系的黄金时代，也开创了落难才子沈湜的黄金时代，他和叶葆汉、朱振华、韦苇、黄云生、蔡根林、胡尹强、楼飞甫、吴晓等名师勤奋浇灌辅导，学子夏康、吕新景、盛子潮、谢华、骆丹、王彪、何蔚萍、孙侃、陈旭光、沈惠方、潘林胜等新苗如雨后春笋破土而出，师生不少佳作通过《黄金时代》同步走向全国。由于在浙师大时期创作编刊的突出表现，沈湜被调任浙江省作协会刊《江南》小说编辑，但编出全国挨批的“问题小说”后又奔赴温州师院任教。1984年，因为《黄金时代》的因缘，时任台州地委宣传部副部长的吕新景引荐沈湜老师到台州文联任职，沈湜因此做了10年的台州文联会刊《括苍》和改刊后的《诗与小说》《东部》及《文艺联报》责编，为台州及周边地区培养了数以百计的青年作家和数以千计的文学青年，如蜡烛燃烧自己，照亮别人。

我因为1984年分配武义二中任教之故结识了沈湜先生。每年暑期和春节，沈湜先生都要回柳城度假，我们从喝茶聚会到喝酒深谈，因为文学渐渐走到一起。记得在我的泥墙斗室，我曾架起学生桌自烧几个菜和沈先生痛饮畅谈过几次诗与小说，他苍茫的神情和儒雅的姿态，让我想起鲁迅笔下三四十年代的文人，甚至会想起他就是《为了忘却的记念》中的进步作家和潘漠华式文人的幸存者，说到动情处，沈先生苍凉而激越的声音是很有震撼性和穿透力的。我的早期诗稿大多给沈先生看过，他的一些点评和激励我至今印象深刻。记得《安魂祭》的小说梗概，沈先生在度假闲聊中也跟我说起过，他对我1991年出版的小诗集《庙亭诗选》是非常赞赏的。

据我粗粗统计，沈湜生前出版著作不到百万字，他的遗作有上百万字遗失，还有上百万字没有出版，我数次催他弟弟亲赴台州和金华取回先生手稿，应该说在保存其未出版手稿方面还是有点成果的。根据我的阅读经验，沈湜文学手稿的质量是没有问题的，发表不多的原因是他的小说创作大多立意选材超前，对那个时代的文化姿态有挑战性，而他又有任《江南》文学杂志小说编辑编出“问题小说”的“坏”名声，当然他当年编的小说历史证明是时代经典，还有一个更重大原因是，他把精力更多放在培养新人、引荐晚辈上了。为了他人忘了自己，正是沈湜为人处世的基本原则，读读沈湜先生生前自撰的墓志铭，有灵性的人应该感受更多：“这里埋着一位同蚂蚁一样普通而平常的人，但也同蚂蚁一样辛勤劳动了一生，所以他的灵魂是干净的。”

（原载 2012 年 8 月 24 日《今日武义》第 7 版，有删改）

（老庙，本名鄢子和，诗人，杂文家，与沈湜先生系忘年交。）

目　录

安魂祭

秋深了，往年一群一群落到收割后的
刨食，一圈一圈绕着归巢的老榆树聒噪个
歇的老鸹们忽然象候鸟似的飞得不知去向，据
说是有人捕着吃用弓子打用网子罩把它们给吓
跑了。所以今年的秋天便显着异样地落寞。

一个落寞的深秋的夜，夜也深了，银灰色
的雾湿漉漉的将一切景物披上一层朦胧的纱。
唯其朦胧便见神秘，唯其神秘便见不祥。人们
早早上了炕，孩子拱着娘的怀婆姨偎着男人的
那耳朵，一律狗样竖起，百倍地警惕着
一声狗吠也吓人一跳，一声枪响人人
们待宰的羊六神无主了。不
的窑轨嘎隆隆

秋深了，往年一群一群落到收割后的田地上刨食，一圈一圈绕着老榆树归巢、聒噪个不歇的老鸹们，忽然像候鸟似的飞得不知去向，据说是有人捕着吃，用弓子打，用网子罩，把它们给吓跑了。所以今年的秋天便显着异样的落寞。

一个落寞的、深秋的夜，夜也深了，银灰色的雾湿漉漉的，将一切景物都笼上一层朦胧的纱。唯其朦胧便见神秘，唯其神秘便见不祥。人们早早上了炕，孩子拱着娘的怀，婆姨偎着男人的肩，那耳朵，一律狗样竖起，百倍地警惕着。

一声犬吠也吓人一跳，一声枪响人人便都黄了脸，活似待宰的羊六神无主了。不过铁路照常运行，阎老西的窄轨嘎隆隆嘎隆隆，听起来特别刺耳，如今反倒成了定心的丸子、安神的曲。人家说了，只要姓阎的窄轨在，我老阎就在；老阎在，中央也就在。小日本占不了偌大个山西、华北。可私底下却又都相互打探着，询问着，有啥大事儿还非得出门不可呢，这年月？露一脸惊惶神色。

天上漆黑，地下却白得凄绝。

正太线上，18 点 30 分自太原开出的列车，由于某种不得公开的特殊原因，误点了 4 小时又 20 分钟，次日凌晨才吭哧吭哧驶抵石家庄，终于发现捅了个惊天动地的大娄子：原来挂在车尾的一节铁皮闷罐车里关押着的三名叛国的日本士兵，撬开车厢地板跳车逃跑了。据报，这三名叛逆带有绝密军事情报，他们的再次叛逃，对皇军即将开始的一次大规模军事行动，无疑是个毁灭性的打击。

娄子捅大了便很难掩人耳目。为此，华北派遣军[①]驻北平总部的冈

① 华北派遣军：日本侵华战争第一阶段在中国北战场的日军战斗序列。此序列编成于 1937 年年中，以机械化与先进设备部队参与了华北战场的战斗。（编者注）

村司令官大为震怒，直接下令三名叛逃士兵所属的144师团大竹联队联队长大竹正义，不论死活都必须立即搜捕拿获，违此，军法是问。

太原驻屯军①司令今井少将正在书房里把玩一尊精美绝伦的清水瓷观音，这尊清水瓷观音烧制得跟他心爱的小妾娟子如出一辙，所以他一把玩起来总是不忍释手，闻报后他浑身一抖差点失手将它打碎。那三个该死的千刀万剐也不足以解恨的叛国贼，由山西一个中国的专员以皇军不去骚扰他的防区为交换条件引渡回来，正是经他亲自审讯后签发押解令押往北平总部的，一路上派有重兵看守，自以为万无一失，却不料应着了中国一句老话——煮熟的鸭子飞上天，硬是让他们神不知鬼不觉地中途脱逃。

这中途究竟在何时何地，现在追究已毫无意义。拂晓前2点15分车至阳泉站时，还曾打开车门检查过，三个亡命徒安安静静躺在车厢地板上，像三具僵尸，丝毫也觉察不出有企图逃跑的种种迹象。从阳泉经娘子关至石家庄，大小车站不过三五座，可铁路沿线的大小庄子却有数十处，散落在地形复杂的丘陵地带，沟壑纵横，草木丛生，到处可以藏身，搜捕无异于大海捞针。——但必须立即拿获！

今井少将那张保养得十分得体的鸭蛋脸绷得像只打足气的球，而他那只出类拔萃的大鼻子则更加向前突出，先是发红发胀光彩照人，随即变换成铁青色直挺挺戳在那里如同一柄锤子，这柄锤子因为找不到锤击的对手，使他意识到自己成了一头困兽，只好独自在书房里横冲直撞发泄心中的恚恨，完全顾不上平日矜持的仪态，失却了高雅的

① 驻屯军：日本根据1901年清政府被迫与列强签订的《辛丑条约》获得了在中国境内驻屯军队的特权，由此有了“清国驻屯军”，日后成了侵华日军的一部分。（编者注）

风度。他在一张乌黑发亮的紫檀木八仙桌前蓦地收住脚步，由于脚步收得过猛，上半身不免微微向前一倾。八格牙鲁，老子一不做二不休干脆来它个拉网篦梳战，运动大部队朝几条通衢大道直插进去，然后撒开大网从四面八方包抄合围，逐段细细梳理，哪怕是一只野兔崽子也休想漏网。他弯下身子，壁上的灯光将他的影子打在地板上，恰似一个大问号。

可这么干至少得有两个师团的兵力，还得有摩托化部队的密切配合，旷日持久不说，运用大兵团作战的方式仅仅为了对付三名逃犯，势必会被讥笑为拿着大炮打麻雀，这将在光荣的皇军作战史上留下怎样的耻辱？何况，目前正在部署中的这次大规模的军事行动，也绝不可调动如此众多的部队，兴师动众必然打草惊蛇，后果不堪设想。他跳开一步，犹如跳开一口陷阱、一道深壑，他提起左腿作金鸡独立状。

那么，难道就只能眼睁睁地等着那三名十恶不赦的罪犯叛国投敌，泄露机密，终至于取消总部的英明决策，从而失去与一次更大规模的军事奇袭遥相呼应的战机吗？

他重重一拳击在紫檀木八仙桌上，哗啦一声，紧紧攥在手中的这尊珍贵得无与伦比的清水瓷观音被击得粉身碎骨，一股鲜血像一条小金蛇，从他的食指和中指的指缝间，扭动着缓缓游出来。他怔住了。

战神的灵感有时候就在这哗啦一声中倏然产生。他的两眼放出光来，整个面容一扫阴霾变得神采奕奕，如同雨后的蓝天。他是真正的战神，转世的恺撒大帝，他总是能够从困境中解脱出来，凭借超人的智慧和力量战胜任何一方，而绝不让对方压倒自己，所以他百战百胜。一个完全不同于大部队作战的新的搜捕方案，立即在他那绝对精明的头脑中迅速形成，并且一经形成便具体可感，如同书房里的一桌一椅，如同桌子上的笔墨纸砚。

他喜爱中国人的文房四宝，爱屋及乌，于是便喜爱上中国一切古色古香的文物，如同这尊少女般纯洁的清水瓷观音，可惜它已经被他击碎了。瞪视着这堆青玉色的瓷片时，他的心陡地一沉，面容也随之黯然失色。三名叛国犯的最高军阶不过是上士，最高军职不过是曹长，绝密情报从何而来，却怎么也无法从他们的口中拷问出来。他遇上了三个老练的对手，居然只不过是三个士兵，这不能不引起他的深思，没有将他们就地正法实在是一大失策。他终于明白，他们并非叛国而是反战，这在战争期间甚至比叛国更加可怕，因为它像霉菌一样能迅速繁殖，而要在士兵当中彻底根除反战情绪，远比抓获三个叛逃士兵困难得多。

但逆境磨砺勇士，顺境培育懦夫。

他慢慢举起右臂，向内弯曲成一个钩子。他穿的是和服，宽大的袖子褪落到肘部，露出一截铁黑色的肌肉，上百青筋突暴，这便形成一副令人生畏的形象——一只名副其实的铁腕。

在他挥出铁腕之前，面对假想的敌人，不是怒目圆睁，而是充满自信地粲然一笑。

在这自信的粲然一笑之后仅仅过了 11 天，他在这同一间书房里的同一个位置上，对着他的几个下属吐了一口鲜血；而在过了 1 个月又 5 天之后，终于爆发了那场震惊世界的突然事变①，它为世界战史上另一场空前的战争②拉开了辉煌的序幕。但由于事先策划在中国发动的大

---

① 那场震惊世界的突然事变：指珍珠港事件，发生于 1941 年 12 月 7 日。（编者注）

② 世界战史上另一场空前的战争：指太平洋战争。它以日本偷袭珍珠港为先导，是“二战”中以英美为首的同盟国和以日本帝国为首的轴心国于 1941 年 12 月 7 日至 1945 年 9 月 2 日期间进行的战争，范围遍及太平洋、印度洋和东亚地区，以日本投降结束，参战国家多达 37 个，涉及人口超过 15 亿，交战双方动员兵力在 6000 万以上，伤亡和损失难以统计。（编者注）

规模军事行动受阻，彼此遥相呼应不起来，这场精彩的突袭显得十分孤立，也就没能为他们赢得预期的效果——这主要是指造成一种心理上的优势，比方说炫耀武力、鼓舞士气等等。而且，最终的事实证明，这场事变的炮声，恰恰成为事变发动时的丧钟。

当然，所有这一切同下面即将展开的故事并无多大联系，但对于对世界战史有兴趣的人来说，也许不全是多余的一笔。

故事得从头讲起。

1 铁皮闷罐车上的三名日本叛国犯

☮ 他在国内学习汉语可不是为了要到中国来打仗，他是想要了解这个崇拜龙的民族。

☮ 战争要求人们付出的东西比能够为他们带来的东西要多得多。

☮ 有什么必要拿自己清白的血来为天皇赎罪呢？有什么理由要我们来充当这场战争的牺牲品呢？谁发动了战争就应该拿谁的血去赎罪，不是为天皇，而是向千千万万个无辜的受难者——其中有中国人，也有日本人！

20 岁的上等兵佐佐木嘉树正做着一个荒唐的梦。

他看见的马，一律长着弯弯的角，披着长长的毛，在那里慢条斯理地甩动着光秃秃的尾巴，拍打着身上的红蜻蜓；他看见的牛，一律长着奇蹄，飘着长鬃，在那里厮咬追逐，四蹄生风，跑得比闪电还快；他看见母鸡屈着鳞状的颈脖子在那里艰难地打鸣，鸣声咻咻，像苍老不堪的猫头鹰，每打鸣一次天色便暗下一分；他看见公鸡撅起光腚在那里挣扎着下蛋，下得汗水淋漓赛似落汤鸡；他看见高粱长到麦秸上，橙子钻进泥土里，像马铃薯……他突然发觉自己头着地两脚朝天倒了个个儿，那潺潺的流水便在他的头顶欢唱，如同百灵鸟的歌声。

所有这些现象虽然有点儿荒唐，倒也不必大惊小怪，他想他大概进到了一部卡通片里，他知道卡通片里凡是变形的怪物都不过是画家们挖空心思想出来的，他们学校的江岛老师就画过一只九个头的大鸟，那大鸟的翅膀撑开来能遮住整个天空，把白天变成黑夜。

可他想他还是早点离开的好，免得也变成画家们笔下的怪物，要是给他们在屁股上安上一条尾巴那可糟了。正巧有一片白云冉冉飘来，飘到他的脚边被他一下子钩住，那片白云便带着他向上飞升，哦，不，不是向上飞升而是向下降落，因为他头着地脚朝天这上下的概念也只好倒个个儿。

他感到口渴难忍，浑身汗如雨下，他恍惚记得这副难以入目的形象仿佛在哪里见过，不等他明白过来，白云已带着他接近了一只表面有着六千摄氏度高温的大火球，白云比他先被烤熔了，化成一股水汽，他失去依托，一个倒栽葱刚好又顺了过来，恢复了原状，便笔直朝下掉。这回同样落到一块不但看不见一切怪物比如公鸡下蛋，也看不见一切生物比如一只蚂蚁或一株小草的没有生命的远古荒原上，他成了这块荒原上唯一用蛋白质构成的有机体，当他终于意识到这个可怕的残酷无情的现实时，不由吓得目瞪口呆。

躺在他身旁的大个儿中士小泽卫吉也在做梦，既荒唐又实在。

他梦见自己被带往刑场。那是个旷野，很难断定它是属于日本的还是中国的。旷野之所以被称为旷野，就在于它缺乏特色。他看见一棵树，叶子掉光了，只留得最后的一片，孤零零地晃荡在一根最高的细枝上，它那么顽强地在为自个儿的生命苦苦搏斗，使他深深感到他还不如一片叶子。他羞惭满面，无地自容，他努力挺直胸膛迈出坚定沉稳的步伐，按照操典一丝不苟地走向自己的归宿。他朝四周瞥了最后一眼，他来到世上才只24岁，他看见了举向自己的黑洞洞的枪口，他揉揉眼睛才认出那不是枪口而是一门大炮的炮口，口径大得吓人，但他看不清楚那是榴弹炮还是加农炮，他们连队里只有迫击炮。他觉得有点好笑，从没听过拿大炮处决一名逃犯的。他想起了军曹长对他讲过的一个蠢人的故事，他还记得那句中国的谚语——杀鸡焉用牛刀。

轰隆一声，他整个身子飞了起来，他发觉自己就是一颗炮弹，他的归宿将是在中国大地上变成炮灰。

不！

挨着车门躺着上士军曹长森田成吉，他听见了大个儿小泽梦中这声发自心灵的怒吼。他看中他，正是因为他相信他在必要的时刻会吼出这声“不”。在今井司令部的刑讯室里，他的这声“不”至少比他和佐佐木换来多三倍的皮鞭，谁也难以想象他是怎样挨过来的，可是，他挨过来了，甚至连哼都没有哼一声。

刚才像扔麻布袋似的把他们扔上车来的时候，他只感到一阵头晕，昏昏沉沉，像被骤然扔进一具密封的棺材里，包围着他的只有无边的黑暗，耳畔刮着呼呼的风，风也是黑色的，并且可以触摸得到，又冷又硬，好比六块巨大的铁板。所以，中国人称空间为天地六合，占满这具棺材的天地六合的风，就这样分成上下左右前后六个方向朝他挤压过来，要像轧耗子一样将他轧死。

死神有时狰狞可怖，有时温柔可爱，这全由着你的感觉而定，如果你认为死是一种解脱一了百了从此无忧无虑，那死神便会张开光裸的手臂搂抱着你，温柔得像个新娘。

他没有新娘，只有一个比他大 8 岁的嫂子和一对还不大会说话的侄女，大的叫多多，小的叫米米。每逢他回到家里，多多和米米便像两只毛茸茸的小狗一起扑进他的怀抱，用小手抓他，用小嘴啃他，来表示她们对他的爱，而他所选择的用以表示他对她们的爱的方式，却是她们永远也不能明白的。他叹了口气，他看见的似乎是死神那魔鬼般狰狞的面孔。

在国内，森田是他们东京新宿足球队的主攻手。为了参加那次京都全国足球联赛，他们个个踢得筋疲力尽。到了赛场上，第一轮新宿队就碰上了宿敌京都队。上半场只剩下 15 秒钟，那球旋转着流星似的朝他飞来，当时他们所处的位置距离对方的球门足足有 30 码，他纵身跃起，拿头截住球狠狠朝前一顶。由于用力过猛，他的身子也随着扑向前去，訇的一声扑倒在地。他没有爬起来，就那么躺在场子上呼呼地睡着了，连球被他顶进了球门他都不知道，沸腾的人群那海啸般的欢呼声也没能惊醒他。冈野教练亲自跑进场来将他抬了下去，心疼地说森田君太累了。

是的，他是太累了，冈野教练再清楚不过，为了这场比赛他们哪个队员不累，便是冈野自己也同样累得不可开交，但，那是另一种累。身体上的疲累是可以用睡眠来抵消的，纵然是凄风苦雨、寒气袭人，一觉醒来便又觉得春光明媚、鸟语花香;然而心灵上的疲累呢?当死神用空空洞洞、深不可测的两眼窥视着你时,你所感到的那种莫可名状的疲累呢?

一年前他曾秘密听过一次中国教官的讲话。那是个大雪天,他们连队驻扎在古长城下一个小庄子里。子夜时分,他们几个人偷偷摸出营房,爬了 20 分钟的雪坡进入城墙上的一座望楼。冰冷的风从四面八方吹来但没有谁喊冷,唯独他怎么也止不住瑟瑟发抖,这当然不全是由于外界刺骨的寒风。他蹲在墙旮旯里,心里紧张得要命,他没法集中精力聆听中国教官的讲话。

据说那教官是从太行山来的,白白瘦瘦,像个文弱书生,一点也看不出他会领兵打仗。太行山,还有王屋山,中国古代的一则寓言里讲到过,内容记不清了,好像是说有个老头异想天开,要把那两座山挖掉,山大概没来得及挖掉,现在那里有一支游击队。他感到遗憾的是,这次他从河北被派到山西来,还没有机会看到太行山,他们的机会太少,而他想看的东西又太多。他在国内学习汉语可不是为了要到中国来打仗,他是想要了解这个崇拜龙的民族。

中国教官是四川人。他读过有关四川的书籍,那是个大盆地,号称“天府之国”,四围都是高山,形成天然的屏障,水路有长江三峡,出了名的险滩急流。“蜀道难,难于上青天。”谁说的?管它是谁,反正不会是他们日本人。他们从满洲入关南下,转战数千里,还只占领了小半个中国,已经搞得焦头烂额、民穷财尽了,光一个四川省,就比他们日本本土大两倍。他不大听得懂中国教官那口四川话,但有两句话他听懂了,不用翻译,中国教官举起双拳低沉地说:“抗战到底,最后必胜!”他不但听懂了这两句话,他也相信这两句话。在历史上,还从来没有一个外来的民族能够彻底征服中国。

他轻轻翻了个身,想给自己弄得舒服一点。

说句公道话,他们正是从中国人那里懂得这许多道理的,有些道理一听就懂,只要你肯去听。凡是真理,总都是朴素的,易懂的。一个人,如果闭着眼睛,那当然什么也看不见,但如果你眼睁着,即使在黑夜里,也总能发现一点什么。比如现在,他就发现了一闪而过的灯光,它不是从车厢的壁缝间闪过去的,他们这节铁皮闷罐车的车壁上几乎连一丝缝隙也没有,这灯光是从车厢地板的裂缝中闪过去的,他摸了一下,其中一条裂缝有一指宽。他隐约记起一句俗语:世上没有不透风的墙。他笑了笑,原来世上也没有不漏光的地板。

列车正在通过一个小站,这从列车通过时的速度和时间上可以估计得出来,它几乎没有放慢速度并且毫不停留,大概是急于要把他们三个叛国犯押运到北平总部。"叛国犯!"今井正是这么说的;然后是轮番审讯,严刑拷打,最后像野狗一样被拉出去处决掉,从而结束三个年轻的生命。

他们的确太年轻、太年轻了,这可是毫无办法的。

今年 35 岁的之助大哥比他整整大 10 岁。小时候,他最佩服之助,家里人都说小阿吉是之助的跟屁虫,他心甘情愿当大哥的跟屁虫。不跟大哥跟谁呀,跟你么?难道你比我大哥更本事、更有能耐么?我大哥可是个无中生有的魔术师,两手空空忽然会变出一只橘子或者一根香蕉,也许又是一把小刀或者一块橡皮擦子,有时候还会变出一捧五颜六色的糖果。小阿吉心里想什么,他大哥那双神奇的手便能变出什么来。后来他明白了,主要并不在于大哥那双手,而在于大哥有一颗善解人意的心。魔术人人会变,一颗善解人意的心却并非人人都有。

可惜那次大哥没能逃掉,他领导了一次怠工,将烂棉花当成硝药装填进炸弹里面,把硝药倒进了污水沟。事情败露了,有人通知他逃跑。他打算去马尼拉,东躲西藏,到处都张贴着追捕他的图像,中国如此之大而他的国家又如此之小,他是在长崎附近一个小山村里被逮住的。那个远离京城的小山村同样笼罩着战时的紧张气氛,凡是在东京街头能够见到的景象，在那个小山村里同样都能见到，也常常断水断电，也有许多代用品——用榨过油的豆制品代替猪肉，用草茎纤维代替棉纱，也买不到大米和白面，墙上也贴满了标语，那里的妇女也要参加战时服务队。战争要求人们付出的东西比能够为他们带来的东西要多得多。谁也没有出卖之助大哥，但他被人认出来了，认出他的人并不认识他。

之助大哥临刑前只说了一句话。“你们听着，”他大声说——仿佛要向全世界发布一个宣言——“我的血是为天皇赎罪!”

一股寒气锥子般钻入森田的骨髓，连心都冰凉了。到现在他才终于明白过来，之助大哥最后留在人世的那句掷地有声的遗言原来是大错特错的。有什么必要拿自己清白的血来为天皇赎罪呢？有什么理由要我们来充当这场战争的牺牲品呢？谁发动了战争就应该拿谁的血去赎罪，不是为天皇，而是向千千万万个无辜的受难者——其中有中国人，也有日本人！

那个小山村里同样却能见到，也常常断水断电，也有许多代用品，用榨过油的豆制品代替猪肉，用草茎纤维代替棉纺，也买不到大米和白面，墙上也贴满了标语，那里的妇女也要参加战时服务队。战争要求人们付出的东西比能够为他们带来的东西要多得多。谁也没有出卖之助大哥，但他被人认出来了，认出他的人并不认识他。之助大哥临刑前只说了一句话。你们听着，他大声说——仿佛要向全世界发布一个宣言，我的血是为天皇赎罪！

一股寒气锥子般钻入嘉田的骨髓，连心都冰凉了。到现在他才终于明白过来，之助大哥最后留在人世的那句掷地有声的遗言原来是大错特错的。有什么必要拿自己清白的血来为天皇赎罪呢？有什么理由要我们来充当这场战争

2 小泽卫吉心中偶像的破灭

☮不是她们不怕而是你怕了，小泽君，这是两种精神的较量，也就是说，武力不是唯一无敌的东西，它不能征服一切。

☮用活活的中国人做细菌战的实验品，他们以接种或口服的方法将鼠疫、伤寒、破伤风、虎列拉、炭疽、天花等等传染病菌注入活人体内做实验，为的是要在中国的土地上进行一场无形的、不见血的大屠杀。

☮你受骗了，小泽君，那个在箱根等着你的女人，绝不是什么圣洁的女神，而只不过是个下贱的婊子，一个恶毒的娼妇！

列车哼着单调刺耳的歌，无动于衷于乘客的哀乐祸福，不管不顾地一味向前滚动，滚动，嘎隆隆，嘎隆隆，颠得像个跛子。

其实，大个儿小泽早给颠醒了，只是背上的鞭痕火烧火燎地疼痛，使他不敢动弹。

那回在箱根的阿仁酒店里，他喝醉了，糊里糊涂跟三个浪人干了起来，他的背脊被从上到下划了一刀，阿仁大叔把他送到附近一家医院。

那是家私人开设的小诊所，连张病床也没有，他只好趴在一块木板上接受治疗。医生用碘酒给他消毒，他只觉得嗤地一下，半个身子都麻木了，还以为是该死的医生拿火炭炙了他一家伙。他曾见过乡间的巫婆用火炭给病人治痈疽，那病人痛得咬牙切齿，一脚就将巫婆踢得飞出门外。他猛地一下子撑起身来，正待挥手一拳，手却停在了半当空，怎么也落不下去了，没承想为他治疗的是位年轻貌美的女医生。那年他 21 岁。说来也怪，背上的伤口居然一点儿也不疼了，他听从着女医生的摆布，像个一年级的小学生，乖乖儿地让她用白纱布将自己捆扎成一头半死不活的蠢猪，说是为了防止伤口感染发炎什么的。

他被女医生留了下来，当晚就住在她那间六铺席①的小房间里。房间里只铺着一张榻榻米，窄小得不够他半个人睡，两臂一伸就落到了地板上，他只得缩手缩脚趴在那里，像只笨拙的大龙虾。他当然闻到了一股撩人的气息，仿佛是从他妈妈亲手酿制的米酒缸里飘逸出来的，他已

① 六铺席：日本人屋里铺草席，故以席计算居室面积，一铺席不到 2 平方米。（编者注）

经记不得有多少年未曾闻到过这种家乡米酒的香味儿了，他忍不住响响地打了个喷嚏。

那女医生扑哧一笑，说，小泽君您着凉了。着你妈的凉，没见我给捆扎得浑身冒汗，气急胸闷、口渴燥热得不行么？女医生一边说一边就挨着他躺了下来。我的妈呀，他先是感到心尖上一阵触电般的颤动，那心便像饴糖一样化了开去，麻酥酥，软绵绵，没了一点儿劲，他被紧紧吸住了再也没法儿动弹，那女人的身子绝对是个电磁场，憋得他气也透不过来。带电的女人伸出一只藕也似的手臂轻轻抚摩着他的光裸的肩膀，老天爷，这是一种怎样的折磨呵；她还将自己粉嫩的、带有浓浓的家乡米酒那醉人香味儿的脸也贴了上来，老天爷，这又是怎样的一种酷刑啊：他能够咬紧牙关忍受着几十下血肉横飞的鞭打一声不吭，但他纵然使出浑身解数也忍受不了一个带电的年轻女人对他施展的百般酷刑和折磨！他愿意像一匹驯鹿给她电死，像一块冰在她火热的怀里化掉，他愿意为她死上一百次！他终于像一头大雄狮那样发作起来，他猛扑到她的身上，他要咬碎她，撕烂她，将她整个儿吞下去。

那女人嘤嘤哭了，泪水哗哗地流。“小泽君你不要这样，不要这样。”她哽咽着，挣扎着，像一只受伤的小羊羔，“小泽君你先听我说，听我说——”

她说了一个凄婉动人的故事，说得大个儿恨不得时间倒流，说得大个儿恨不能立刻为她粉身碎骨。

燕子春来，大雁秋去，说起来已经过去整整三年了。那时候她刚从护士学校毕业，在长尾君开设的医院里找到一份工作。由于工作勤奋，她很快便成为长尾医生最好的助手，研究人造血浆和用小白鼠做冻伤实验。八个月后，实验出成果，长尾医生受到政府有关部门的嘉奖。又三个月，她同长尾君结为伉俪，两口子如鱼得水，恩爱非凡，婚后生活无比美满。日子飞快地过去，一年前，长尾医生以特殊建树被征召入伍，派到满洲去主持建立一个实验室，负责做毒素血液测定及其他实验。从此，比翼双飞，良辰美景，只能到梦中去寻觅了，她成了一只孤雁。她天天在等待着他的召唤，天天都要爬到一个长满相思树的小岗子上，面对北方的大海，唱一支心中的歌："天之涯，地之角，天地难相通，茫茫大海茫茫路，何日随君去……"歌声缠缠绵绵，凄凄切切，不知惹得多少过往的行人一掬同情之泪。时隔不久，她接到了一个用满洲长白山的红松做成的骨灰盒和一份光荣殉职的通知书，丈夫没来得及给她留下一个字一句话便遽然同她永诀了，唯有大海的波涛才能证明她对丈夫的刻骨思念以及他俩生死不渝的爱。她毅然卖掉丈夫留下的医院，将全部所得捐献给了国家以支持"圣战"，自己则办起一个小小的诊所以维持生计。她拒绝接受一切的怜悯和馈赠，她无愧于九泉之下的英灵，她委身给每一个男子，只求他们能替一个弱女子到中国去，为她的被中国人杀死的丈夫复仇。

"小泽君，你能答应吗?"她最后问，随即扯开了和服的带子，宽大的袍襟散了开来，如同一朵款款开放的白莲花，一无遮拦地呈现在万分柔和的灯光下面。

大个儿小泽只觉得眼前一片炫目的白，白得圣洁，白得庄严，白得让人失去一切欲望、一切邪念，只认定一件大事——责无旁贷，非他莫属——复仇!

以后的几个月直至他来到中国，直至他从二等兵小泽卫吉升为中士小泽卫吉，在他的眼前，老是晃动着那片炫目的白光。他开始为他的"贞女"复仇了，打起仗来不顾死活勇往直前，凡是撞到他枪口下的中国人，不管男的，女的，老的，少的，也不管是军人还是老百姓，无一幸免。每杀死一个中国人，他就在自己的左臂上用刺刀剜下一个记号;眼前那片炫目的白光越来越辉煌了，他的两眼则杀得血红，他成了一头嗜血的两脚兽。于是，他便理所当然地获得了他们联队长大竹少佐授予的最高荣誉称号——大竹联队之鹰；并得到一支德国造半自动步枪，鼓励他多多地杀人。

当他的手臂上剜下第 19 人的记号，连血也还未来得及凝结，第 20 个和第 21 个记号又撞到了他的枪口下。

那是一对母女。

母亲挽着篮子，沉甸甸的，落在了后面。

走在前头的女儿，面黄肌瘦，谁也看不出她有多大年纪，体型上还是个孩子，可额头却已出现了几条犁沟似的横纹，走起路来一蹦一蹦像个麻雀儿，脑后甩着一根细细的辫子像猪尾巴；她的上衣大概原是花的，肩膀上打了两块老大的补丁则是黑色的，赛似戴着一副铁枷。她停了一下，扭回头去喊了声：“妈，您走快点儿，要不可就赶不上了。”

掩蔽在路旁杂树棵子里的鬼子大个儿，似乎听懂了她的话，那一声“妈”是全世界的人都听得懂的，他不禁露齿一笑，在心里回答她：你，还有你妈，再也，走不到啦。

女儿当然听不见他的话，毫无戒备地朝着他隐蔽的地方走来。她的裤子过于肥大，拖着地，显然不是她自己的，怪不得一路蹦蹦跳跳，等她走近了他才看清，原来是一块麻袋皮。

他从未这样仔细地打量过一个即将被自己杀死的人，正如一头猎豹从不会仔细地去打量即将牺牲在它的利爪下的猎物。豹子杀死猎物是它的天性，不完全是为了需要，而杀人也几乎成了他的天性。他从隐蔽的杂树丛中跳了出来挡住了她的去路，他沉默着像一块石头，高不可攀像一座铁塔，那么矫健有力像一头兀鹰——大竹联队之鹰；但他绝不是凶神恶煞，因为，他是在为心中一尊圣洁的女神复仇！他等待着对方的一声惊呼，他的女神不拒绝一切到手的祭品；然后，他让她转身逃跑，还没有谁能逃脱他的枪口，他要等到这母女俩跑到一起紧紧抱作一团好比猫爪下的耗子在那里瑟瑟发抖，他要等到那时候再开枪射击，他有把握只要一发子弹便能贯穿她们。但是——

没有！他既没有等到对方的一声惊呼，也没有等到对方为了活命而丧魂失魄地逃跑，他等到的是一双睁得大大的燃烧着火焰般的愤怒的眼睛。他怎么也没料到，在这个不堪一击的弱小女子的脸上竟然长着这么一双无畏的眼睛，他不觉怔了一下。仅仅只是一下，他便用刺刀挑开了她的衣襟，挑断了她的裤带，麻袋皮做成的裤子跌落下去，露出了两条赤裸的大腿。这是两条未成年的女子的大腿，由于饥饿，瘦得像两根白木棍子，这两根棍子一动不动地挺立着，支撑着一个少女的全部仇恨！

他倒吸了一口气，心里有种憋闷的感觉，如同雷雨前的那种烦躁不安的感觉，他竭力坚持着不让它表露出来。

这时，她的母亲赶了上来，挽着篮子，紧紧靠在女儿身旁，用身子卫护着她，并不像一头母狼卫护狼崽那样对他龇牙咧嘴地嗥叫，也不像一头母羊卫护羊崽那样对他咩咩地悲鸣。她站在那里，也沉默得像一座山，两眼瞪视着他像瞪视着一头野兽，从她那凹陷的眼窝里射出来的眼光像两支利箭笔直射进他的心口，那眼光，不是愤怒而是鄙视。

这是一对不屈的雕像，在它面前，任何武力都将失去意义，任何复仇都不会得到快意的满足，他感到了恐惧。面对着两个不值一提的中国母女，他——皇军的无敌战士，破天荒第一次感到了恐惧，他不由自主地倒退了几步，闭上眼睛。但愿这母女俩，在他重新张开眼睛之前便已在他的眼底消失，这是她俩唯一的选择，他深信不会再有别的选择，他在心里数着 1，2，3，4……他决定，当他数到 10 的时候他就要张开眼睛，只要母女俩已经逃了过去，他绝不转身朝着她们的后背开枪，他愿意放过她们。他数到了 10，他似乎没听见有什么动静，他只听见自己怦怦的心跳，他偷偷睁眼一瞄，果然如此！那母女俩仿佛生了根似的，仍然直挺挺屹立在他的眼前，像两棵无法撼动的大树。他听到了一声冷冷的怒喝：

“开枪吧，畜生！”

他慢慢举起枪。他那条已经剜下19个记号，标志着他已为他的神圣女神献上19个祭品的手臂，狠命地发起抖来，好似患上了黑非洲①的热病，闪着蓝光的德国造半自动步枪在他的手中不停地晃动，他几乎不能瞄准，他陡地发出一声裂帛似的嘶叫，将枪膛里的10颗复仇的子弹一齐射向了天空。

当天夜里，大个儿小泽忍不住对军曹长森田君吐露了心头的隐曲，他怎么也想不通，到底是一种什么力量在支持着白天那一对普普通通的中国母女，使得她们连死都不怕？

“不是她们不怕而是你怕了，小泽君，这是两种精神的较量，也就是说，武力不是唯一无敌的东西，它不能征服一切，如果说，你连两个老弱妇女都征服不了，我们还怎么去征服世界呢？”森田君笑了起来。

中天的下弦月像一只银钩，它能勾起人们多少思绪啊。每个人都有值得自己珍惜的感情，他忘不了他大哥留下的一对幼儿每回扑到他身上时那种毛茸茸、甜滋滋的感觉，还有他嫂子那片潮水般幽怨的眼波。那么你呢，小泽君？你迷恋着一位圣洁美丽的女神，为了她，你可以把人血当成祭品而从不感到心跳——一位嗜血的女神，能做这样的解释吗，小泽君？

他俩就坐在营房左侧中国人的一盘石磨上。拉磨的小毛驴早已被他们宰掉当了美餐，驴粪还残留在脚下的磨道里，磨槽上布满了尘垢。要是不发生这场战争，也许小毛驴正在不急不忙地转动着石碾子，槽上

① 黑非洲：一般指撒哈拉沙漠中部以南的非洲，又称为“黑种人的故乡”。至今居民中仍以黑种人占绝大部分。其历史文化发展同沙漠以北的阿拉伯人和柏柏尔人不同。古代曾先后形成加纳、博尔努、贝宁、马里、加奥、阿克苏姆等国。（编者注）

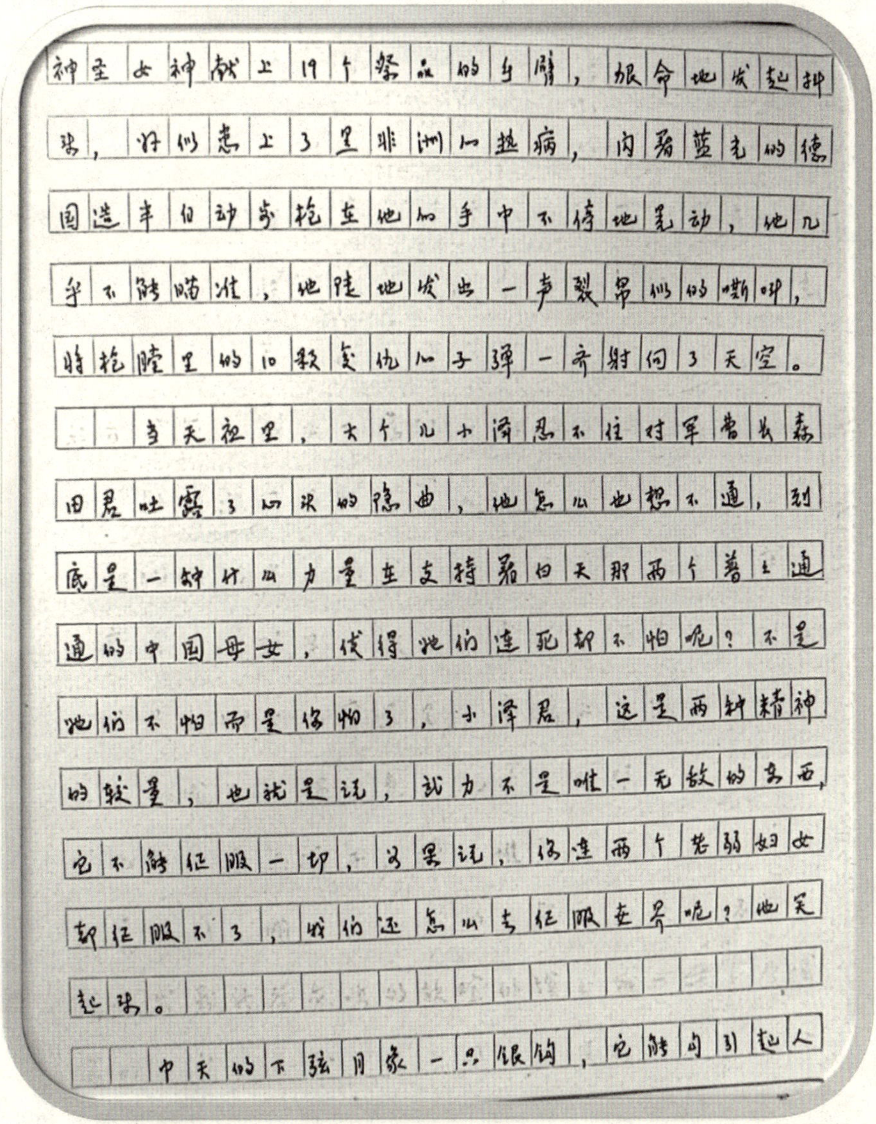
神圣女神献上19个祭品的手臂，狠命地发起抖来，好似患上了黑非洲的热病，闪着蓝光的德国造半自动步枪在他的手中不停地晃动，他几乎不能瞄准，他陡地发出一声裂帛似的嘶叫，将枪膛里的10颗复仇的子弹一齐射向了天空。

这天夜里，大个儿小泽忍不住对军曹长森田君吐露了心头的隐曲，他怎么也想不通，到底是一种什么力量在支持着白天那两个普普通通的中国母女，使得她们连死都不怕呢？不是她们不怕而是你怕了，小泽君，这是两种精神的较量，也就是说，武力不是唯一无敌的东西，它不能征服一切，如果说，你连两个老弱妇女都征服不了，我们还怎么去征服世界呢？他笑起来。

中天的下弦月象一只银钩，它能勾引起人

堆着小米、麦子或者高粱，到了明天，主人的早餐桌上便会端上一碟子散发着新谷香味的软暄暄的馍馍和一钵子滑腻腻的面食。这是一幅中国北方农村特有的风俗画，他从他大哥的一本画册里看见过，大哥说那叫水墨画，是中国人足以自豪的一种独特艺术，淡淡几笔写尽大千世界。你见过这样的画吗，小泽君？你即使见过，又能体会得到画中洋溢的那种和平恬静的氛围吗，小泽君？

不知什么地方传来几声夜鸟的鸣叫，夜显得越发地沉寂。明天要派士兵去抓民夫来挖壕沟、砌碉堡，又可能发生一场杀戮。他跳下石磨，沿着磨道慢慢走着。大个儿没动弹，也没朝他看，凝然不动地坐在那里，像一块门板挡着他。

"小泽君，"他边走边说，"明天就由你带人去抓民夫吧。"

大个儿的嗓子眼里像鲠着一根骨头，他费力咽下一口唾沫。

"为什么是我？"他低声问。

"你不想去吗？"

"不想。"

"我以为你会争着去。"

"不去。"

"那我派谁去呢，谁又是大竹联队之鹰呢？"

"我不是，真的，军曹长，请你相信我，发生了白天那回事，我觉得我再也不配有这个称号了。"

"这倒也是。不过……"森田军曹长没有说下去，他沿着磨道走了一圈，在大个儿面前停住，他似乎看见门板上有一道裂缝，清冷的月光正透过它照进来。他接着说：

"小泽君，你还记得大竹联队长说过的世界上有什么优等民族和劣等民族之分的那番高论吗？"

"记得。"

“我想也是,因为大竹联队长正是在奖给你那支德国半自动步枪时说这番话的,它使我联想起一种人来。”

“谁?”

“海盗——那帮船上挂着黑旗在公海上横行不法的匪徒。他们认为:我比你强,我就是你的主人,你就是我的奴仆,我可以任意驱使你,鞭打你,甚至杀掉你;因为我高贵你下贱,我优等你劣等。”

大个儿听得打了个寒战。

17 岁那年夏天,他在巴士海峡[①]遇到过海盗,他们的商船连人带货被一个叫黑旋风大帝的头领掳去,他就在黑旋风大帝的手下干了四个月苦力。黑旋风大帝没有国籍,自称是大海的主人,具有无上的权威。在那四个月里,他看到过不少杀人越货的勾当。可是这些话今天从军曹长的嘴里重新说出来,他还是忍不住心头的战栗,仿佛又一次感受到海盗的残忍和贪婪。他怕冷似的抱起双臂,他终于意识到心头的战栗还不仅仅是关于海盗的回忆,那剜在左臂上的 19 个冤魂一齐睁开了眼睛,无言地凝望着他,其中有一个才不过是个孩子,那双眼睛特别大,特别明亮,好似荷叶上滚动着的两颗露珠。哦……他那颗豹子头一样的硕大的圆脑袋,无力地垂挂了下来,一直抵到了屈起的膝盖上。他的整个形象都起了变化,一刹那间似乎足足苍老了 10 岁。

森田军曹长忽然深深叹了口气。“小泽君,”他压低声音接下去说,“你被海盗掳去那年你还小,还不能保护自己,可要是现在,再让你遇上那帮海盗,你会怎么样?”

大个儿咬牙切齿地吼起来:“我要将他们统统干掉,一个也不放过!”

“说得对,我也会这么干,”森田说,“可惜偏偏还有人要去为已经被

---

① 巴士海峡:位于中国台湾岛和菲律宾吕宋岛之间,是太平洋和南海的天然分界线。(编者注)

干掉的海盗复仇。”

“你是指我吗，军曹长？”

“你看呢？”

“我不知道。”

“那就听我说，”森田轻轻咳了一下，“我先问你，你可知道派长尾医生到满洲来是做什么的？”

“不是说主持一项医学上的实验吗？”

“是实验，但不是你我所想象的用小狗、兔子或是小白鼠做实验品的那种正常的医学实验。”

“那用什么？”

“用人，用活人！”

“活人？”

“用活活的中国人做细菌战的实验品，他们以接种或口服的方法将鼠疫、伤寒、破伤风、虎列拉[1]、炭疽、天花等等传染病菌注入活人体内做实验，为的是要在中国的土地上进行一场无形的、不见血的大屠杀。”

“为什么要用活人呢？”

“因为用活人做实验品能更直接、更迅速地求得更精确的效果。”

“这帮杀人犯！”

“一帮优等的杀人犯，其中也有你要为之复仇的长尾医生；并且——你别激动，小泽君——不幸的是，你已为这帮优等杀人犯中一个最没有人性的无赖杀死了19个无辜的中国人！”

森田军曹长说到这里，有意顿住了。大个儿小泽仰起脸来，好像畏光似的眯着眼睛，恶狠狠地喝了声：“怎么不说下去？”

“还要我怎么说呢？”森田居高临下，逼视着他，“你受骗了，小泽君，

① 虎列拉：急性传染病霍乱的旧称，亦简称“虎疫”。（编者注）

那个在箱根等着你的女人，绝不是什么圣洁的女神，而只不过是个下贱的婊子，一个恶毒的娼妇!”

森田军曹长最后说出来的这句话，不啻是一颗曳光弹划过天空，轰的一声炸裂开来，将中士小泽卫吉心目中的偶像击得粉碎。

爆炸的烟云过去之后，在大个儿小泽的眼前，再不见一片炫目的白，只留得一团漆黑，而他左臂上的那19个杀人记号，却像19块通红的火炭，无情地炙烤着一段戳在石磨上的枯木，熊熊燃烧起来。

3 中国象棋的奥秘

☮谁又会想到一个患有想象型恐血症的人偏偏被派到中国来看人家杀人取乐。

☮中国象棋是所有棋类中最有意思的一种棋，两军对阵，变化无穷。那可不像日本对中国作战，它是势均力敌的，凭智慧取胜。

不幸掉在无生命荒原上的佐佐木嘉树第一个发现了这股熊熊的火光。不消说，在这个鬼地方发生的一切平常或不平常的现象，今后佐佐木都将是第一个发现者，如同哥伦布第一个发现新大陆，麦哲伦第一个发现地球是圆的。

他先是听见了一阵闷雷般的隆隆声，怕是要下雨了，他想。他不知道在这个没有生命的荒原上会不会下雨。他随即放眼打量了一下，到处光秃秃一片，死气沉沉的模样，附近连个躲雨的场所也找不到，而那不绝于耳的隆隆声，似乎是从地底下，从他站立着的脚底下的深处传上来的。他在发现他的错觉的同时，感到一阵可怕的人世间没有任何力量可以遏制的那种震动——地震！他第一个发现了地震，不靠仪器，全凭感觉，这无疑是个伟大的发现！但他的心中并无丝毫足以自豪的欢乐，唯有绝望。

他喊了声，他的喊声喑哑、混浊、低沉，像是闷在一只巨大的真空罐里，连他自己也听不见，他想跳开去，但两条腿不听使唤，如同被焊在地上。

很小很小的时候，他经历过一场地震，还有海啸，但早都不记得了，几乎连一点儿印象也没留下，这会儿却鬼使神差一般又全都回忆了起来，并且清晰得犹如发生在昨天：那冲天的巨浪，那翻卷的船舶，那海上的浮尸——分不清是鱼尸还是人尸，多得数也数不清——以及岸边那倒塌的房屋，还有妈妈尖厉的呼喊和爸爸急白的脸……

可是——且慢，难道那会儿他还没有长大吗？他妈妈是在他刚刚有点儿懂事，他的花代妹妹还在牙牙学语的时候，便被他爸爸遗弃了的，虽然妈妈从未这么说过，所以，那冲天的浪涛什么的，同他爸爸毫无关系。原来他的昨天只是一笔乱七八糟的糊涂账，一堆胡搅蛮缠的乱麻丝。

他想这下子一切全乱套了，既然搞不清昨天，当然也就搞不清今天，更不用说明天。果不其然，地面在离他不到五步的地方一下子裂开了一个老大老大足够埋葬一百个像他这种倒霉蛋的口子，那口子不断扩展蔓延，向他靠近，打算把他吞下去。原来他已经没有明天了，这可真是个惊人的发现。

接着，他便看见了一股熊熊燃烧的大火从那个老大的口子里喷吐出来，那口子里好像装有来复线①，因为熊熊的大火是旋转着喷吐出来的，一喷出地面，便立即转成一只无比巨大的光芒四射的火球。他还记得在他掉落到这个该死的荒原上之前，曾经接近过一只差不多大小的火球，要不他还不会掉落到这个鬼地方来呢。他怎么也抑制不住心头的狂跳，脸孔涨得（也或许是被大火球烤得）通红，虽然他看不见自己的脸孔，但他能感觉得出来，有个划时代的完全可以媲美于哥伦布和麦哲伦的发现正待证实。

他仰头寻找，啊！天上果然不见了太阳，全世界除了他佐佐木嘉树之外，还有谁见过而且相信太阳会钻进地洞里，地球不再绕着太阳转动了呢？现在太阳居然反过来绕着地球转动了，事实推翻了哥白尼老头的学说，真他妈的倒让教会长了威风。

但不管怎么说，他都得有个表示，好用来欢庆他的这个了不起的大发现，他得高举双手向上连跳三次，如同那回他争得全区青少年5000米长跑冠军，他用来答谢上万名观众对他的欢呼时他做的那样，他压根忘了他的双脚已经牢牢被焊在地上，他才一使劲便轰的一声连人带地皮一齐陷进了太阳刚刚从那里喷薄而出的无底深渊。

他开始有一种失重的感觉，身子轻飘飘的，像一张叶子，一片羽毛，

① 来复线：膛线。来复，英文 rifle 的音译。（编者注）

一缕轻烟，晃晃荡荡，身不由己。

哎，命运老他妈的跟自个儿作对，他想。

他自小就喜欢蓝天白云、大海碧波，向往着当个哥伦布或者麦哲伦那样的人物，乘风破浪周游世界，后来又想当个登山运动员，踩着云雾爬冰坂、攀雪峰，将雄鹰比在脚底下，成为世界上爬得最高的勇士，谁会想到偏偏掉进这么个不见天日的洞窟里，上又上不去，下又下不来，半死不活，还不如一只土拨鼠。

他平生最见不得血腥味儿，别说杀人，连别人杀只鸡他也不敢看。那回他走过光头武郎家的院子，正好看见一头猪被缚住四脚，脸埋在地上打哼哼，他转身就逃，仿佛他们家不是要杀猪，而是要追出来杀他。第二天光头武郎来上学，他远远就闻到了一股血腥味，害得他呕了半天，差点没把苦胆呕出来。江岛老师问他怎么啦怎么啦你这是得的什么病呀，他说他什么病也没有就是见不得人家杀猪宰羊什么的，光头武郎家昨天杀猪来着。江岛老师说你得的大概是一种叫作恐血症的精神分裂症，属想象型的，他只好认了。谁又会想到一个患有想象型恐血症的人偏偏被派到中国来看人家杀人取乐——仅仅为了试一试自己的臂力，便将一个活生生的人一劈两半，每次战斗下来，别的人可着劲儿叫嚷着，争着向军曹长炫耀自己的战功，你干掉多少我干掉多少，你怎么干我怎么干，他们不说“杀”而说“干”以显示自己是个老手，他们谈论得津津有味眉飞色舞兴高采烈唾沫横飞，好像不是在谈论杀人而只不过在谈论一场轻松有趣的狩猎，唯有他总是默默地落在人后，躲到一边去大口大口地吸着苦涩的马合烟[①]，让尼古丁来麻醉自己的神经，免得再发生什么精神分裂。这当然不仅是因为他无功可表，为此，他曾经三次受到联队长大竹少佐

---

① 马合烟：以黄花烟草（Nicotiana Rustica）制作的烟，是一种劣质烟。“马合烟”是俄罗斯的叫法，在我国新疆又称“莫合烟”。（编者注）

的点名训斥，并为他自己在连队里赢得一连串无可奈何的绰号：胆小鬼、书呆子、孤僻虫、神经病。

这命运到底是怎么回事，他怎么也想不出个所以然来，他只感到头晕眼花胸闭气闷浑身不得劲儿。这会儿要有个清净的地方散散心解解闷那有多好，他想。于是，他便想起了营房后面那条小河，他喜爱那条小河，正由于它总是默默地在流逝，从不大喊大叫。

清亮的河水映照出一张苍白消瘦的脸，高耸的颧骨如同两个岗子，尖削的下颌恰似一座峭壁，蓬乱的头发便是崖顶上的一蓬枯草。他从胸前的口袋里摸出一把梳子，并非为了要梳理一下他那头枯草般的乱发，他只是翻来覆去地抚摩着，倾注着一个19岁孩子纯真的怀念。透过梳子的梳齿，他似乎瞥见有个亲切的白影在石头珠子串成的帘子后面晃动，那白影上有两粒发亮的泪滴，他无声地叹了口气。

这是一把米黄色的木梳，梳齿密致匀称，木质具有天然的光泽。这日子好难挨啊，他对着木梳喃喃地说，才不过4周，28天，怎么就好像过去好多年了呢！

初冬时节，河旁的几株垂柳掉光了叶子也变得消瘦了，风吹过来时几束柳丝缠在一起，多像妈妈那未经梳理的憔悴的发丝啊。咚的一声，他将一块石子踢进河里，溅起一串晶亮的水珠。

河水清清，可惜看不见游鱼，大概鱼儿也害怕寒冷吧，不知道这条小河通不通向大海，这样的小河在中国的北方难得看见，在中国的南方到处都是，虽然他还没到过南方，但他猜想南方的小河一定不如这条小河清亮，他也是在南方长大的，他们那里的河水便很浑浊。

“想家啦，”一双大手拍在他的肩头，拍得他心口突的一跳，想家可不是一桩好事，你开的什么玩笑。

“嘿，好漂亮的梳子，一看就知这是把闻名于世的伊豆黄杨木梳，哪位多情的妹子送的呀？”军曹长森田笑着问。

他没理他，又将一块小石子踢进河里。

“我好像听谁说起过你很喜欢泰戈尔？我也喜欢，尤其是他的抒情诗。”

泰戈尔可不喜欢杀人，他反驳着，只是没敢说出口来。

“你看这里的景致多么富有诗意，有山有水，山上的枫叶转红了，红得让人陶醉，所以泰戈尔写道：‘心儿醉了……那望不尽枝头的红。’还有这小河水，动中有静，静中有动，简直就是一首秋天的诗……”

他的目光随着水流缓缓而去，被那边一座长有枫红的土崖隔断了，他收回目光，朝军曹长瞥了一眼。

“这小河水会流向大海吗？”他低声问。

“大海？哦，当然流向大海，水流千转归大海嘛，那是它的归宿。”

“也是我的归宿。”

“你的？”

“我家就在海岛上。”

“我知道，我到过你们家乡，那可真是个好地方，岛上到处都是黄杨木林，美极了，一到夏季就成了鸟的世界，有百灵鸟、画眉鸟、白头翁、喜鹊，岸边满天飞舞着海鸥，还有……”

“还有鸽子，野鸽子，飞起来带着哨声，好像吹奏管风琴似的，怎么也听不厌。”他说。

“你也喜欢音乐？”

“你不喜欢？”他反问。

“喜欢，当然喜欢，音乐是带旋律的诗，怎么能不喜欢呢，连大象也喜欢，我看过大象表演，一个小姑娘吹奏着管风琴，那大象便合着拍子扇动起两只蒲扇一样的大耳朵，身子摇摇晃晃像摇动着一座肉山，太感人了，那还是在战前。你听说过有个叫海京伯①的德国人吗?”

“没有。”

“一个了不起的人,他指挥起动物来就像指挥一个乐队……你还喜欢什么,你会走中国象棋吗?”

“不会。”

“哦,那太遗憾了。中国象棋是所有棋类中最有意思的一种棋,两军对阵,变化无穷。那可不像日本对中国作战,它是势均力敌的,凭智慧取胜。我带有一副,棋子就是用你们家乡的黄杨木做的。”

“那是伊豆七岛的黄杨木,我老家在奈良。”

“这我倒没想到。南都奈良。那你们家怎么又搬到伊豆去了呢?”

“我爸爸在南边经营造纸业,后来破产了,留下一大笔债务,妈妈为了还债,就把我们带到了伊豆。”

“把你们? 还有谁?”

“我妹妹花代。”

“哦,是这么回事。你妈妈在伊豆干什么?”

“当舞女。”

“伊豆舞女?”

“是的。有人瞧不起舞女,可我瞧得起我妈妈。”

“我明白。瞧不瞧得起一个人,不在乎他干什么,首相还有人瞧不起呢。”

他又朝他瞥了一眼。

“你妈妈一定很美丽。”

“也很坚强。”

---

① 海京伯:即德国驯兽家 C. Hagenbeck(1844—1913)。他于 1887 年创办了著名的海京伯马戏团。该团曾于 1933 年 10 月来我国上海演出。(编者注)

“是的是的，我明白，并且善良，跟你一样。佐佐木君，祝贺你有个好妈妈。”

“谢谢。”

森田搂着他往回走。

“你看，我们不是谈得很投机吗，可你还不想理我呢，”他羞赧地笑了笑，“好啦，有机会我来教你走中国象棋。”

过了两天，森田军曹长果真教上等兵佐佐木走起中国象棋来了。

从气质上说，佐佐木并不特别喜欢中国象棋，他把所有的棋类，不论是中国象棋、国际象棋、军棋、围棋，还是小时候玩过的跳棋，都看成是一种消遣。

但现在他需要这种消遣，甚至如同冬天他需要一盆火，夏天他需要一阵风，孤寂的心灵需要一个伴侣一样。这就是说，一个教得认真，一个学得专心，察言观色，心领神会，很快他便掌握了棋法要领，尝到了个中滋味。从此，他一扫平日垂头丧气、闷闷不乐的情绪，不再离群索居，变得轻松活泼起来，成了连队里一个出名的棋迷。有时见他在低眉沉思，人们便都说，这小子又在动车马炮的脑筋，想赚军曹长两包“老刀”牌过过瘾了。

至于森田军曹长本人呢，当然非常乐意输给他两包“老刀”牌，不过其中的奥妙却是局外人很难领略，而且永远也无法知晓的。

4 为了求死而逃生

- 发动这场战争本身就是个错误，除了增加仇恨之外，只能有一个结局……这好比一匹饿狼攻击一头大象，那饿狼凭着自己的灵活和机警，再加上一副锐利的爪牙，虽然被它撕下几片大象的肉，但不等它咬断对方的喉管，自己倒先给撑死了。

- 我们逃出去，不仅仅是，为了逃生。

- 牺牲三个日本人的命，保全一大批中国人的命，值得。

- 干吧，大个儿，全看你的啦，为了求死而逃生吧！

车头传来一声疲沓沓的鸣叫，像一匹奔波了一昼夜的老马气咻咻地喷着白沫儿，车速逐渐缓慢下来。

旅客车厢里有人在低声交谈着，前面一过娘子关就到河北地界了。每个旅客都巴不得早点儿到达各自的目的地，这年月，不到万不得已是谁也不愿意出远门的。

但关押在车尾铁皮闷罐车里的三名日本士兵还什么也不知道，既不知道车行到了什么地方，也不知道现在到了什么时刻。森田军曹长虽有一块怀表揣在贴心口袋里，但也懒得摸出来打开看看，反正看不看一个样，他们似乎对一切都失去了兴趣，生死早已置之度外了。但丁说过，地狱之所以可怕，是因为那里绝对没有希望。难道他们已经看见森严的地狱之门了吗？除了他们自己，怕是不会有人说得清楚。

列车发出一阵杂乱无章的碰撞声后，终于有气无力地停住了，然后打了个大大的哈欠不再动弹。这是今晚行车以来第一次停站。

真像墓窟般黑暗啊，森田想，他忽然发现有只萤火虫在眼前一闪一闪地晃动，似乎引诱他去捕捉它。

一个久远的记忆蓦然涌上心头。那时候——正如故事里常说的“很久很久以前”，他非常喜欢捕捉萤火虫，把它们装到一只纸糊的灯笼里，闪烁着莹莹绿光的小小纸灯笼，构成过一个孩子无尽的梦幻世界。

他不知不觉地朝它伸出手指，有个念头陡地撞进他的脑子里，如同电光火石倏然一闪，他的手指捉到的不是萤火虫，而是地板上那道闪烁着荧光的一指宽的裂缝，一个久远的梦连同萤火虫一齐消失了。

他将食指抠进裂缝，地板表面的木头已经腐烂了，给他抠下一些木屑，但中间部分仍然相当坚硬，他怎么也抠不动。

有把刀子就好了，他不由得想。他当然知道他们三个人谁也不会有一把刀子。他颤巍巍地爬起来，用他穿在脚上的一双平底布鞋的鞋后跟狠狠蹬了一下。

“呵，蹬不得蹬不得……”

谁说蹬不得？

“这水磨地可吃不住啊！”那人夸大其词地笑着说。

这是一间大客轩，摆设着一色酸枣枝茶几椅子，窗外有个院子，布置着假山树木。说话的是个中年矮个子，其实并不矮，因为胖了就显得矮了，带一脸亲热，推心置腹地打量着他们三个人。

他们三个人正脱掉脚下的大皮靴，换上这种黑白的厚底子布鞋。佐佐木稍嫌大了点儿，大个儿又觉得紧了些，唯有他穿着刚好。他们还从未穿过这种鞋子，不免有点好奇，他就提起脚来蹬了几下。

他感觉得出他没法用这双平底布鞋蹬开裂缝。真不该扔掉那双大皮靴！他懊恼地想。

“不不，可别小看我们山西这种地道的千层底老布鞋，虽然比不得大皮靴，穿在脚上没那么威武，显不出一个军人的气概，可如今诸位不再是帝国军人啦，”胖子笑着说，“打游击嘛，就得穿这样的鞋子，轻巧结实，穿着它翻山越岭再方便不过了，诸位不是说要上太行山么，天一黑就送你们上路，别急，唉……”他放低了声音，“刚才要不是这几双大皮靴，也许还不至于露馅儿呢，还有你们这身穿着，不伦不类，能不引起怀疑吗？”他又突然放声大笑起来。

胖子的笑声非常诱人，这是一种畅怀的笑。“君子坦荡荡”，他想起了这么一句中国话，也不禁微微一笑。

“幸亏诸位遇上了兄弟的部下，”胖子收起笑容接下去说，“要是遇上那班乱七八糟的杂牌儿，那……”说着他摆摆手，“好了好了，不说它了不说它了，反正不管怎么说都已经逢凶化吉了，咱们之间的误会亦已解开了，诸位能深明大义，毅然走到抗日的旗帜下来，这可是一件可喜可贺可敬的大事，兄弟谨代表我们阎主任向诸位表示一点小小的敬意。来人哪——”

原来这个中国专员是个笑里藏刀的家伙，他的小小的敬意只是将他们三个人当成人质，同今井武夫做成了一笔肮脏的交易。

他又提起了脚重重地蹬了一下。

“有人！”大个儿警觉地说。他听见了车门上铁器撞击的声音。

果然有人在打开铁门上的锁。

森田就势躺了下来，拿背脊压住裂缝，这是他们的一线生机。但他压得重了点儿，擦着了背上的鞭痕，痛得他嘶地一龇牙。他摇摇脑袋把硬扎进来的幻觉赶走，伸开手脚一动不动地躺着，像一具活尸。

铁门被拉开了，射进几束强烈的手电光，探照灯似的罩住了他们三个人，从头至脚、横横竖竖照射了一通。

砰的一声铁门又重新合上。失去强光的一刹那，有许多光点在他的眼前碰撞，他如释重负地透了口气，发觉一件贴身小褂全汗湿了。

大个儿急不可待地伸手推开了他，看见了一个亮点。那只不过是个指头般大小的亮点，他却似乎看见了整个明亮的世界。他忘掉了自个儿背上被抽得血肉横飞的疼痛，粗重地喘息着一骨碌爬了起来。

“军曹长，让我来试试！”他兴奋地搓搓手，压着嗓子叫着。

试什么、怎么试，完全用不着说明，这是一种本能，刚才军曹长一个简单的动作便唤醒了这种本能，所以不必瞻前顾后、深思熟虑。

他先是屈着两腿趴到地板上，厚实的臀部高高翘起，活像一头笨拙的狗熊，可他的爪子毕竟太粗了，压根抠不进去，也只能像狗熊那样胡乱抓挠着。他曾经在北海道的雪原上见过一头白熊，一掌劈断一根碗口粗的枞树枝，如同儿戏，谁让他不是一头真正的狗熊呢！他呼哧呼哧地喘了会儿，直起身来，慢慢提起一条黑毵毵的大腿。他练过空手道，用这条腿他轻而易举地踹断过一个人的肋骨。

“等等！”这回是佐佐木来提醒大个儿。他刚从一个噩梦中醒来，倒像比谁都更清醒，“车子还没开动呢。”

人在感情冲动的时候，往往容易忘却外界的某种存在；忽略这种存在必将事与愿违，那就应上中国人的一句老话——成事不足败事有余了。

噢——森田军曹长仰天一声长叹，这当然不仅仅是对佐佐木的及时提醒的简单回应，它所包含的内容怕要复杂得多。

现在他们三个人围坐在一起，像三个和尚坐在蒲团上，耐心等待着车子的开动，谁也不知道它已停靠了多久，还得停靠多久，也许它不再动弹了，就这么停下去停下去，一直停到地老天荒，让他们三个人在这具密封的铁皮棺材里死去，烂掉，变成一堆灰烬。

这是一种身心同时受着煎熬的折磨，尤其是在他们刚刚获得一线生机急于死里求生的生死关头不啻度日如年。和尚面壁心如止水，为的是涅槃之后可以升天。他们到底不是修炼的和尚，不过是三个凡夫俗子，只能经受这种非人的折磨了。

咣当一声，列车终于开动。好比一个突如其来的奇迹，最初的一瞬间，他们茫然四顾，还以为这是个错觉，随即便都激动得不知所措，如同侥幸躲过了一场灾祸。谁知没等车子开出站，它又咣当一声停了下来再也不走了，并且传来几声凌乱的枪声。

大个儿终于忍耐不住了，这样无穷无尽的等待比死还难受，他咬着牙骂了声“八格，老子跟你们拼了”，被佐佐木一把扯住。

“再听听，再听听，大个儿，现在还不到时候。”森田说。

他们听见有人吹着哨子在来回奔跑，紧接着便有一阵脚步声自远及近朝着车尾而来，这是日本士兵特有的脚步声，嚓，嚓，嚓，嚓，沉重，整齐，有力。

森田明白了，即使有中国游击队前来劫车，也不会让他们落到中国人的手里。别无选择，必须抓住这一线生机逃出去，孤注一掷！

佐佐木扑到他的耳边悄声说：“后面人要挂车厢了。”

果然不出所料，外面那一小队士兵，正是为了更加安全地“护送”他们三名要犯才加派来的。他将耳朵贴到地板上倾听着，隐隐约约地，他听见了车轮在铁轨上滑行的嘶嘶声。

三颗沉默的头颅不约而同地像三张螺旋桨叶顶在一起，中间的轴心便是那道一指宽的裂缝，它犹如睁着一只黑洞洞的骷髅的独眼，在凶狠地盯视着他们。

车厢地板有两个指节厚，他们能捅开它逃出去吗？后面加挂了一节车厢，他们能不惊动这一小队手执武器警戒着的士兵吗？夜色也许是唯一最为有利的掩护了，但愿在他们逃出去之前，黎明的曙光永远也不要到来。

森田双手合十，在心里向自己的命运之树祈祷。那是一棵参天的塔松，它长在镰仓他外婆家的牧场里。外婆曾经嘱咐过他，到了外边，千万不要忘记你的命运之树，随时祈求它的保佑。外婆已经去世了，他也几乎忘记了自己的命运之树，但不知命运之树有没有把他也忘记。他想到了一个中国成语——事在人为。

佐佐木独自翻过身去，仰望着黑黢黢的棚顶，棚顶显得那么高不可攀，正如他在梦中掉进去过的那个无底洞。梦和现实究竟有多大差别呢，说不定他们的一切努力也都是徒劳的。他无奈地合上眼睛，厌倦了什么似的喃喃地说："其实逃得出去又怎么样，不是还得落到中国人的手里。"

"那有什么，"大个儿不以为然地说，"总不见得个个中国人都会像那个臭猪专员那样先是哄着我们，最后又把我们出卖吧。"说着他话锋一转，"嗨，我还真想让那个臭猪专员再出卖一次呢。"

"这又是为什么?"佐佐木微笑着明知故问。只要他微微一笑，他的嘴角便不由自主地向下撇，这就使得即便是善意的笑也变成一种挖苦的、讽刺的冷笑了。

"我要在他的脑颈上轻轻敲一下，"大个儿也笑着回答，"当然不是要把他那颗高贵的头颅敲下来，只是要让他永远记住，他这辈子只能像狗那样看人了。"

"唉，大个儿，人家就是不出卖你，也不会相信你。"

"不是要人家相信，而是我们自己太过于相信人家了。军曹长，你说是不是?"

"是的是的，"森田连忙捅了捅他，"别嚷嚷。"

他一下子把声音降低了八度。"只要我们不再轻易暴露，凭这身打扮人家能认得出来吗，军曹长还说我像个老牌子的关东大汉呢。"说着他得意地笑起来。

"你能像吗?"佐佐木刻薄地说，"你以为你不穿黄军装、大皮靴，人家就认不出你是个货真价实的日本鬼子了吗?"

大个儿默然无语，不再作声了。他是不像，他没法儿像。三个人当中，军曹长是个中国通，不但会说中国话，还读过许多中国书；佐佐木在学校里也学过汉语；唯独他几乎一窍不通，只能装哑巴。他伸出十根粗壮的手爪子狠狠地抓起头皮来，这是他在遇到困窘时的一个惯常动作。

沙土般的头皮屑纷纷落到佐佐木的脸上。要不要给他梳一梳呢，他问自己。他身上的东西全给搜走了，连同他妈妈和他花代妹妹寄给他的几封宝贵的平安家书，那把梳子却奇迹般地保留了下来，所以他分外珍惜，终究没舍得拿出来。

“我也不相信中国人，不管他是臭猪专员还是普通老百姓。”他放缓了口气接着说，像是耐不住寂寞，又像是为了安抚一下大个儿。但他接下去说出来的一番话就不同凡响了：“要知道，我们和他们，这是两个永远也不能和解的民族，”他拖长着声调像个先知，“发动这场战争本身就是个错误，除了增加仇恨之外，只能有一个结局——”

森田听得心头怦然一动，忙问：

“什么结局？”

“这好比一匹饿狼攻击一头大象，那饿狼凭着自己的灵活和机警，再加上一副锐利的爪牙，虽然被它撕下几片大象的肉，但不等它咬断对方的喉管，自己倒先给撑死了。”

“你读过克雷洛夫①的书？”森田又问。

“没有。”

“可你刚才说了一则很精彩的寓言，真的很精彩，比喻得又准确又生动，噢，佐佐木，你想过要成为一个文学家吗？”

“没有。”

“那么，你是想当个政论家，或者当个报纸上的专栏作家？”

① 克雷洛夫：俄国著名寓言家。（编者注）

“没有。你说这些干什么？”

“因为我觉得你有这方面的才能，把你征召到队伍里来倒真是个错误。不过，佐佐木，要想当个专栏作家，抨击时弊，针砭政事，你的眼光还得更深刻些，得有历史感。”

“什么意思？”

“比方说，关于两个民族能不能和解的问题，我就有点不同的看法，你想听一听吗？”

“我听着。”

“在历史上，日中两国有着多次友好往来的动人事迹，这你不会不知道吧？其中最著名的一次莫过于1000多年前大唐鉴真和尚东渡建立大乘教派的故事了，直到今天，数以千万计的日本佛教徒还都可以说是鉴真大师的弟子呢。”

“那是历史，过去的已经过去了。”

“但历史会延续下去，除了今天还有明天……”他等着他的反应。

佐佐木没有反应，或者说没有用语言来反应，他摆平了身子装出一副听天由命的样子。森田只觉得心头一阵刺痛，但事实已经如此，无可挽回了。

“佐佐木，你得振作起来。”他低声说，“也许不该带你走上这条路，也许你有一条自己的路，但从逃离军营开始，我们三个人的命运就连成一体了，再没有其他路可走了，成败在此一举，决不可三心二意，”说着他举手一挥，在连队里，他这一挥是具有权威性的，“我们必须逃出去！”

佐佐木看不见这一挥，他说：“我们能逃到哪里去，中国人会把我们都——干掉。”他不自觉地用了一个老兵们常用的字眼，“当然，他们是出于误会。”他撇着嘴又补充了一句。

“我们逃出去，不仅仅是，为了逃生，”森田字斟句酌地说，他觉得说话从没这么困难过，“也许真的会让——中国人干掉，所以这次，我们要撇开大路，专拣荒无人烟的地方走，至少三个月内不被人发现，这……”

“不去找中国游击队了吗？”大个儿问。

“噢，要去找的，当然要去找的。”

“到太行山去找吗？”

“是的，是的，到太行山。”

“那一路上我们吃什么？啃草根树皮吗？”大个儿马打响鼻似的哼了一声，“又要去找游击队，又不能被人发现；又要马儿好，又要马儿不吃草。那会儿在今井司令部，老家伙一个劲问我，你想不想活？我说我想活。他说你想活就说出来。我说不。其实我能说什么？谁是幕后主使人？情报在哪儿？把我们统统枪毙掉不更省事么。”

“老家伙想来个一网打尽呢！”佐佐木撇着嘴角意味深长地笑着说，“人家不相信你这位大个儿什么也不知道，到了总部自有专家来对付你，不怕你不说。”

“为什么是我？”

“人家把你看成头头啦，”佐佐木忍住笑说，“因为你长得太高大了，像个混血儿。”

“你混蛋！”大个儿骂起来。

“我只是一句笑话，何必当真呢，”佐佐木和解地说，“要想不让人发现，其实也很简单。”

“你说。”

“你先说，我们逃得出去吗？”

“你先说。”

在连队里，佐佐木不止一次领教过小泽中士的固执劲儿，犹如斗红了眼的蛮牛不认人，他只能让步了。“好好好，我先说我先说，军曹长你看看表，现在什么时候了？”他知道军曹长有一块非比寻常的旧怀表，事先藏到了布袜子里缚紧裤脚带才得以保存下来。

这块怀表是之助大哥的遗物，表壳的背部有森田亲手刻下的一个永不忘却的日期：10·7。5 年前的 10 月 7 日，那是他大哥就义的日子。不知当他也终于无憾地闭上双眼时，有谁会记得他的忌日呢！

他掏出表来，凑到地板上的裂缝口，用哆嗦的手指打开表壳，好不容易他才看清，刚巧 3 点整，离拂晓不过 2 小时。

“这是说时间很紧迫了，而车子到这会儿还不开动。撇开这些先不去管它，假定我们都能够顺利脱逃的话——”佐佐木伸出两指，俨然一个胸有成竹、老谋深算的楠公[1]，“那么我认为，有两个办法值得考虑，一个办法是：三个人分开来走，发现一个还有两个，发现两个还有一个。这么一来，我们不被发现的可能性就增加到了三倍。”

“那第一个被发现的就是我。”大个儿着急地说。

“也不一定，你可以继续装哑巴嘛，是非只为多开口……”

森田听得出了一身冷汗，像是被人出其不意地揭露了一个隐私。他摸摸发烫的面颊嘎声问道：“那另一个呢？”

“躲到一个隐蔽的角落里，比如找个不为人知的山洞什么的……”

“躲到那种地方去干什么？”大个儿性急地问。

“你说干什么？”佐佐木笑着反问，“修身养性，得道成仙呗。”

“不吃饭啦？”

“还想吃饭吗，”佐佐木笑起来，“——绝食。”

“绝食？”

“牺牲三个日本人的命，保全一大批中国人的命，值得。”

森田暗暗叹了口气。这个家伙的脑子比军犬鼻子还灵，你简直什么也瞒不住他，也许等待着他们三个人的正是那样一个结局。上头曾有过暗示，这是最后的一步棋。

① 楠公：指日本南北朝时代的名将楠正成（1294—1336），以诡计多端著称。

列车陡地一阵碰撞。他们期待这阵碰撞仿佛期待了整整一个世纪，当它终于到来时又都觉得它来得不是时候。

“开车啦，”佐佐木打破沉默喊起来，没有人看见挂在他嘴角的那一抹嘲讽的冷笑，“我们三个人统统死在中国的大地上也好，能活着回国去也罢，反正谁都进不了靖国神社。干吧，大个儿，全看你的啦，为了求死而逃生吧！”

中士小泽卫吉多半是在遇到那对中国母女后才明白这个世界有多么不公平，应该活着的人痛苦地死去，该死的人却活得耀武扬威；对于那对母女来说，他是个十足该死的混蛋，可对于另一些人来说，他又觉得自己应该理直气壮地活下去。他并不在乎佐佐木几句挑逗性的俏皮话，聒噪的乌鸦停在牛背上不过啄几颗牛虱子，牛虻才抽它的血。

他劈开两腿，起个跨马蹲裆的架势，稳稳地立在不住震荡着的车厢地板上。什么求死逃生、死里求生，横竖都是逃亡，以后的事以后再说，谁也不是未卜先知，他排除一切杂念开始运气。他一开始运气，背部的鞭伤便迸发出一阵揭皮碎骨般的痛楚，这几乎使他丧失了信心。

他见过一个猎人在雪地上追赶一头受伤的公鹿，洁白的雪地上滴着红宝石一样的鲜血，只有这头受伤的公鹿才知道，在某个隐蔽的地方藏着一头母鹿和它的两个幼崽，它没朝着那隐蔽的地方跑，而是兜了一个老大的圈子，将猎人远远地引了开去。公鹿的死活他不知道，但那头母鹿和两个幼崽终于保全了下来。他弄不清这到底是他的亲身经历还是听人传说，记忆中的东西有时容易遗忘，但剜在他左臂上的19条罪恶的血痕永不会消失。

他咬紧牙关继续运气，他那两条黑毵毵的大腿越发粗壮起来，虽然别人看不见，可他自己感到了一股逐渐膨胀扩展到全身的热血，蹬裂脚下这层已经腐烂的地板，正如蹬掉脚上的镣铐他将重新获得信心。车内车外一团漆黑，他想他还来得及赶在拂晓前把地板蹬开。

人世间往往会有不寻常的事情突然发生，而对突然发生的事情又往往会有截然不同的两种态度，有的处之泰然，有的惊慌失措，他不知道那个曾命令行刑士兵狠狠鞭打他的老家伙是属于前一种还是后一种，想到这里，他举脚狠狠一蹬。地板在他的脚下发出碎裂的呻吟，他好像不是蹬在颤抖着的地板上，而是蹬在某个对手弯曲的脊梁上，这使他感到一阵快意，汗水流进他的两眼，又伴着泪水流满他的双颊。透过朦胧的泪光，他忽然看见一片似曾相识的雪原，一排排尖锥形的枞树像一排排黑色剪影，紧贴在黛青色的天幕上，一头高大的公鹿昂起美丽的角在倾听着什么。嗨——他惊喜地朝它喊了一声，老朋友，原来你别来无恙。

佐佐木这会儿犹蹲在大个儿的脚前，他听见了他的喊声但没有看见他看见的那片朦胧的雪原，当然也就看不见公鹿母鹿什么的种种动人的场景，这是因为佐佐木缺乏那种触动过心灵的经历。在他正想伸手插进坼裂的板缝时，脑子里闪过的一个念头让他忍俊不禁，那个素以精明强悍著称的老家伙事先忘了查一查这层地板真是大错特错，一旦老家伙得知三名叛国要犯脱逃的消息，不知会怎样捶胸顿足暴跳如雷悔恨交加歇斯底里，或者干脆来个切腹自杀？他撇撇嘴角笑出声来。

坼裂开来的板缝越伸越长越伸越长，终于发出裂帛似的一声大叫四分五裂，从底下冲上来的不是冷气竟是一股热风，拂在人面上，犹如和风拂在水面上那样使人感到心头的颤动。

好个大个儿，才只用了不到三刻钟。

至于他们逃离这具活棺材之后，展示在他们面前的，仍将是通向黑暗的地狱，还是飞升到自由的天堂——森田不无戏谑地想，那只有上帝才知道了。

5 从活棺材到死墓窟

——大个儿小泽卫吉的非凡遭遇

☮他曾想过跳崖，就是没想过会跟中国人像兄弟一样挤在一铺大炕上同盖一床被子。他喝了很多中国酒，大伙都对他竖大拇指，在国内哪有这样喝酒的，你喝得越多越受人尊敬。

☮军曹长坚持要用公历，不用昭和天皇的年号。他们每个人将自己的名字和出生年月恭恭敬敬刻到大树上，绝不是一种游戏，而是一种寄托，一种信念，从此他们不再感到孤单，因为他们的命运已同这几棵跟自己的名字相连的大树紧紧结合到一起了，大树长到了他们的心中。

在这国难当头的非常时期，在这远离城市的偏僻小庄子里，居然会出现一场铺天盖地的大出丧，真是奇遇。

走在棺材前头，手执哭丧棒引路的孝子贤孙就有十来个，跟在后面穿丧服的至亲好友好几十，顶戴白帽子的邻里男女竟达好几百；千把斤重的大柏木棺由八名年轻力壮的后生子抬着，这八名后生子个个生得熊腰虎背，轻松得赛似抬着一具纸糊的玩意儿。

认识的和不认识的人都知道，那是特意到柏树井请来的"胡子韩"的"八仙"；给显赫的死者带到另一个世界去享用的亭台楼阁、人物花鸟、箱笼物件、各色糕点一共有二十四抬，每一抬都扎得精巧无比，描画得活灵活现。

出丧的队伍拉开得里把路长，前头的孝子们已经到达水口山老榆树脚娘娘庙前那座单孔石拱桥，后面的老爷子老娘婆姨伢子们还未出庄。不论是拿哭丧棒穿孝服的，还是戴白帽子捧一炷香的，人人都低眉蹙额，装出一副悲悲戚戚的模样儿。

有个伢子指点着一抬亮翅的仙鹤，那仙鹤的一只翅膀没有扎牢，扑拉下来一抖一抖的，活像自家屋里那只断翅的大白鹅，伢子家看着有趣，便扑哧一声笑，被他娘一个巴掌掴得哇哇大哭。

这声哭哭得正是时候，信号一般提醒大伙儿人人都得哭，一霎时，几百只喉咙一齐大放悲声，吓得那伢子反倒不敢再哭了。

这几百只喉咙，那嗓子眼有宽有窄有粗有细，那哭声也便有尖有钝有清有沙，合到一块儿可真说不出有几多韵味儿；头前一班吹鼓手更是来了劲儿，泼出命儿吹打起来。那哭声，那吹打，搅和纠缠成一锅粥，再也分不清谁是谁，硬是吹打得比哭还像哭，哭得比吹打还像吹打，人人便都如痴如醉头重脚轻耳鸣心跳悲恸得喘不过气儿。

这会儿，八人抬的大柏木棺要过娘娘庙前的单孔石拱桥了。这是一座年久失修的小石桥，两边没有桥栏，面上坑坑洼洼，正当中还塌下一个不小的窟窿，刚好被那里长出的一簇枯萎的狗尾巴草盖住，这便等于设置了一个陷阱。扛在前面的四个跨着窟窿过去了，后头的四个，前两个一下子陷了进去，后两个中的一个来不及收步，一脚踩到前面两个中一个撅起的屁股上，膝盖头一软也便撒掉横杠扑到那两人的身上，剩下最后一个是个大高个儿，只听他嗨咿一声吼，双手托起了中间的大直杠，踩着陷在窟窿里的三个人的脊梁骨，扑哧扑哧走了过去，踩得那三个汉子口吐白沫不能动弹。但千把斤重的大柏木棺没有歪倒，躺在棺材里的主儿当然也就未曾受到惊吓，这便是不幸中之大幸，合上了一句老话——吉人自有天相。

过了窟窿，那大高个儿索性将大直杠压到了自个儿钢筋铁骨撑起的肩膀上，高门大嗓地喝了声："开路！"

一下子人们全怔住了，哭的忘了哭，吹的忘了吹，打的忘了打，仿佛头顶刚刚飞过上百架小日本的轰炸机，耳朵震聋了，嗓子吓哑了，什么也听不见喊不出了，整个儿一个死寂的世界。

不是说人家是个从关外逃过来的哑巴子吗，这声"开路"喝得好蹊跷呵，到底是怎么回事？

这要从"胡子韩"的"八仙"说起。

按照当地的风俗，八个抬棺材的后生子称作"八仙"，小户人家雇请不起，只有四个人抬的便也照习惯叫成"八仙"，逢白事抬棺材，逢红事就抬花轿，这是一门特殊的行业。主家为了不至于吓着棺材里的死人或者颠着花轿里的新娘子，对待“八仙”便显得格外地敬重，好酒好肉款待着自不消说，事后的红包（工钱）也比别的帮工要大得多。

这个庄子总共不过一二百户人家，说小不算小，说大也不算大。“八仙”是从邻村一个叫柏树井的大庄子里请来的，领头的叫杠头，姓韩，长一嘴络腮胡，人们便称他“胡子韩”，在附近四村八舍方圆百十里地面上是出了名儿的，也有称“胡子老弟”“胡子哥”想套点近乎、攀份交情的，这就得看你的辈分和地位了，反正平时彼此都熟悉，怎么称呼人家也不在乎，只要红包大一点就行了。

可昨儿傍黑，“胡子韩”他们只来了七个人，“八仙”缺只脚，成了跷拐儿“七仙”。偏偏这家主事的是个不好惹的角色，他是死者的内弟，也就是舅爷，那可是个大户子弟，听说跟阎司令长官都沾上点亲。为人自然就讲究气派，一看便知是位台面上的人物，非同一般。平日这位舅爷开口闭口好说阎老西什么什么，乖乖隆的咚，那阎司令长官岂是可以让你随便指名道姓的吗，吓得一班没见识的乡下土佬们勾头缩肩连大气儿也不敢喘，越发把个舅爷看成了皇亲国戚似的。当下一听说“胡子韩”只带来了七个人，舅爷那脸色便阴沉着不大受看了。

“我说杠头儿，今儿个你是怎么啦，”他拉长脸哼哼哈哈地说，“由来只有‘八仙’这一说，可没听过还有‘七仙’这一说，你这是存心瞧不起人，诚心跟我过不去，变着法儿坍我的台是怎么的，嗯？”

“胡子韩”赶紧点头哈腰凑上去赔着笑脸儿。

“哪能呢舅爷，”他说，“别人不知道，您老人家还能不知道，我‘胡子韩’有多大的道行呀，孙猴子会七十二变还有个金箍儿箍着哩，在您老面前借我个胆子也不敢哪舅爷。不瞒您老说，这人倒是来了，八个一个不缺，只不过其中一个找零工的不是我们这行的人，舅爷您要是信不过，得，我这就赶回去把压杠的叫来。”

“平常不都是‘秃子李’压的杠吗，他怎么啦？”

“我说舅爷您心里揣着面镜子不是，凡事还能瞒得过您老人家呀，那秃子好拣不拣偏拣了这么个好时辰生起他娘的病来，躺在床上直哼哼。”

“啥病？”

“说是绞肠痧。”

“扯你娘的骚蛋，”舅爷骂起来，“你想拿个得绞肠痧的来给老子压杠呀！”舅爷骂着发觉骂走了嘴，连忙转过话头来问起那个打零工的人来，“你个骚胡子可别打马虎眼儿，他能压得住杠吗？”

“这您老放一百个心，”“胡子韩”忍住笑说，“一个人抵三个人的饭量，气死牛的架子……”

舅爷一挥手说：“先看看。”

场院上有个碌碡，四个精壮后生抬不动它，“胡子韩”亲自动手，甩两下膀子粗的棺材索打个活络套住，伸进一根青栎大直杠，“八仙”中有个叫麻憨的后生子跨起大步腾腾腾走了过去。别看这麻憨才二十上下年纪，一身横肉，干起活来敢下死劲儿。那碌碡南北向卧在那里，像卧着个石牛，场院的地势北高南低，稍稍显得点儿倾斜，麻憨径直走到南面那一头，这便让他占了个有利的位置，他先钻在大直杠下蹲着。

这蹲着有个讲究，两条腿切不可平齐，得分个前后，屈一腿在前，半屈起另一腿，如同螳螂捕食那样顶在后，不论前后都得拿两个前掌紧抠着地面，让后跟离地寸把光景翘着。这样的姿势一说声“起”，两个前掌同时往起一踮就能起，可要是两腿平齐，让两脚底板儿贴着地面，一说声“起”，人家起来了你跟不上趟可就糟了，杠下的重量一下子全压到了你的肩上，扛的是轻巧家伙犹可，如若扛的是大家伙，没准儿能压得你当场吐血。

这里“胡子韩”见麻憨已蹲下，便朝那新来的汉子招招手，只见他双手交叉扎在胸前慢慢儿踱过来。果然铁塔般的身个儿,众人不由暗暗喝声彩。

那汉子来到空着的一头,这头地势高了些,可杠子没摆平反而这头低了些,好不容易他才弯下门板样的腰刚刚将杠子搬上肩头,麻憨便猛地往起一抬压了他个措手不及,一个屁股墩跌在地上,众人腾地哄笑起来。

再看那汉子,活脱脱一头蛮牯,抵着角儿却不肯服输。他先是收拢双腿垫到屁股底下,然后屈起一个膝盖成单腿跪立的架势,接着那屈起的腿就势往下一蹬,随即提起另一条腿,嗨的一声扛了起来,碌碡离地一尺,那头的麻憨却起不来了,杠子头一直戳进地里。

舅爷呵呵大笑道:"快放下,快放下,都到厅堂去喝酒。"

就这么回事儿,那汉子是杠头儿"胡子韩"临时收下来打零工的,不过混口饭吃,身上带有一张路条,说是从关外逃过来的一个哑巴,到底怎么回事,谁又说得清呢。

庄子里有个东边下过天津卫、西边跑过老河套的皮货贩子,这两天给困在家里出不去了,小鬼子正在悬赏一千元硬大洋捉拿三名叛国犯。凡是通向国军防地和游击队占着的地盘儿的大小道口、码头、车站,一律封锁得跟铁桶似的滴水不漏,正太铁路沿线几个庄子全给搅了个鸡飞狗跳。叛国不叛国,那是小日本自家的事,与他无干,如今这年月,一个正经生意人也不盼意外之财,但求平安为上。可昨儿晚上他一见那压杠的大高个儿心里就犯疑,怎么这个关东汉子好面熟呵,总像是在哪儿见过似的。平日里买卖上交往的人多,见过一面一时记不起来的事常有,他也没放在心上,这会儿听那汉子吼出一声"开路",他才恍恍然有点明白过来,原来他是在小鬼子悬赏的布告上见到过,虽然还不敢说一准就是他，可他明明不是个哑巴为啥偏要装成哑巴呢？他娘的，八成事情大大地坏了。那咋办？咳，你说还能咋办，即使人家当真是个叛逃的鬼子，难不成你还敢上去逮他吗？有道是三十六着走为上着，事到如今也顾不得那么多了，免得湿手沾上玉茭面，到时甩都甩不脱。

他这里刚刚挪动两条腿，后面便有人不声不响跟上来，你说你是尿急了去找个方便，那几个人说俺们也正憋着哩。自打小日本打进关来占了河北、山西地界，人心惶惶全没了主见，凡事只要有人起个头，大伙便都不问情由，傻狍子寻娘似的跟着走，说话工夫竟自悄悄儿溜走了一大半儿。

而那一个顶四个总共剩下五个抬着大柏木棺的"八仙"，这会儿已下了小石桥，正在前面平川地上泼命儿朝前赶。

说他们泼命儿，可是半点儿不假，他们似乎全然忘了干他们这一行的禁忌，顺坡下桥时便趁着那股子势头撒开了脚丫子，仿佛后头有个无常鬼在撵着，一发而不可收了。

尤其是那个麻憨，他是二杠，按理得悠着点儿，好让杠头下脚时靠左往右有个选择的余地，刚才在小石桥上跨那窟窿他就非但没悠着，反倒逼着杠头硬朝当中窟窿上过。打一开始，他便跟疯牛一般红了眼，这会儿更连那脸上的点点麻斑都发红了。

吃他们这行饭的，天不怕地不怕，单怕给人当成猴子耍。压杠的大高个儿那声"开路"虽然喝得人人毛骨悚然，可对于前头四个"八仙"来说，却只有一种被耍弄了的感觉，回想起昨儿晚上那场羞辱，还有不泼命的理吗。

这么一来，躺在棺材里头的老爷子倒没啥，惊动不惊动的，不过是活着的小辈们的一份孝心，真能惊动得他起死回生不更好吗；苦只苦了后头那个压杠的大高个儿，金刚罗汉怕也吃不了得兜着。

说来也巧，那舅爷给他姐夫找了块好坟地，偏偏坐落在九曲坡。顾名思义，那坡道曲曲弯弯窄似鸡肚肠子自不待说了，平日间两人面对面走来，等走到一起，其中一个得朝里靠靠才错得过。

这具千把斤重的大柏木棺一上了坡，压在前头四个“八仙”肩上的横杠只能斜着往上蹭，这时候便全靠后面压杠的脚力好，腱牛般地撑开蹄子朝上送劲儿，要是压杠的脚底板一松，前头别说四条汉子，便是换成四匹大骡马也扎不住。

要命的是平川地上那阵疯跑，早把个压杠的大高个儿拖得上气不接下气，嘴角白沫儿横流，只差没趴下了，这会儿他便是有心顶着撑着朝上送劲儿也没的劲儿可送了。

等到前头四条汉子怎么也扎不住阵脚，杠头儿“胡子韩”终于回过神来，意识到自个儿干下了一桩无可挽回的蠢事时，已经来不及了，只听得几个人变声变调的一阵惊呼“哎哎哎哎……”，那具千把斤重的大柏木棺便已哧哧溜溜滑了下去，先是在坡道上朝下滑，滑到一个弯头嗵地一撞，泼剌剌变成了一匹野马，带着青栎大直杠，连同四个压在横杠下的“八仙”，连同棺材里见惊不惊兀自闭目养神的老爷子一齐跃下了坡，骨碌碌连翻几个筋斗，轰然一声撞上了坡底的一块卧牛石，撞得惊天动地，将一具上过三道油漆、描画得金碧辉煌的大柏木寿棺兜底一劈两半，把个毫没防备的老爷子头朝下、脚朝天，直挺挺摔出三丈开外，那一身黑缎袍子随风展开，像一团乌云，将半个天空都遮黑了。

事后人们在坡底卧牛石的一侧找到了那四个倒霉的“八仙”，人倒是奇迹一般还都活着。原来活着的人仍然活着，而摔死的原本就已死了，这便又是不幸中之大幸。

只是那个压杠的大高个儿，却像一阵青烟消失得无影无踪。那汉子牛高马大，横眉竖目，一看就知不是个善类，杠头儿“胡子韩”贪图人家那一身牛劲，不问情由便收留下来，这叫自讨苦吃。可关于那汉子的种种猜疑早已在庄子里流传了开去，流传的结果让人们猛吃一惊，原来那人是不好追究的。

经过了这场变故，主事的舅爷痛定思痛，心有余悸，不免感慨万端地对人说：“惊动死者六宅不安哪，‘胡子韩’不就断送了一条腿么，不过吃一堑长一智，要是再死了人，那……”他发觉自个儿又说走了嘴，便没有再说下去。

“我回来啦！”大个儿小泽边嚷边钻进洞子。

洞子里空空荡荡，冷冷清清，只留下一堆凉冰冰的高粱秸，这是说军曹长他俩离开洞子已有好大会儿了。大个儿憋着的一肚子话一下子跑得干干净净，也变得空空荡荡了。他懒洋洋地从几只口袋里一只只掏出还带着自己体温的小麦馒头，一共六只，当地人叫大白馍，再多他装不下了；还有两大块用一张油纸包起的肥猪肉，在国内，只有把肉切成丝、切成片、切成丁的，就是切成块，也没有这么大。满桌子的羊肉、牛肉他都不拣，单挑上这两块咬一口满嘴流油的大肥肉，他们体内的脂肪太少了，可他俩不在。这一天一夜，他俩不缺吃，缺的是脂肪，说好要等他回来，怎么又不等了呢？

这个洞子朝阳，洞前展开一片漫坡地，洞后靠着一座红土崖。漫坡地上可以种庄稼，春天到来，红土崖上长出青青的草可以放牧，羊倌、牛倌挖了这么个小小的洞子可以躲风雨。军曹长说，这是一支未曾遭到炮火破坏的牧歌。

可那天一发现这个洞子，佐佐木还以为是个狼窝哩。真要是狼窝，他就能得到一张狼皮，不知为什么，他感到有点儿冷。

他发觉困得不行，真想躺下去睡它一觉，刚才他还没有一丝睡意，这会儿倒像喝了蒙汗药，两眼迷迷糊糊张也张不开。

昨夜里他倒是睡过一个好觉，现在想想连他自己都不相信，好像做了一场梦。他曾想过跳崖，就是没想过会跟中国人像兄弟一样挤在一铺大炕上同盖一床被子。他喝了很多中国酒，大伙都对他竖大拇指，在国内哪有这样喝酒的，你喝得越多越受人尊敬。那酒也真带劲，完全不同他妈妈酿制的米酒，更不同阿仁酒店那种带股青草气味的淡白酒，它喝进肚子里会生出一股热气在体内贲张，浑身有说不出的舒畅。

他咂咂嘴，仿若口舌间还留着中国酒那火辣辣的香味，他哈出一口白气，如同白练一般。

洞口一抹斜阳，像闪烁着一条发亮的纱巾。他双膝着地，匍匐着摸出洞子，一头撞在一块垂挂下来的泥坨上。

这块猩红色的泥坨像一只熊胆，军曹长怎么说来着？那会儿他躺在高粱秸上，记不清了，好像是说，中国古代有个皇帝躺在高粱秸上吃熊胆。熊胆入药，治跌打损伤，但不知能不能吃，这个皇帝也怪，山珍海味不吃吃熊胆，一定还不如中国酒好喝，他想。

他摸摸撞痛了的额头，才发现军曹长分给他包脑壳的白毛巾不见了。他这颗圆圆的光脑壳从来没有包过白毛巾，军曹长说当地人称它“羊肚子”，他咧开嘴笑了笑，中国人很懂得比喻。

他的手从圆圆的光脑壳上落到臃肿的肩膀头，嘶啦一声给他扯下一块碎布条，原来这里破了一个大洞，露出了白花花的棉絮。军曹长是在他穿上了这套黑布棉袄裤之后才说他像个关东大汉的，这他记得没错，还说要是再戴上一顶三片瓦的狗皮帽，那就更没的说了。

什么没的说？没的说什么？嘿嘿，好一个混账的军曹长森田成吉；嘿嘿，还有你，上等兵佐佐木嘉树。你们这两个混账王八蛋在哪儿，莫非真的是撇下一个会说话的哑巴走了吗……

他忽然想唱一支歌，一支他们家乡的渔歌：哟噢——哟咿哟咿哟咿……

他挨着被西斜的阳光照得暖融融的泥壁坐了下去，那颗硕大的圆圆的光脑壳，活像一只成熟的大南瓜耷拉了下来，下巴一直抵到膝盖上。他睡着了，如同昨天夜里，他和中国人挤在一铺大炕上那样，发出了沉沉的毫无戒备的舒适而温暖的鼾声。

趴在下边不远处一道坎子底下的两个人，则似乎听见了一阵闷雷般的响声。他俩等这阵响声刚好等了一个时辰，那是日头打从坡地下边三棵钻天杨的梢顶落到树当中的一段距离，两人相对一瞥，这一瞥彼此会意不必再说话了。

这是两个跟踪而来的中国人，一个老一个小。可别看他俩一个老一个小，他们却是两个真正的狩猎老手，一对配合默契的老搭档。他俩一直到现在还趴在那里，那是因为他们到底老的太老小的太小，而他们要想捕获的“猎物”又太强大了，他们得等待时机，正如那次在西山洼子遇上一头老瞎子（黑熊）跟大獠牙（野猪）打斗，他俩整整等待了两个时辰，一直等到双方斗得死去活来两败俱伤，才上去手到擒来一样。为了等待时机，他俩从不焦躁，有着惊人的耐性，以致招来几只近年少见的老鸹在附近不怀好意地踱来踱去、飞上飞下，老鸹们也许以为那是两具倒毙的尸体哩，它们也在等待，不过它们是等待一顿美餐。

温暖而多情的黄昏悄然来临了，推动了光和热的漫坡地逐渐模糊起来。说初冬的黄昏温暖而多情，那只是梦中人的感觉，他似乎怎么也挣脱不开那个妖冶女人的诱惑，两条白玉也似的手臂散发出异样的馨香，犹如两条柔若无骨的小白蛇紧紧地将他缠住。军曹长能教会他认识一个真理，但无法帮助他遏止深深潜藏在血液中的那种原始的冲动，特别当他感到孤单寂寞的时候，于是他便自然而然地掉进了一张用女人的绵绵情丝织起来的网中。

他突然睁开了眼睛。很难说清楚，他怎么会从缠绵悱恻的情爱中突然睁开眼睛，或许这是一种预感，一种本能，而这种预感，这种本能，多半只能发生在兽类的身上，他不是兽类，所以他还是迟了——他发出了一声十足是兽类的嗥叫。

由于超凡的毅力终于制伏了强大的对手而不免有点儿沾沾自喜的一老一小，这会儿彼此相视一笑。这一笑和那一嗥形成了有趣的对比。

在他们小胡庄，谁不知道这一老一小还有一手不同凡响的绝技呢，一根普普通通的青麻索，在他俩手中能随心所欲，常常会出其不意地捆绑到任何一头野物的身上，而任何野物哪怕是山大王（老虎）一经被这根绳索捆绑上，也就不成其为山大王，而只能乖乖儿地成为他们手中的玩物了。任谁——包括一切野物和人，都挣脱不掉这样的捆绑。现在的问题是，怎样才能把这个大“猎物”押走，抬当然是抬不动的。

两人走上去先将他扶了起来，再为他解开了脚脖子上的绊子，膝盖以上那是不能解的，这样他可以移动脚步而不至于举起“蹄子”踢人。

他终于平静下来，等着他俩给他把绳子都解掉。他还没见过有这么捆绑人的，统共一根绳子，绳结就贴在后心，被反绑到背后的双手刚刚碰得着可就是没法儿解开。他相信这仅仅是一场误会，他不怪他们。

但他们停住不再解了。

“你们是什么人，你们要干什么，快把绳子统统解开！”他忍不住喝道，带一种习惯了的命令口吻，忘了他应该装哑巴。

他们听不懂他的话但能了解话中的意思，不论东洋人、西洋人，红毛鬼、白毛鬼，只要不明不白地落到他这步田地，所要表达的也不外乎就是这么个意思。

“你急啥，到时候自会把你解开，走吧。”老的说。

“走呀！”小的说，拍了他一掌。这一掌就像拍在某个猎物的臀部，带着那么点子炫耀的神气：看看，这毛色多棒！

他也听不懂他们的话但同样能了解，尤其是小的那一掌。他不再说了，紧紧咬着嘴唇。他本来就不爱多话，何况对着两个公然侮辱他的中国人。不论什么人，凡是侮辱过他的，他从来都不是用语言而是要用行动来对付的。

“狗日的到底走不走，再不动蹄子小心老子揍你。”小的说着狠狠推了他一把。

这一把劲使得大了，好像不是推在一个人的身上，而是推在一根弹簧什么的那种东西上头，被一股子力反弹回来撞了那么一下差点没摔倒。

那老的见了不声不响走过来，竖起手掌在他的后颈脖子上砍了一刀。

他感到了这一刀的分量，脖子以下大半身全麻了。自从来到中国，还从来没有一个中国人敢于像他俩这样对待他，就连那个出卖他们的中国官员，也没敢动过他一个指头，虽然那官员拥有绝对的权力。他似乎从这一老一小的身上又一次体验到了他曾在那对中国母女身上体验到过的那股无法抗拒的力量。

他抬起头，他的两眼放出光来，他看到了下边大路旁三棵属于他们的命运之树，他移动了脚步，慢慢朝下走去。

那天在他们找到上边那个洞子之前，先在下面找到了他们的命运之树，那是三棵旗杆一样笔直的钻天杨，成犄角之势生长在路旁的红土丘上。军曹长说这是一种象征，他整整找了三年。

这会儿，那高不可攀的树冠已与暮色融为一体，仿佛真的伸到了云端里。他走到了其中一棵大树前，停下来。

这就是他的命运之树，光裸的树干上刻有他的名字和他的出生年月；在另外两棵大树的树干上，刻着军曹长和佐佐木的名字及他们的出生年月。军曹长坚持要用公历，不用昭和天皇的年号。他们每个人将自己的名字和出生年月恭恭敬敬刻到大树上，绝不是一种游戏，而是一种寄托，一种信念，从此他们不再感到孤单，因为他们的命运已同这几棵跟自己的名字相连的大树紧紧结合到一起了，大树长到了他们的心中。

他不觉感到无比的羞愧，刚才他几乎将它忘到了脑后，现在他抱着一种负疚的心情注视着他的命运之树，他似乎见到了它那最初绽出的叶芽，血液在他的体内流动，同时也在他的命运之树的体内流动，或者都是红的，或者都是绿的，血液流动的结果，命运之树的树干上便会膨胀起来，长出一圈新的年轮，枝头便会绽开一簇一簇碧绿的新叶，而他也跟着增添一岁年纪，从 24 长成 25。

他真想伸手拥抱它一下，像小时候欢天喜地跑到海滩上去，急不可待地伸手拥抱出海回来的父亲一样。他轻轻靠了上去，感到了命运之树对他的拥抱，正如同父亲那样。

“再见，小泽卫吉!”他对命运之树呼唤着。

“再见，小泽卫吉!”他听见了命运之树的回答。

他被关进一个漆黑的地窖里，又一次失去了作为人的基本权利，变成了待宰的牲口，等待着再次的拍卖，代价是一千元中国银洋。

从他们三个人被关到那节铁皮闷罐车起，到他被扔下这个地窖，刚好过去了一周。

在他短促的生命中，这漫长的一周他永生不会忘记。如果将那节铁

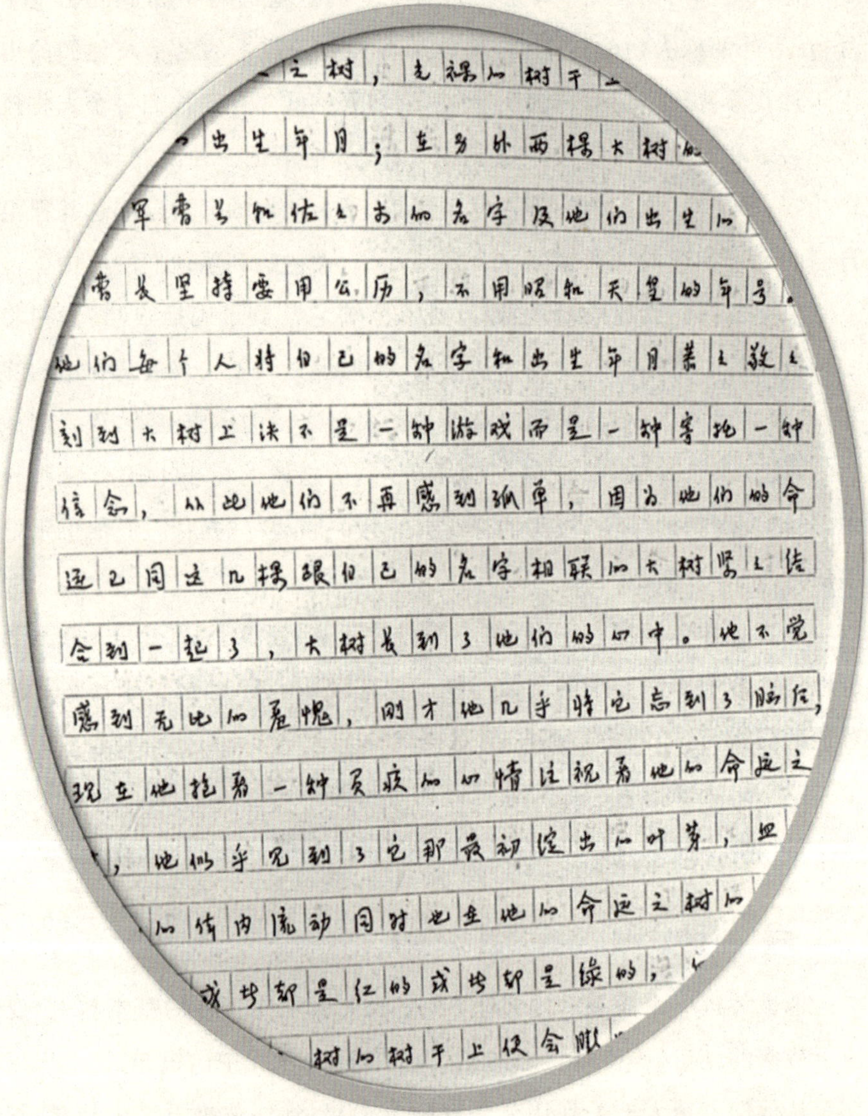

之树，光裸的树干上
的出生年月；在另外两棵大树的
军曹长和佐佐木的名字及他们出生的
曹长坚持要用公历，不用昭和天皇的年号。
他们每个人将自己的名字和出生年月恭恭敬敬
刻到大树上决不是一种游戏而是一种寄托一种
信念，从此他们不再感到孤单，因为他们的命
运已同这几棵跟自己的名字相联的大树紧紧结
合到一起了，大树长到了他们的心中。他不觉
感到无比的羞愧，刚才他几乎将它忘到了脑后，
现在他怀着一种负疚的心情注视着他的命运之
树，他似乎见到了它那最初绽出的叶芽，血
的液体流动同时也在他的命运之树的
或者都是红的或者都是绿的，
树的树干上便会映

皮闷罐车比作一口装活人的棺材，那么这个地窖则更像是个装死人的墓窟，从活棺材到死墓窟，正如围绕着一台大磨盘在做着徒劳的跋涉，一周之后又回到了原来的起点，周而复始，真正耗尽生命中最后一点活力，蠢驴一样被剥了皮，剔了骨……

那么，还有那两个鬼东西呢？

他们先是走在一条好长好长的巷子里，长得似乎没有尽头；接着是陡的一声吆喝，分不清来自何处，但他听懂了，好像是问：喂，得手了吗？得手啦，这还用问吗！那小的说着跑了过去；随即他便看见了从左边的院子里透出来的一片苍黄的灯光，那灯光像个雪球越滚越大，映照出许多人奔跑的身影，他们一边跑一边叫，大多是女人和孩子，会不会是他老家二见浦的女人和孩子呢？其中也会有他吗？

他记得清清楚楚，每逢大人们捕捞回来，那就是一个欢乐的节日，女人和孩子也是这样又跑又叫地一直跑上码头，数他跑得最快、叫得最响，父亲说他像只小海鸥，他总是怀着一种莫名的激动和满腔的喜悦，沉醉在节日般的气氛里。

可惜好景不长，在他 12 岁那年，他父亲连同父亲的单桅船一齐被飓风刮走了再也没有回来，母亲面对着大海哭喊了三天三夜，最后昏倒在沙滩上，被一个他不认识的男人抱走了，从此也没有再回来，他只好带着自己的瘦小的影子到处漂泊，恰恰也是 12 年。

他做过无数的梦，有一个梦老是困扰着他，总有一天，他将驾着他的三桅大船——就像黑旋风大帝那样的大船，捕得满舱的鱼虾，从海上回去，全村的女人和孩子都欢叫着跑到码头上来迎接他，如同迎接一个盛大的节日。

12 年转眼过去了，没承想他果真见到了那种动人的情景，听到了女人孩子们的欢叫声，甚至还看见 12 年前那个用一长串摇摇晃晃的松木板搭在沙滩上的码头，一切都是老样子，连码头旁的那几棵沙柳也还在。

他记得他曾经砍下过沙柳的枯枝在沙滩上燃起一堆篝火，为了想给父亲一个信号。

他的屁股挨了重重的一脚，但他心中苦涩的乡情并未消失，他深深地吸进一口气，竟然分辨不清他吸进的是中国农村的粪土气，还是他老家渔村的海腥味。

这家院子比那家放个大石磙子的场院小得多了，人却不少，黑压压一片。他看不清他们的脸，不知脸上的表情是欢乐还是失望。

他们一定很失望，因为他们一见到他便突然静止下来，石化了似的连成一座峥嵘的礁崖。海难降临之前的一刹那间就是这副样子，他的心怦然跳动起来。

有人猛地推了他一下没推动，就转到他面前，又是那个小的，挥起一拳结结实实打在他的小腹上。

这轻率的一拳彻底击碎了他的梦幻，他吼了一声，凄厉而残忍，他扑过去将那小的压倒在地上。

海难终于降临了，人们蜂拥上来又叫又嚷，犹如掀起层层黑浪。他的硕大的光脑壳在那小的长一撮黄毛的尖脑壳上一撞，不知为什么，临时改变了主意，没怎么使劲儿，那小的不再动弹了，在他的怀里软软地松弛下来，睡着了一样。他承受着许多人雨点般的拳打脚踢，但不痛；有个女人想伸手抓他的头发，他的头发又短又硬，那女人抓不住就屈起手指敲他的后脑勺，敲得突突地响，也不痛。他仰起脸，这是个很冒险的动作，在他挨到一个耳光的同时，他触到了一根长长的辫子，他一口咬住撩人的辫梢扯了一下，便听到一声惊惶的尖叫，他嘿嘿一笑放开了她。几双有力的大手伸过来把他翻了下去，他们扶起那小的，如同扶着一只软布袋。这时候，他的腰部被重重地踢了一脚，他转眼寻找那个踢他的杂种，他的眼前忽然闪过一道白光，那是一根白木棍子，在这根白木棍子即将像敲碎一只泥钵子那样朝他的光脑壳敲下来的瞬间，被一个喝声制止住了。

这声叱喝并不重，却威严，他听得出来。人们都退了开去。

那老的弯下身来扶他。“给我解开绳子。”他悄悄儿地说，还对着那张干枣般的脸笑了笑。

他突然发现，有一只黑色蝴蝶叮在这张俯下来的脸上，这种小东西只有在风暴过后的海滩上才能找到，也只有他的老家才有，喜欢迎着海风颤动那对黑丝绒似的透明的翅膀，别处他还没有见到过。他张开嘴轻轻咬住了它，因为他抽不出手来捕捉，有一股淡淡的咸味流进他的嘴里，他想他还是把它咬碎了。

那老的不动声色，举手在他的颚骨上拍了一掌，咔嗒一声拍下了他的下巴骨。

“这个畜生！”那老的骂着，掏出一盒火柴，撕下一片磷纸贴到伤口上。原来那不是一只蝴蝶，而是一只黑色的耳朵，像一只风干了的茄子，连流出的血也是黑色的，像焦油。

那老的伸手捧住他的光脑壳。要像扭南瓜那样扭下它吗？他悚然地想，随即打了个寒战。

“别动！”那老的喊着，他又听到了咔嗒一声响，下巴骨给拍了上去，重新合住了。他忍不住哇地吐出一滩酸水。

“你是小泽卫吉吗？”

他吃了一惊，弄不明白是谁用这种语气问他，以往只是在他被带进警察所才会有人这样问：你是小泽卫吉吗？你自己算算看这是第几次进来啦？哟西哟西，这绝不是第一次，也不会是最后一次。他笑起来。

“你是中士小泽卫吉吗？”

“嗨咿！”他大声回答，这是一种条件反射。

他终于找到了那个用日语问他话的人，光线太暗，看不出他有多大年纪，但他的日语说得很纯正，声音洪亮。会是个什么人呢，不会是翻译官吧？他拿不定主意，沉默着。

“你知道有人向我告密吗？”

“不知道。”

“你相信会有人向我告密吗？”

“不知道。”

“那你知道什么呢？你知道你们联队长大竹少佐下的通缉令吗？”

“不知道。”

“你想听一听吗？”

“不知道。”

“还是听一听的好，明人不做暗事嘛。”那人说，“……不论军民人等，凡能将其捕获归案者，每捕获一人奖赏银洋一千元；凡通风报信协助皇军拘捕归案者，每拘捕一人奖赏银洋五百元；凡已将其击毙验明正身无误者，每击毙一人奖赏银洋五百元……凡包庇、窝藏、资助潜逃或隐匿不报者，杀……”

“你认为我会害怕吗？”他咬着牙问。

“大概不会。”

“你认为我会服从你吗？”

“不一定。”

“你是什么人？”

“中国人。”

“那你为什么还不把我杀掉？”

“杀掉你我就拿不到一千元银洋啦，再说你还有两名同伙呢，先关起来吧。”那人说着微微一笑，露出一口牙齿。

有几个人上来推他，他真想把那副白牙一颗一颗拔下来，但他终于没有反抗。

地窖在院子的一角，被几个柴垛子围住，从窖口望下去黑得什么也看不见，这使他有一种身临深渊的感觉。

他见到过中国人的地窖，在满洲叫地窨子，一般都不深，口小里头大，口里搁一把小梯子，口上压一块厚木板，再压上一块防雨的草苫，窖里堆放着土豆和大白菜，人一下去便会闻到如同下到酒窖里那种冲鼻子的香味儿。

他嗅了嗅，他嗅到的不是冲鼻子的香味儿，而是一股令人作呕的腐尸臭。“把我解开！”他突然怒吼起来。他吼得太急了，未等他做出相应的准备就被人一脚扫了下去。“嚎你娘的丧去吧！”他头朝下訇然一声跌到一堆干草上。他仰头朝上望，几颗黑色的人头挤在一个镜面似的青色背景上像影子戏。这地窖好深啊，比他见过的所有地窨子都深，简直像一口枯井。他一下子呆住了，惯于活埋人的人让被活埋的人活埋了，他凄然一笑。

有谁拽了他一下，原来是捆绑着他的绳子还牵在上头那个老家伙的手里，他只觉得浑身一震，那绳子忽然变成了一条死蛇，一圈一圈从他身上脱落下来跌到他的脚边。他不假思索便将绳子一把抓在手中，上头那几个人在扯笑，他死死不肯松手，仿佛抓住这根绳子就抓住了一个机会。上头劲大，他抓不住，看看不行了，又有个人踢了他一脚。

“别费劲啦，撒手吧大个儿，一根绳子顶什么用，上头盖子一盖给你一架梯子也出不去。”

“佐佐木！”他大喊了一声，连吃奶的劲儿都使出来了，“你怎么会在这儿？”

“你还记得我说过的那个办法吗？”佐佐木幽幽地反问，“发现一个还有两个，发现两个还有一个……”

“军曹长呢？”

“他就是最后的那一个，大个儿，我们又给出卖啦。”

6 被出卖的上等兵 佐佐木嘉树

☮ 直到佐佐木被征召到这个以杀人为儿戏、为乐趣的军队里来，他的生活就是那样一张底片——暗淡而模糊。

☮ 要是到了那一天你还没有回来，不论你在什么地方，都得爬到高崖上去面对大海的方向喊一声“妈妈”！我和你花代妹妹会听到你的喊声，妈妈没能保护你，但妈妈会和你妹妹一起等着你，永生永世……

☮ 一切的努力都无济于事，在这架有着章鱼一样无数触手的无理性可言的战争机器面前，所谓社会名流不过是个稻草人，他提前接到了征集令。

佐佐木嘉树在他短短的一生中似乎老是被出卖。

记不得5岁还是6岁，只记得花代妹妹还驮在妈妈的背上，而那年春天放风筝的时候，弦线缠住了花代妹妹的手臂，差点被那只美丽的大蝴蝶带上天去。他一下扯断弦线，眼睁睁地瞧着花花绿绿的大蝴蝶摇摇摆摆地飞升而去，越飞越高，越飞越小，他心里懊丧极了，又心疼又气恼，泪水在眼眶里打转转。妈妈却拍着手说，飞走了飞走了，带走了妈妈的晦气，也带走了佐佐木哥哥和花代妹妹的晦气，带走了我们全家的晦气。

还有爸爸的晦气，他说。

你爸爸是个骗子！妈妈忽然哭了起来。

对了，那年他6岁。上一年他5岁，花代妹妹才2岁，他们就被一个叫爸爸的骗子出卖了，离开了奈良那个富丽堂皇的家，来到伊豆七岛，住进了一间到处是蟑螂味的小木屋里。从此，他们再也吃不到鸡汁虾仁通心粉，每顿饭都是一碟腌萝卜和一碗酱油汤。这是他第一次尝到被出卖的滋味。

此后大约过了一两年吧，来了一个叫吉野的叔叔，他几乎已经记不得那个人的相貌了，但他记得那人有一副牛样强壮的肩膀，他就常常骑在这副宽阔的肩膀上下海去，海水一直漫上他的两条小腿，柔柔的，痒痒的，舒服得不得了，又爬到他的膝盖上，但他一点儿也不害怕，非但不害怕，他还敢把蓝蓝的海水踢成一串一串雪白的浪花。既然他骑在吉野叔叔的肩膀上，就好比骑在一块高高的礁石上，那么难道海水能把一块高高的礁石冲坍吗，能把它淹没吗，所以他一点儿也不害怕。

有一天，花代妹妹驮在妈妈的背上，他骑在吉野叔叔的肩膀上，他们从一间破破烂烂的小木屋搬到了临街一座三层的公寓里，他们住在第二层，还特意为他安排了一个四铺席的小卧室。隔壁是一间公用的洗澡间，整天听得见哗哗的水声，如同睡在大海边上听哗哗的涛声，他便做不完有关大海龙王和水晶宫殿的梦。

可是不久，他发觉吉野叔叔在欺侮妈妈。有一次就在隔壁的洗澡间里，妈妈跟他打了起来，吉野叔叔把妈妈的两个大白奶子都抓破了。

那天晚上，妈妈坐着呜呜哭了整整一夜，他和花代妹妹也陪着妈妈哭。花代妹妹哭着哭着睡着了，他睡不着，他知道他不能睡着，但他不知道该不该恨吉野叔叔。妈妈说他是他们嘉树家唯一的男子汉。他当然明白什么叫男子汉，他明白男子汉就得像吉野叔叔那样什么都能干，什么都不怕，可他怕吉野叔叔，怕他那副牛样的宽肩膀，还有那双熊掌样的大手。

什么时候他也能长出一双吉野叔叔那样的大手来呢？他这双小手又白又嫩，不会劈柴，不会打架，不会开啤酒瓶子，简直什么也不会干。吉野叔叔开啤酒瓶子从来不用起子，一只手提住长长的瓶颈，一只手照着厚厚的瓶底那么一拍，噗一声，一股白沫儿就冲开铁盖子喷了出来，这股白沫儿老是要溅到他的脸上，老是溅得他的脸像个马戏班子里的白鼻子小丑，妈妈说上台表演都不用化妆了，吉野叔叔便得意非凡地咧开一张蛤蟆样的大阔嘴叽叽嘎嘎笑个不歇。噢，这个发现可了不得啦，原来吉野叔叔只不过是个阔嘴大蛤蟆。

为了证实这个谁也发现不了的大发现，他偷偷从一个叫花子那里买来一条小花蛇，装到一只纸盒子里。他知道蛇是蛤蟆的克星，就是不知道怎样才能将这条小花蛇挂到那只大蛤蟆的颈脖子上去。得等他睡着的时候吗？这使他想起有点像妈妈说过的一个童话叫老鼠挂铃铛。有个聪明的小老鼠想出了一个绝顶聪明的好主意，要是给猫的颈脖子上挂一只小铃铛，以后只要一听到叮当声，大伙便可以早早逃跑，再也不会受到猫的伤害了。可谁去挂铃铛呢？谁不害怕呢？他也害怕呀，除了害怕那只大蛤蟆，他还害怕那条小花蛇，一听小花蛇在纸盒子里簌簌地蠕动，他便激动得瑟瑟发抖。

没有办法，他只好去请教妈妈。

“妈妈，妈妈，我买来一条小花蛇。”他悄悄地、神秘地说。

“那就带花代妹妹一起玩儿去吧。”妈妈说。她还以为他买来的小花蛇是一种玩具哩，真让人扫兴。

“妈妈，妈妈，”他大声说，“那是一条活蛇呀。”

妈妈吓了一跳，忙问他要干什么。他双手叉腰，十足一副大男子汉的派头，害怕什么的也忘了，歪着小脑瓜说，吉野叔叔要敢再来欺侮妈妈，就放出小花蛇去咬死他。

那蛇蜷伏在纸盒子里一动也不动，妈妈用根小木棒轻轻戳它一下，它才懒懒地甩一下尾巴。妈妈说这是条小海蛇，大海才是它的家，让我们放它回家吧。

那天风大，妈妈穿着白色的和服，用一条绿色的袖带挽起宽大的衣袖，露出一截粉红的手臂，风吹起妈妈的衣角，像海鸥的翅膀。妈妈走下海滩，将小海蛇放进浅浅的海水里，那小海蛇先在海水里扭动了几下，一个浪头把它卷上了沙滩，妈妈又将它放回到海水里，它忽然伸直了身子慢慢儿游了开去，游进一簇一簇堆起来的浪花中去了。

他不由拍手欢叫道：“小海蛇回家啰！小海蛇回家啰！”

花代妹妹也拍着手，跟着“回家啰！回家啰！”地喊叫。

妈妈上来了，将他和花代妹妹一起搂在怀里。妈妈的怀抱好温柔、好暖和，怎么搂也搂不够。妈妈喃喃地说，吉野叔叔再也不会来了。

“他也像小海蛇一样回家了吗?”他问。

妈妈摇摇头说:“不,吉野叔叔不如小海蛇勇敢,他欺骗了我们,他不是个真正的男子汉,不敢承担责任。”妈妈说得很凄凉,一边说一边擤着鼻涕。

妈妈伤风了。他想,那个吉野叔叔为什么要欺骗我们呢,有什么责任他不敢承担呢? 过了很久很久,他才终于懂得妈妈说的这番话,那时候,他已经在一座9年制的公立学校里读了8年书。

8年的岁月一闪而过,小佐佐木长大了,长成了一个漂漂亮亮的小伙子,虽然个子不如吉野叔叔那么高大,可长得结实,妈妈说他像一棵小白桦树。

他是这个学校的长跑选手,打破过学校保持了10年的少年组1500米长跑纪录,还参加过全区学生运动会,捧回一座金鹿奖杯。

这一年的秋季,学校里举行了一次越野赛跑,规定从七年级开始,以年级为单位组织这次活动,跑第一名的学生不但能得到装饰品,还能享受全校最高的奖学金,直到毕业为止。

在他们八年级,不论老师还是同学,都认定这第一名除了佐佐木嘉树谁也争不去,他自己更不用说了,那几天连走路都好像驾在云端里。不料事情起了意想不到的变化,第一名竟给班里那个矮矮胖胖毫不起眼的光头武郎出其不意地夺走了。他从高高的云端一跟头栽了下来,于是,不论老师还是同学又都认定他——许多女生心目中的白马王子太过于骄傲了,龟兔赛跑,骄者必败。

说他骄傲也好,说光头武郎幸运也好,反正这里头有蹊跷。这次他们年级由江岛老师选定的路线他熟得不能再熟了,从一个岛子横穿过一片黄杨木林,爬上一个坡子,再沿着另一片黄杨木林兜回来,全长

50町[1]。他闭着眼也能跑完全程，怎么会输给光头武郎呢，真是莫名其妙。

但自信绝不等于骄傲。他记得在他爬登那个坡子时，他一直远远跑在前面，他曾经回头看过，那会儿他连光头武郎的影子也看不见，沿途有全校同学组成的啦啦队，他们只喊着一个名字：佐佐木！佐佐木！佐佐木！其中当然要数他们年级的喜助美津子喊得最响亮、最动听，赛过一只黄莺儿。他满怀信心地朝大伙儿招招手，当然主要是朝美津子招手，他见到了一张小小的樱桃嘴像被熟透的红果汁胀裂了开来，给了他一个无比甜美的笑，笑得阳光灿烂热血沸腾脚底生风，笑得他一口气就冲上了坡子。

可等他上了坡子，那个光头武郎却像从土里钻出来似的突然出现在他的眼前，弹跳得像只打足气的皮球，快速得像头受惊的梅花鹿，光光的头皮汗珠闪烁，像戴着一头银饰，才一眨眼工夫便跑得不见了踪影。

唉，这场比赛失败得太憋屈，太窝囊，太丧气，这到底是怎么回事，他百思不得其解。

妈妈听过他的诉说之后笑着问他，那个光头武郎是不是荣作家那对孪生兄弟？

他说是的是的，可这跟孪生兄弟有什么相干？

妈妈说，因为荣作家那对孪生兄弟长得实在太像了，像得连做爹妈的也分不清，便只好让哥哥大郎留着头发，而将弟弟剃成光头，所以就叫成了光头武郎。

是的是的，一点不错，他说，妈妈你怎么知道得这么清楚？

不都是街坊邻居吗，那年你还到他们家看过杀猪呢，妈妈说，现在你可以再去拜访他们一次，看看那头卷曲的短发是不是还长在哥哥大郎的

① 町：日本长度单位，每町为109.09米。

脑瓜上。

什么什么，妈妈你这是什么意思？他越发摸不着头脑了。

你爬上坡子看见的武郎，不是武郎，那是大郎，他们掉了包啦！妈妈笑起来，就这么回事儿。

果然不出妈妈所料，荣作家那对孪生子用不正当的手段骗取了第一名的荣誉，而全校师生却被蒙在鼓里。要想揭穿事情的真相倒是最容易不过的，因为大郎的头发还来不及重新长出来，可要揭穿一件事情的真相往往得有勇气。大郎不同他弟弟武郎，那是个老子天下第一的角色，他拿着一把小折刀抵在佐佐木的腰眼上冷冷地说，你听着，只要你敢说漏一句话，我就捅了你这个小杂种！这就难办了，除非他也敢拿一把小折刀去捅他，白刀子进红刀子出，但他见不得血腥味也便没了勇气。

他好像又一次被人出卖了似的，不得不承认自己不像个男子汉，而要做一个堂堂正正的男子汉又是何等困难啊！

接下去的日子，明媚的阳光一点一点从他的生活中消失了。不久之后他接到了喜助美津子的一张条子，那么巴掌大的，从作业簿上撕下来的纸条子，更像一片乌云，沉重地压在他的头顶，纸条上只写了八个清秀的字：我再也不想见到你！

他在干草堆上辗转了一下，干草发出簌簌的响声，好像底下伏着一条小海蛇。他自嘲地笑了笑。夜显得多么沉静，虫子都冬眠了，他想，他们不也是一条虫子么，大个儿是一条大虫子，而他是一条小虫子。他知道虫子一样蜷曲在那里的大个儿也没有睡着，真想再同他说说话，比如说说春雷惊蛰什么的。在大个儿颠沛的半生中，如果也有过不该失败而失败了的时刻，他大概不会抱怨，对待生活他采取的是另一种态度。可要是一个人的生命中失去了阳光，那还有什么生活可言呢，那不过是一张曝光的照相底片。直到佐佐木被征召到这个以杀人为儿戏、为乐趣的军队里来，他的生活就是那样一张底片——暗淡而模糊。

最初他学会了憎恶人，憎恶一切出卖过他的人，不管他是爸爸、吉野叔叔还是荣作家的那对孪生子，憎恶人间的一切欢乐，歌声笑语，桂冠和荣誉，以及好运道和赞美诗；尤其因为他缺乏勇气，去向他最为憎恶的人进行报复，而更加憎恶自己。

他撕碎了泰戈尔的诗集，将自己关在那个四铺席的小房间里，像蟋蟀被关在笼子里，烦躁不安地听着单调无聊的哗哗流水声，海阔天空的幻想早已不存在了，他恨不得抓住自己的头发逃离这个充满丑恶的哪怕诅咒一百次也不解恨的世界。

后来他明白了，这个世界纵然充满了丑恶，但也可以寻找到一点美好的东西，这种寻找是从妈妈送给他那把梳子——一把伊豆黄杨木做成的精巧的梳子开始的。

这把木梳一共有 52 条梳齿，如同 52 滴水珠一样，你绝对挑不出任何有着极其微小差异的 2 条来，它是完全用手工做成的，你不能不惊叹做功的精细和准确。所以伊豆黄杨木梳闻名于世。

妈妈的这把梳子为什么恰恰是 52 条梳齿呢，这有什么特别的含义吗？妈妈说有的。一年当中不是也正巧有 52 周，就是说有 52 个日曜日①吗，如果你离开妈妈之后过了 1 个日曜日，你就在梳脊上按照梳齿的间隔刻上 1 个记号，等你刻满了 52 个记号的那一天，也就是你离开妈妈整整一周年了。要是到了那一天你还没有回来，不论你在什么地

① 日曜日：指星期日。古代中国、日本、朝鲜等将日、月、火、水、木、金、土七个星，合称“七曜”，用来称一个星期的七天。日曜日是星期日，月曜日是星期一，其余依次类推。（编者注）

方，都得爬到高崖上去面对大海的方向喊一声“妈妈”！我和你花代妹妹会听到你的喊声，妈妈没能保护你，但妈妈会和你妹妹一起等着你，永生永世……

妈妈是在病房里强支起病弱的身子，一边为他梳理着蓬乱的头发，一边娓娓地对他说这番话的，两天前他接到了征召的通知。他没打算逃避征召，他认为这也许正是人生的一种解脱，可妈妈并不这么看。

这个病房里有四张床位，只住了妈妈一个病人，不是严重的患者医院已经拒绝接收了，但妈妈得的是什么病却一直没能检查出来，只是身子一天天衰弱下去，需要有亲人的安慰。

除了他，妈妈的身边只有花代妹妹了，她才16岁。他突然注意到在妈妈的床头柜上插着一束花代妹妹采来的野菊花，原来野菊花有着许多种颜色，这是他以前从未发现过的，这许多种颜色的野菊花当中的任何一种都不特别鲜艳，它不是供人观赏的品种，但把它们拿在一起插到一只瓶子里，再配上绿莹莹的叶子，平平常常的野菊花便变得光彩夺目了，将妈妈那张苍白的脸孔映照得容光焕发。妈妈的脸本来就非常美丽，病中妈妈的脸不见了平日辛劳的倦怠，反而增添了一种安详、静谧的美，显得更加妩媚动人了；花代妹妹挨着妈妈，拿自己红润的小脸蛋紧紧贴在妈妈那大理石般光洁的脸庞上，床头柜上是那束散发着淡淡清香的多姿多彩的野菊花。

呵，他几乎无法相信自己的眼睛，正如一个被巫师施了障眼法的孩子，是妈妈的爱使他复明了，重新看见了人世间美好的事物，他所拥有的幸福足够抵偿他所有的不幸。

他不再犹豫了，他得立即赶到学校去找山本校长，向他说明他还不到征召的年龄，要再过一个半月才满18足岁，请求校长的帮助。还有这家医院的院长犬养先生，听妈妈说他和爸爸是东京帝国大学的同学，妈妈入院那天犬养先生还称呼妈妈为嘉树夫人，正好他又是新兵入伍负责体检的主治医师。

无论如何他都不能离开妈妈，不能拒绝由于妈妈的爱重新点燃起的他对生活的全部希望。

然而，一切的努力都无济于事，在这架有着章鱼一样无数触手的无理性可言的战争机器面前，所谓社会名流不过是个稻草人，他提前接到了征集令。

正当他准备重新拥抱生活的关口，这道至高无上的征集令无疑是对他的心灵的一次更为彻底的出卖，在它面前他无能为力，而一种习惯势力和秩序却无比强大。

他忽然听到一声鸡啼。不是幻觉，他没有听错，的的确确是一声鸡啼，犹如一声春雷，不由得又使他想起“春雷惊蛰”那句谚语。

他记得在一个叫作秦皇岛的村子里听到过中国雄鸡的啼鸣，那可绝对是一个壮丽的景观：一只红毛大雄鸡旁若无人地昂起头，挺立在高高的房顶上，房顶上积着厚厚的雪，他产生了一个错觉，仿佛那只红毛大雄鸡是挺立在世界屋脊喜马拉雅的最高峰——额非尔士（珠穆朗玛）的峰巅上，对着青色的苍穹撒开它那五颜六色的颈毛，像非洲土人在围着篝火跳欢庆舞蹈时撒开金光闪烁的颈饰，突然之间迸发出一声惊天动地的鸣叫；那高亢、嘹亮、雄浑、绵长的啼声，像是在庄严地警告整个沉睡的世界：醒醒吧！醒醒吧！

他蹭着泥壁坐起，两眼朝上看，要是上头那块盖板未曾盖严的话，他想他能看见一线曙光。

那么，到中国来后的第二声鸡啼又是在什么地方听到的呢？刻骨铭也是东京帝国大学的同学，娟子入院那天犬养先生还称呼娟子为嘉树夫人，正好他又是新兵入伍受查体检的主治医师。无论如何他都不能离开娟子，不能拒绝由于娟子的爱重新点燃起的他对生活的全部希望。然而，一切的努力都无济于事，在这架有着章鱼一样无数触手的无理性可言的战争机器面前，所谓社会名流不过是个稻草人，他提前接到了征集令。

正当他准备重新拥抱生活的关口，这道至高无上的征集令无疑是对他的心灵的一次更为彻底的叛卖，在它面前他无能为力，而一种习惯势力和秩序却无比强大。

他忽然听到一声鸡啼。不是幻觉，他没有听错，的的确确是一声鸡啼，犹如一声惊雷，心的记忆不用回想，那是在那个中国官员为他们压惊的宴席上。

他们刚刚被请入席，他总感到有些不安可又说不清楚，心里好似悬着十五个吊桶七上八下。大个儿悄悄捅了捅他轻声说，管它呢，天塌下来也得吃了喝了再说。

就在这时候，一只雪白羽毛的双冠雄鸡从窗外院子里扑啦啦飞到了窗台上，对着他们喔喔喔的一阵大叫。后来他才明白，那声啼叫是向他们发出的一个凶兆。不一会儿，那只雪白羽毛的双冠雄鸡也已变成了一盘闪着油光的烤鸡端了上来。他们——包括军曹长在内，几乎还来不及怀疑便被主人的诚意深深感动了。

也是在那次宴席上，他用一把水果刀刻下了梳脊上的第 51 个记号，而第 1 个记号是在秦皇岛他听见第一声鸡啼后用刺刀刻下的。再过一周就到了离别妈妈一周年的日子，他必须爬到一座最高的山顶面对大海的方向喊声“妈妈”。

当时他可没料到，一周之后他会被关进地窖里，在一个黑暗的地下世界听第三声鸡鸣，怀着无限惆怅的心情迎接离别妈妈一周年的到来。

军曹长拿筷子点着那盘烤鸡笑着对他说，中国人舍得吃，而且为了吃想出种种名目：接风、洗尘、压惊、饯行。军曹长不愧是个真正的中国通，但他不是个万事通，他同样料想不到，那个举止文雅，兼有专员和司令双重头衔，尔后被大个儿骂为臭猪的中国官员，一面殷勤有加地向他们频频敬酒，一面悄悄地在进行着一笔肮脏的交易。

可惜发觉得迟了一步，否则他会把记号刻到那张保养得十分得体的白胖脸上，看看那脸在流血时是否照常挂着那副和蔼可亲的微笑。开膛剖肚也敢，他咬着牙想。

有人说过，从懦夫到勇士，不过像麻雀喙子那么一点距离，就看你能不能跨过去。

他并不认为自己已成为一个勇士，但他在今井的刑讯室里没有惊慌失措，挨第一下皮鞭的那一刻，他甚至感到一阵快意，似乎皮鞭不是落在他的身上，而是在抽打另外一个活该挨打的头号笨蛋；当他们撬开车厢地板准备爬下去跳车逃跑时，他竟然产生了一种恶作剧的感觉，就像有一次他偷偷地把女训导主任的雨靴灌满水时的那种感觉，因为他不喜欢那个老是板着一张长马脸的瘦女人。

他第一个爬出车厢，在车厢和车轮之间狭窄的架子上向前爬着，架子上有许多管道，车轮震动得那么猛烈。江岛老师曾带领他们去参观过一家工厂，他对一柄汽锤的巨大威力害怕极了，他想，要是一个人被它压下会怎么样呢？现在他正在经受着那样的锤击，要把他的五脏六腑统统锤成一团血泥。他似乎觉得朝后面喊了一声，他想他是怕大个儿在这许多大大小小的管道间挤不过来，他的喊声像在风暴中被飓风卷走了一样，他明白谁也不会来帮助他，一切都得靠自己。他滚落到一块沾着厚厚一层白霜，如同收割后的牧草地那样戳人的草坡上，一直滚到坡底，下面刚巧是一条黄泥路，有点像伊豆岛上的林中小道，耳边还震响着嗡嗡的海涛声。列车野马一般从头顶呼啸而去，突然沉寂下来的空间像一个黑色的梦，他被自己粗重的喘息声大大吓了一跳。

是他先看见大个儿扶着军曹长一瘸一瘸地朝他跑来，军曹长崴了脚了，他不无得意地想，庆幸自己完好如初。

咦！这幅景象熟悉得不能再熟悉了，可又记不起在什么地方见过。

据军曹长推测，他们正处在山西、河北的交界处，他说他们得拼着命儿朝西南方向跑。我的妈呀，这是哪儿跟哪儿呀，他怎么也搞不清楚，只好跟在人家一个瘸子的后面。

他们跑呀，跑呀，一直跑到太阳出来的时候，他猛然发现一片涌动的大海，他听见军曹长一声欢呼，高举双手投入海中，他没法儿收住脚步，也只能跟着往下跳，迎接他的不是温柔的海水，而是一堵密不透风的墙，原来也不是墙，而是一片奇形怪状的庄稼地，军曹长说中国人叫作青纱帐。

一钻进青纱帐仿佛进入另一个世界，他想他们可以缓口气了，军曹长连声催促着不能停下不能停下。他只得再跟着一个劲儿往深处钻。这片青纱帐好宽阔、好深广呵，无边无际，无穷无尽，简直就是浩渺无涯的海洋，他们一直钻得脸色发青、口吐白沫，才横三竖四地倒在地上。

地上有一股清凉的薄荷味，他想这会儿便是拿他去砍头、枪崩、上弹簧架，他也得缓过这口气来再说了。大个儿脸朝下趴着像个死人，他想他也快死了，原来死并不那么可怕。军曹长的脚脖子肿得像个肉瘤，正坐在那里用布条子包扎，他想，死都要死了，还费那个劲儿干吗呢，他记不起他的急救包放到什么地方去了，但他懒得动弹，后来他才记起早给搜走了，他便心安理得地迷迷糊糊睡了过去。

他梦见他带着花代妹妹到林子里采蘑菇，蘑菇还未找到倒先迷了路，林子太密了，看不出哪儿有一条像样子的路，可要说没有路，又到处都是一模一样四通八达的路，他俩绕着一个看不见的圆心兜圈子，兜来兜去又回到了老地方，妹妹急得哭了起来，他说别哭别哭，有哥哥在呢。他突然想到只要朝着太阳落下去的方向，一直走就一定能走出林子，他激动得全身发抖，阿基米德在澡盆子里突然发现比重定律时那激动的程度也不过如此。他连忙仰头去看太阳，他怕它会像他在另一个梦中见到的那样一下子掉进地洞里，幸好它没往下掉，可不知什么缘故它一点儿不扎眼，只是悬挂着，一动也不动。

他忽然听到一阵咝咝的吸水声。你们快试试快试试，这秆子里有水，还甜着哩！

水？哪儿有水？他一骨碌爬了起来，看见军曹长躺在一张用高粱秸铺成的地铺上，旁边山一样堆着嚼剩的刨花一样的渣子。只听军曹长笑着说：“好家伙，一下子睡了足足四个钟头。”

还笑呢，他想，伸了个懒腰咕噜出一句话：“我们都成了挖地穴啃草根的土拨鼠啦。”

军曹长说：“做土拨鼠好啊，这种小动物最善于保护自己了，要想不被人发现，不管他们是中国游击队还是日本搜捕队，大概只有做土拨鼠了。”

大个儿将几根捋掉叶子的高粱秸和一捧搓掉皮子的高粱米送到他的面前，装出一副诚惶诚恐的模样低声下气地说：“对于土拨鼠来说，这可是珍馐美味啦，高贵的土拨鼠太君，请您尽情享用吧。”他个子高大，装得又笨拙，那样儿特别令人捧腹，但他还是笑不出来。

他们就这样既提心吊胆，又小心翼翼地，在这片莽莽青纱帐里做了三天土拨鼠，一天挪两次场地，饿了嚼一把残留的高粱米子，渴了就啃高粱秆子，三天下来，一个个都变得灰头奋脑，成了地道的土拨鼠，只欠一根大尾巴了。第四天中午阳光直射下来，照得人暖烘烘黏糊糊没精打采少气乏力，差点撞上了一支队伍。军曹长说这帮人即使不是那头臭猪的部下也靠不住。

打清早起，他们刚刚挪了窝，大个儿就开始拉肚子了。这家伙牛高马大，肚量也大又最贪吃，一个上午拉了好几次，每次他都是跑得远远的，军曹长说别跑得太远啦，他没听。

最后一次他跑到一处洼地上，那洼地很可能是个干涸了的水塘，连着几条干渠，他沿着其中最大的一条干渠走不多远发现了一口水井，他俯下身去看了看，黑亮的井面上映出一个蓬头垢面的鬼影。有水！他惊喜地叫了一声，连肚子也不拉了，掉头就往回跑。

谁知他高兴得过了头，忘了来时的路摸不回去了。在这青纱帐里，一条条垄沟就是一条条路，可垄沟有几百上千条，一个娘胎的孩子，看看都差不多，还怎么分辨得清？他只好东碰西撞乱摸一气，也不知摸了多久，反正盲人摸瞎马，越摸越糊涂，现在就是让他摸了回去怕也找不回那口水井了，那嗓子眼便火辣辣烧灼起来。

嗨，怎么不喊几声试试呢，这几天下来不是也没见着个人毛儿么，怕啥呢？他这么一想，便对着一条条垄沟先是憋着嗓子喊，连喊十来声也没一点儿反响，单把他给撇下了似的，便不由火冒三丈，什么游击队、搜捕队、讨伐队都不在话下了，要别的老子没得，要命有一条，便扯起喉咙高声大嗓地吆喝起来。

这回可就有了动静，只见一溜儿高粱秆子噼里啪啦拆篱笆墙一般倒了下来，从那里一个接一个，一连跳出几十个汉子。

好汉不吃眼前亏，这是个全世界通用的法则，他斜插进一条垄沟撒开脚丫子跑。没想这一插倒让他瞎猫碰上了死老鼠，隔着一条平行的垄沟踏踏踏跑了过去，军曹长连着喊了两声他也没听见，就赶紧拉起佐佐木跟着他一阵疯跑，一口气跑出了青纱帐，正好东进西出贯穿了这一大片庄稼地，再回过头去一看，那里连个鬼影子也没有。

既然出了青纱帐——现在才看清不如叫作黄纱帐，便谁也不愿再踅回去了，土拨鼠的生活到底不是那么诱人的。这会儿他们只渴望着能喝上一杯热茶，吃上一顿热饭。中国人的油煎鸡蛋上头多搁点葱花香香的，中国人焖的大米干饭喧喧的，可上哪儿找去呢？

太阳直挂在头顶，正如佐佐木在梦里见过的，一动不动，离下山起码还得再等好几个钟头。他也照着军曹长那样手掌搭在额头朝东南方向眺望。那一角耸起一叠云彩，下面天和地的交接处，是一组锯齿状的大山的剪影，从一个缺口看进去，那背后隐隐约约还有着无数重重叠叠的大山，哪一座是太行山呢？不论哪一座都太远了，军曹长不得不打消这个无望的念头。那就近一点，再近一点，他看见了一簇墨绿色的树障，也许不是树障而是一簇防风林，远看像一段墨绿色的长城，仿佛能看见城垛和堆堞。如果那后面不是沙漠地带便是村庄，这是中国农民的一种防护措施，他目测了一下，不会少于十公里的距离。再往西看，蜿蜒着一条高高低低的土丘，土红颜色，像一条中国人的龙。而脚下则展开着大片大片收割过的田地。要想通过这片空旷的田野到达那簇墨绿色的树障，比通过据点外面的封锁沟还困难，别说人，一只兔子也溜不过去，但四下里阒无一人。

那么，他们打算试一试吗？他们抗拒得了中国大米饭的诱惑吗？

这个世界在这一刻里真是静极了，静得出奇，静得恐怖，静得仿佛地球停止了转动。风吹得高粱叶子唰啦唰啦响，他们每个人的心扑通扑通跳，这响声，这跳动，都是静的，还更静。

他们三个人站在这里进不敢进退又不想退，正不知怎么办才好，骤然一声长吼越过青纱帐横扫过来，像一根无形的鞭子，一鞭就将他们抽回到青纱帐里。

“可别都坐下，”军曹长说，“都得警惕着点儿，我们还没逃出铁路警戒区呢。”

“还得在这鬼地方再熬下去吗？”大个儿问。

“不啦，”军曹长一挥手，“等天一黑就走。”

佐佐木便又仰脸去看太阳，忽然发现它像一只刚出炉的黄油圆面包。大个儿说它更像中国人烤的焦黄焦黄的玉米饼子。他一边说一边就狗样皱起鼻子去嗅那喷鼻的香味儿。

军曹长说别嗅啦，我来给你们讲个故事吧。他说古代中国人有个不同寻常的习俗，凡是被判处斩决的犯人在押赴刑场之前，先得给他喝一大碗酒，吃一大碗饭，上头还搁着一大块肥肉，叫作喝壮行酒，吃断头饭。那些喝过壮行酒，吃过断头饭的死囚，便都一个个昂首挺胸变得视死如归起来，一路大喊“老子二十年后又是一条好汉”，毫无惧色地将头颅伸到一只圆墩上去让刽子手一刀砍下。

不想大个儿听得眉飞色舞口水直流。

要是这会儿也有这么一碗酒，大概他也会大喊一声“老子二十年后”的，佐佐木不无妒意地想。

这会儿，大个儿却蜷曲在干草堆上，像条冬眠的虫子煦煦地睡着了，他睡不着；大个儿是哪怕刀子搁在颈脖子上也得当个饱死鬼，他不行；大个儿说他人小心大，也许这正是他的悲剧。

那天才一擦黑，他们三个人就走出了青纱帐，只有他一个人回头看了最后一眼。

从青纱帐到树障后面那个庄子的实际距离，比军曹长白天目测的距离至少长三倍，要不是他们听见了一阵犬吠，便是摸到天明也摸不进去。

树障后面的地形复杂极了，军曹长说有点像中国的八卦图，什么叫八卦图，他说他也搞不清楚，只说在中国的三国时代有个叫诸葛亮的大军事家摆了个八卦阵，困住了敌方十万大军。

那夜没有月亮，他因为听得入了迷，差点掉进一条深不可测的壕沟里，多亏大个儿及时把他拉住，后来他们才知道那是一条天然的地沟，军曹长说这条天然地沟曲曲弯弯，构成了这一带的特殊地貌，在军事上易守不易攻。

等到他们三个人终于摸到那个庄子已经过了夜半，那是军曹长看天上的星星推断出来的。他说天上的星星位置不变，但地球在转动，所以能够推断，又说在地球上看星星，北半球和南半球完全不同，北半球的指路明星叫北极星，而南半球的叫南极十字星座。军曹长还当场教他和大个儿怎样去辨识。

这天夜里军曹长的话说得特别多，不知是怎么回事，直到他不声不响走了之后，佐佐木才恍然会意过来，他要告诉他们这些关于天文地理的知识，到底是为什么。

军曹长对于天文的知识与他对于地理的知识同样丰富，这使佐佐木佩服得五体投地，可大个儿却不耐烦地朝着一堆黑黢黢的东西狠狠踢了一脚，只听得汪的一声尖叫，原来他踢中了一条大黑狗。

大个儿陡地来了精神，立即使了个饿虎扑食，不料那狗反应敏捷，早已夹起尾巴逃进一条巷子，害得大个儿扑了个狗吃屎。

中国人养狗是为了防贼，没想却引来三个日本的“贼”，佐佐木忍住笑，将这个发现说给军曹长听了，他听过后说做贼有个规矩，不该说话的时候就别说。

这个庄子有许多条巷子，许多条巷子却通到一条长街上，如同许多条港汊汇集到一条大河上；巷子里的人家全都关门闭户安睡了，长街的中段还闪烁着三两点橙黄的灯光。军曹长说那是几家店铺，深更半夜还没有收盘打烊，便只能是茶楼酒肆饭庄菜馆。

军曹长是中国通，说得大个儿的嗓子眼里咕噜一声响，接着他打了个绝妙的手势。这个手势之所以绝妙，那是因为，不管你是中国人、外国人，黄种、白种、红种、黑种，都能一看就懂。这么一来，大竹正义联队的军曹长森田成吉同他手下的两个日本士兵便成了三个真正的贼。在成为真正的贼之前的一刹那，上等兵佐佐木的脑瓜里突然闪过一个忘却了的记忆，小时候吉野叔叔曾带他去偷过邻居家的葡萄。

前面走来一群叽叽喳喳的汉子，个个袒胸露臂，吵吵嚷嚷，打他们隐蔽着的巷口走了过去，没有人能听得懂这群酒气熏天的汉子吵嚷些什么，除了军曹长。他说你们两个别走开，我去去就回。他尾随着那群醉汉而去，半天没回，急得大个儿像被刚刚关进笼子的斑马，恨不得一头撞破笼子挣出去。

其实军曹长也不过去了一顿饭的工夫，他带回的消息正如大热天带来一桶冰水，乐得大个儿抓耳挠腮眉开眼笑，活像一只毛躁猴子。

军曹长说，前边不远就是一家饭庄，比得上北平的全聚德，全聚德你俩还没见识过，那可是一家吃什么有什么的大馆子，特别是烤鸭占世界独一份。又说，在中国的乡村小镇上，各类酒肆饭店的格局都差不多，进得门去，一边是案板锅灶，一边摆着桌子板凳，吃的和供吃的彼此相望，亲密无间，吃的和被吃的也只隔开一块墙板，吃的一边听着墙板那面鸡的欢歌，一边大吃大喝显得无比融洽。还说，我们三个人当然不能从前门大摇大摆地进去，因为我们是特殊的顾客，所以得走后门，后门必定有个院子，用来关押一切被吃的生物，只要进得院子便可登堂入室随心所欲啦，说着他伸手拍了拍大个儿。

没想到军曹长干这一行还是个老手。果然不出他之所料，他们摸到了那个院子，院墙是用土砖垒的，不足一人高，大个儿一抬腿便翻了进去，除了店主人住的一间卧房，所有的门窗都十分友好地打开着，灶头挂着熏鱼腊肉，蒸屉里叠着包子馒头，却没见有什么烤鸭，也不知大个儿打哪儿找来一只破麻袋，打算来它个一网打尽，被军曹长制止住了，军曹长伸个指头捅捅他的肚子，那里面至少已经填进十只馒头外加两条熏鱼。

跳下院墙的时候，呼地窜出那条大黑狗，原来这家伙一直不怀好意地跟着。军曹长随手扔出一只肉包子被它一口接住，它立即改变了敌对态度摇起了尾巴，亲亲热热地将他们送到庄子的另一头，并且一路上获得所有狗们的谅解，等他们走出老远它才轻描淡写地发出几声吠叫。大个儿不由叹口气说，神了，中国人将汉奸比作走狗，实在比得惟妙惟肖。

脚下是一条偏南的大路，顺着这条大路他们走了很久，天老是不亮，四面升起了雾气，黑沉沉的，这是黎明前的晨雾。

他们遇到又一个庄子，本该绕开去，可大个儿说口渴得很，想进庄去找点水喝。村头有一棵大树，树下刚巧有口水井，旁边还有个石槽，水井架上安着辘轳和吊桶。大个儿打上水来，水是清甜的，喝不够，他们还痛痛快快抹了把脸，抹去了几天来的疲劳。

雾气更浓了，将庄子裹了起来，像海市蜃楼。在拂晓的微光中，他们走到一处坡地的下面，路从坡地的左边延伸出去，右边是一道深壑，他们已经走过去了，军曹长又突然停下来，喊了声，我找到命运之树了！

那是三棵笔直的杨树，军曹长说这叫钻天杨，高高伸到云端里。为什么它们正好是三棵呢？那是说，正好三个人都有属于自己的一棵，这就是命运，而命运是无法抗拒的。

他们三个人在找到各自的命运之树后，就爬上了坡地，坡顶矗立着一座土崖，土是红色的，像一顶巨大的巴拿马红草帽，被一阵偶然的风刮到了这里。崖脚有个据军曹长说是牧羊人打的洞子，最初发现这个洞子的时候，佐佐木还以为它是个狼窝。当然又是军曹长说对了，他总是对的，这可真让人受不了。

洞子不大，得爬着进去，地上铺着一层干高粱秸，刚刚可以塞进他们三个人。一夜的奔波后躺到这么柔软的地铺上，谁也不想再动弹了。洞子里温暖如春，比在青纱帐里更有一种安全感，命运之树多少给了三个日本逃亡者一点精神上的慰藉。这一切都是天意，佐佐木想。

军曹长躺在洞口，他让大个儿躺到中间，他说洞子是椭圆形的，像一只横摆着的鸭蛋。又笑着说中国窑洞冬暖夏凉，我们可享受到个中滋味了。

躺在里壁的佐佐木没去理他，他在想着一个秘密，一来到这里他就看中了那座巴拿马红草帽似的高崖，后天正是他离开妈妈一周年的日子。

中间的大个儿已打起了诱人的鼾声。他们三个人终于都睡着了，小小的洞子显得那么平静、安谧而且充满了生气。这里再没有战争,也没有逃亡,他们每个人的梦是甜美的,奇妙的,比鼾声更加诱人。军曹长森田梦见之助大哥的死唤醒了更多的工人投入反战的行列,高举的手臂如林,呐喊声震天动地;佐佐木如愿以偿,在离别妈妈一周年的日子跟妈妈和花代妹妹团聚在一起,妈妈脸上的笑容比抱在怀里的那束斑斓的野菊花还光彩照人;小泽中士则梦见自己正驾驶着一艘满载鱼虾的三桅大船,乘风破浪向海岸驶去。

下午3点,军曹长第一个从梦中醒来,梦给了他片刻的安慰,他定了定神,先喊了声"佐佐木",不见回答,随即便推醒了身边的大个儿。

"没事,你别作声,"他悄声说,"拿着这张条子。"这是一张特地为大个儿准备的路条,上面写着他的中国名字——张大力,从关外逃来的一个哑巴难民。

"现在你就下去,重新回到昨夜那个庄子,找到那家饭庄,你只管大模大样进去,朝当中一坐,"他接着说,"有人会过来找你谈话,你就将条子往桌上一拍,人家请你吃你就吃,请你喝你就喝,要是有人找你比比力气,你不妨露一手给他们看看,那角落里有个劈柴的大木墩子,你试试能不能举起来。信不信由你,"他反手拍拍大个儿那有点瘪下去的肚子,"轻轻松松便能闹它个肚儿圆。"

军曹长这番话说得似真非真,似假非假,但正如吉卜赛人玩多米诺骨牌,事后才见分晓,大个儿这一去从此不见回来。

当天夜里,在军曹长和佐佐木之间,就发生了一场不可避免的谈话。谈话基本上采取对话的方式进行。

佐佐木首先发难，他说：“你这是有意打发他下去的。”

军曹长没有立即回答，他正在观赏洞外的夜景，他收回目光瞥了一眼。洞子里幽幽暗暗的，他看见有两只萤火虫在他的眼前闪来闪去。

佐佐木又说：“你怎么不说话，你忘了我说过的第二个办法了吗？”

军曹长说：“没忘。”

佐佐木说：“那你为什么要撇掉小泽君呢？”

军曹长说：“你还看不出来吗，佐佐木君，他是宁可吃饱肚子再喊老子二十年后的……”

佐佐木说：“那就不该把他带出来。”

军曹长说：“这你说错了，不该带出来的应该是你。”

佐佐木说：“那为什么又把我带出来？”

军曹长说：“我也说不清楚，也许这是一次错误的选择，可是现在已经来不及了。”

佐佐木说：“那怎么办，也把我撇下吗？”

军曹长说：“要找到那样一个隐蔽的角落，不是一说找就能找到的，所以——”

佐佐木打断他的话说：“所以你只好采取我说过的第一个办法，发现两个还有一个。”

军曹长放低声音说：“是的，因为我觉得我比你和小泽君都更容易保全下来，我们不能白白地都牺牲掉，这你能理解吗？”

他再听不见回答，但眼前的两只萤火虫终于消失了。他轻轻吁出一口气，好似终于卸下了一副重担。

军曹长还是悄悄地走了，佐佐木甚至都没发觉他是什么时候走的，这一夜他辗转反侧，几乎未曾合眼，一颗颗人头——吉野叔叔、荣作家那对孪生兄弟、喜助美津子、山本校长、犬养先生、中国的臭猪专员，还有面目模糊了的他的爸爸，缀成了一个圆形的环车轮般，在他眼前转动，转得他的心口阵阵作呕，将近黎明时分，他被弄得筋疲力尽，才力不从心地迷糊了一小会儿。

他做了个短暂的梦，只见游离在那个圆环之外的军曹长的头也想轧进去。够啦，够啦，没有你这颗头也够心烦的啦，他对他说，你就别进来凑热闹吧。

那颗头忽然拉长了，拉得面目全非，他猛吃一惊睁开了眼睛，洞子里空空荡荡的，早已不见了军曹长的踪影。他坐了起来，泥塑似的，半晌没有动弹。

虽然他能理解他非走不可，出于无奈不得不走，这样的结局也早已在意料之中，但他仍然摆脱不掉那种被出卖的残酷的感觉，然而，他无能为力。

他拿起他们吃剩的最后一条熏鱼，这是一条瘦长的青鱼，本可以在水中自由自在地游戏，只由于人类的贪婪才使它变成了这么一条奇丑的鱼干。他的视线随着手中的青鱼射向洞外，他悚然发现正有无数的人影游魂一样向洞子飘来。

噢！该来的终于来啦！他高举双手激动地喊着，下撇的嘴角竟然露出一个幸灾乐祸的微笑。

7 命运之树的启示

☮他们一个接一个地倒下去，既不喊叫也不逃避，他们默默地付出生命，以不屈的死嘲弄暴行。

☮罪孽只是暴行的借口，历来如此。

☮军曹长说别笑，小心点儿没错，我再说一遍，你们别问是什么情报，这不是必须知道的，我们的任务只是要保全自己，在任何情况下也不暴露……

☮佐佐木你干吗要暴露自己呢，为了解救小小一个庄子，几百个像陷在岸干了水的泥浆里的鱼似的中国人，却让更多的庄子，成千上万个中国人，陷进去被活捉、虐杀、活埋吗？佐佐木你好没有头脑……

崇尚命运之树的日本人，坚信它会给人带来幸运，逢凶化吉，消灾祛祸。他们往往寻求那种具有强大生命力的百年老树，如松、柏、枞、樟之类；也喜爱那种坚秀、挺拔、充满生机的大树，如杨、桦、樟、柳之属。

而妈妈为小嘉树寻来的命运之树却是一棵老胡桃树。

在他老家，有个好大好大的庭院，他走呀走呀老是走不到头，那棵老胡桃树就生长在庭院的正当中，妈妈说它是小嘉树的命运守护神，也是他们嘉树家的家宅守护神，还是他爷爷的爷爷种的，两个爸爸都活了70岁。

妈妈为他在老胡桃树下安置了一张小小的吊床，华盖般的绿荫能为他遮挡烈日的烤炙和风雨的吹打，妈妈说那是小嘉树的安乐窝。他的幼小的童年便是在这个安乐窝里度过的。

在妈妈带着他和花代妹妹离开老家的那一天，妈妈特地摘下一片胡桃叶子，挖起一撮树下的泥土，一同包在一块蓝底白花的家织布帕里，缝到他的腰带上，妈妈说这块蓝底白花的布帕就好比是蓝蓝的天空和白色的云彩，又像是碧蓝的大海和雪白的浪花。

他儿时的向往便是从这里开始的。呵，妈妈！

他从贴心的口袋里摸出了妈妈送给他的梳子，每当他在心中思念妈妈，思念得无法排遣的时候，他便要拿梳子为自己一遍又一遍地梳理着翘起的短发，他想象着这是妈妈在用她那双温暖的手为他梳理，他便会感到一阵难言的快意，心情也便会安定下来，如同皎洁的月光静静地洒在庭院的老胡桃树上。

现在他有了两棵命运之树，一棵长寿的老胡桃树和一棵坚实挺秀的钻天杨。他的生命的根能有老胡桃树那么深厚，他的生命的光华能像钻天杨那么焕发吗？

他那举着梳子的手忽然停住了，他的心却急促地跳动起来，他看见了从窨口盖上透射下来的一线青色的曙光。他揉揉眼睛再看，曙光并未消失，可见不是幻觉，原来是窨口盖板没有盖严。这个发现似乎太迟了一点。

他知道窨口盖子是用两块同样大小的长方形厚木板拼凑成的，一块固定不动，另一块可以移开，昨天有人给他送过两次饭，就是移开其中一块盖板再将饭篮吊下来的。那两次饭一次在中午一次在晚上，都送得很及时，那么今天的早餐也应该快送来了。

他侧耳听了听，他听到了上面院子里一阵凌乱的脚步声，人数很多，有的跑进有的跑出，当然不是给他们送早餐的，不知发生什么事了，先别去管它；只要盖板留下一条缝隙，就能爬上去推开它然后翻墙逃跑，即使迟了也得试试。

在列车上他们是蹬开脚下的地板逃跑的，那地板上也不过只是一条裂缝，现在这条裂缝变换了一下位置，出现在他们的头顶。一个多么耐人寻味的巧合，他撇撇嘴笑了笑。

这口地窖其实并不深，但一个人那是无论如何上不去的，这会儿他们有了两个人，只要让大个儿驮着他便够得上窨口的盖板了。在这一刻里，大个儿的所有缺点他都不记得了，只记得他的优点，把大个儿重新送回到他的身边，这是命运之树对他们的成全。

青色的曙光逐渐明亮起来，变得白晃晃的了，佐佐木不免有点儿焦急，正巧大个儿打着一个很夸张的哈欠醒来了，他的哈欠总是打得很夸张的，仿佛他不是被关在一个黑暗的地窖里，而仍然无忧无虑地到处游荡，吃饱了喝足了蜷缩在人家的屋檐下，或者猫在什么桥洞里，舒舒服服睡了一觉。

但他说出来的话可不带半点儿睡意。“干吧，佐佐木，现在就看咱们俩的啦，不是鱼死就是网破，别泄气。”

他说着爬过去面壁蹲下，拍拍自个儿的肩膀，示意佐佐木踩着爬上去。佐佐木心头一动，这叫不谋而合，两人想到一块儿去了，这不又是各自的命运之树对他俩的启示么！

他怔怔地盯视着那个漆黑而宽厚的背脊，那不是背脊，那是一座真正的礁崖，一边的崖顶上停着一只雪白的海鸥。呵，他的童年又回来了！他一跃而起，熟练地使用着他的手脚向上攀登，他早就无数次攀登过这样的礁崖了，他什么都没有忘记。

那时候，他老是独自爬上高高的崖顶，去观看潮水一点儿一点儿上涨，接着又一点儿一点儿下退，心中对一种不可知的力量隐隐感到恐惧而又恋恋不舍。

等到潮水退尽，便会露出一片白色的沙滩。追逐沙滩上四处仓皇横逃的小螃蟹，是花代妹妹最快活的游戏，她一边追逐一边发出银铃般的笑声，他百听不厌。

一道阳光直劈下来，这是常见的景象，一场风暴过后阳光总是这样像一把利剑刺穿厚厚的云雾直劈下来，这时你得眯着两眼朝天空望去，妈妈说你会望见一座金色的宫殿和许多长一双透明翅膀的美丽的小天使。

他先是眯起了眼睛，但立即就把两个眼睛瞪大了，瞪得像两个铃铛，他望见的压根不是什么金色的宫殿和美丽的小天使，而是两只穿着中国老布鞋的大脚板！

这绝对是出于一种本能，他几乎不假思索便一下子紧紧抓住了这双可疑的大脚板，狠狠往下一扯。大脚板没有防备，随着一声惊呼，稀里哗啦被他扯下一个汉子，提在这汉子手上的一草篮子早点直掉下来，噼里啪啦倒扣在干草堆上，他自己也同时从大个儿的肩膀上摔了下来，压到那汉子的身上。

整个儿一个佐佐木给摔糊涂了，忘了自己干了些什么还该干些什么。相反，大个儿这会儿却显得特别清醒，他早已不失时机地解下草篮子上的吊绳将那人结结实实地捆起丢在一边，他重新蹲下去母豹护儿似的吼了声“快上来”！吼得佐佐木打了个激灵，礁崖、潮水、宫殿、小天使，连同花代妹妹的笑声和妈妈的童话，一切的一切，珍贵的美好的记忆和幻觉，都被无情的丑陋的现实取代了。

窖口上面天已经大亮，亮得刺眼，亮得不祥。佐佐木抓住固定不动的那块盖板的边缘想来个引体向上，双手发抖几次都引不成功，他恨自己恨得要死，下面大个儿急得要命。

蓦然间，佐佐木的身子被高高托了起来，一直将他托出窖口，他再趁势一使劲儿便翻了上去，他正想掉转身去拉上大个儿，没想大个儿自己升上来了，好似踩着一块冉冉飞升的云头。

他连忙定睛朝下一看，原来大个儿是被底下那个中国人顶上来的，大个儿又伸手拉上了那个中国人。佐佐木再朝那人打量了一下，一个五大三粗的汉子，力气不在大个儿之下，在那人的腰带上还插着一把明晃晃的柴刀。刚才他为什么不拿柴刀砍他们，反而要把大个儿顶上来，而大个儿又为什么要把他也拉上来呢，他想。嗨，一个难解之谜。

有许多事一下子是想不清道不明的，只好不去想不去说，听其自然。不过这么一来，两个日本人和一个中国人之间多少消除了一点隔阂。看上去这个中国人不很年轻了，比大个儿还大几岁，正好同军曹长差不多高，他比比画画，在向他俩打着莫名其妙的手势。

佐佐木用生硬的中国话说：“你的——说话呀？”

中国人笑了一下。“鬼子……”他说，“你们跟我来。”

院子里静悄悄地不见一个人影，刚才佐佐木听到的那阵杂乱的脚步声不知是不是错觉？他俩紧紧跟着他从西边的一个侧门进入院子尽头的一座大房子，迎面是个没有窗户的厅堂，光线从上头几片明瓦透进来，像笼罩在一片月色之中。

厅堂里也没有人，这使他俩同时记起了那个会说日本话的中国人，不由彼此对视一眼点了点头。

几把古老的椅子和一张大方桌子胡乱地摆在空旷的厅堂上，好似很久很久没住过人了，散发出一股空空荡荡的霉气。佐佐木迟疑着退后一步，仿佛有一种进入一个古老而陌生的童话的感觉。

贴着东边的山墙有一架楼梯，连接楼梯的是一条笔直的从东到西的廊道，廊道靠厅堂的一面有一排漆成橙色的雕花栏杆，靠里是几间关闭着的房门，佐佐木费了好大的劲才压下打开房门看一看的冲动。

走完廊道又是一架小梯子，陡窄的梯级直通楼顶，上面有个长方形的木制平台，踏上平台，佐佐木像小鸟投进蓝天怀抱似的欢叫了一声。

站在这个平台上，他们可以鸟瞰整个村庄，以及附近的山川形势。这个庄子不大，不过一二百户人家，一律矮小的泥屋，房檐挤着房檐，几乎看不见走道，唯独村头有一棵遮天盖地的大树，树下有个石砌的井台，吊桶仍然悬挂在辘轳上。要不是那天一早他们曾喝过那口水井里的甜水，便怎么也认不出那是个井台，它更像一座罩在一片血光中的坟包，因为大树的叶子红得火烧云一般，可能那是一棵老枫树，到这般时节还不掉叶子，还那么生气蓬勃，简直是个得天独厚的奇观。它的一边耸起一座土岗子，像竖立着一只大彩蛋，它的另一边则长着一片翠绿的竹园子，像一池碧水，它下边还有个活动的小黑点子，好容易才看清那是一条黑狗，像个游弋的哨兵在那里不停地走动。

大概不会是那天夜里的那条大黑狗吧，佐佐木好奇地想，这是他在这一带所能看见的唯一活物。能问一问庄子里的人都到哪儿去了吗？他看看那个中国人的脸色终于没有开口。

顺着中国人指点的方向望过去，他俩找到了那个有一条长街的大庄子，不是因为那条长街，而是凭它隐蔽在一簇墨绿色树障后面的特殊位置才认了出来。在大庄子附近散布着好几个小庄子，像随意搭成的几堆积木，其中最大的一堆积木大个儿最熟悉不过了，那个庄子里的中国人不但热情好客并且争强好胜。唯有脚下这个庄子离群索居，独处在一片红土坡的下面。

几条土路像几根彩带，以那个大庄子为中心，将这些小庄子联结了起来。土路近看是橙红色的，远看就成了黄白色，从大庄子一直蜿蜒而来的这条土路最宽阔，那天他们三个人也就是沿着这条大路进来的，可不知怎么回事它忽然变活了，变成一条土黄色的蠕动的蛇，他俩骇然发现，有一队日本士兵正走在这条彩带般宽阔的大路上，朝着他们开来。

两个日本人面面相觑了几秒钟，在这短短的几秒钟里，他俩经历了一场漫长的痛苦的内心斗争。他们朝中国人点了点头，表示他们既看见了那队日本士兵，也明白了他带他们爬到平台上来的用意；中国人则朝他们摆摆手，表示既然你们都看见了、明白了，那就由你们自个儿瞧着办啦。

两个日本人眼睁睁看着中国人腾腾腾跑下平台，一种孤立无援之感突然向他俩排山倒海般袭来，两人齐齐扑向平台的边缘朝下看，都想再看一眼那个中国人，却没想那中国人一走下平台，便好像一粒灰沙被风刮得不知去向。时间仿佛凝住了，但村外大路上那条土黄色的蛇仍在蠕动。

啊！庄子里所有的中国人不也都在一个特定的时刻里一起消失不见了么，不是只留得村头老枫树下一条忠心的老黑狗在游弋守望么。

“这个庄子里有地道，”大个儿忽然一声怪叫，“中国人钻地道了！”

地道？这对佐佐木来说可是个十分神秘诱人的概念。在古代的王室里，那些被禁锢的年轻宫女甚至还有美丽的公主，往往利用地道去跟情人幽会；而王公们则拿它来防身，一旦遇到危险，比如有刺客，他们可以通过地道逃跑；地道还可以用来攻城略地，古罗马人就最善于运用地道战。做梦也没想过在这么个小小的庄子里会有中国人挖掘的地道。

"好极了，"他说，"中国人的地道，让我们也钻进去见识见识。"

"你发疯了，佐佐木，"大个儿说，"这是什么时候，你还要去见识见识，那可不是专供游览观赏的地下迷宫，那是中国人用来对付我们日本人的一种攻防设施，会让你钻进去吗？"

"我们可不是他们。"

"都一样，谁相信谁呀。"

这倒也是，要不刚才那个中国人就不会把他俩撇下了，他想，更何况地道都是极为隐蔽的，没有人指点谁也找不到。

"那你说现在该怎么办？"他不无沮丧地问。

大个儿没有立即回答。军曹长不在，应付事变的责任理应由他来承担。他凝望着村外大路上那队渐渐逼近的日本士兵，密密麻麻像一队黄色工蚁，已经爬过那里一片掉光了叶子的杂树林子，太阳把那片灰褐色的林子照得一片辉煌，再过十来分钟他们便可到达。他收回目光，村头那座土岗子是最好的制高点，完全可以控制仅有的两条通道，有一个小队的兵力便能封锁整个庄子，不就是为了搜捕三名手无寸铁的逃犯吗，何需小题大做开来那么多人呢。

"走吧，"他终于说，"再迟我们可就逃不出去了。"

"往哪儿逃？"

"你说往哪儿逃？你得动动脑子，佐佐木君，一共才两条路，总不能迎上去送死吧？"

大个儿说着，学军曹长的样一挥手——开路！

远远地就看见他们的三棵命运之树。

三棵命运之树在霞光的映照下竟是那么英姿飒爽、精神抖擞，简直无与伦比；三棵命运之树赛似三尊头戴金盔、身披铁甲的巨灵神，正在那里奋力托起一轮冉冉上升的朝阳，光芒四射，妙不可言；三棵命运之树再次以自己那独一无二、高大完美的风采征服了两个日本人，使得他俩热泪盈眶，不能自制。

大个儿似乎又一次听见了大树的呼唤：你终于回来了，小泽卫吉！他飞跑过去紧紧将它抱住，如同抱住一个恋人，他那胡子拉碴的粗糙的大脸贴到光滑的树干上，如同贴到恋人柔软的胸怀，虽然他还没有找到那样一个心爱的女人，他觉得自个儿的心跳和大树的脉动合而为一，人世间的一切烦恼都被抛到了九霄云外，他感到无比幸福，两颗晶莹的泪珠便趁机挤出他的眼角，在他的胡丛里恣意横流。

佐佐木则在寻找自己刻在命运之树上的他的名字。他刻在树心那一边，正对着日出的方向，他转了过去，他首先找到的不是自己的名字，而是刻在另一棵树上的军曹长的名字。他用的是大个儿在那家饭庄的案板上顺手牵羊弄来的一把小尖刀，军曹长用的是一块铁片，所以“森田成吉”几个字刻得比他的粗大，每一笔刻痕都凝结着一粒黄白色的乳脂，那是命运母亲的乳汁，他忽然觉得军曹长的名字不配刻在这棵树上。

他看见大个儿蹲在大树下专心致志地在用茅草编织着什么，这种坚韧的黄茅草在这里到处都是。大个儿蹲着的样子实在像一头笨拙的狗熊，可那双手爪子却十分灵巧，在十根粗壮的指头飞快的动作下，不一会儿便让他编结成一支一拃①长的草箭，简直就是非洲土人使用的一种小巧玲珑的响箭，只需配上一根铁链便可以拿去狩猎，要不是骤然传来一

① 拃：长度单位，表示张开的大拇指和中指（或小指）两端间的距离。（编者注）

声清脆的枪响，他几乎忘了他俩正是一对被追捕的猎物。

“开始了！”他仓促地、词不达意地说。这句话有多种含义，他自己也搞不清到底是哪一种。

大个儿像是没听见，或者压根儿就没听见，好比招魂术，自己先得进入那种境界，否则什么也招不来。只见他朝着命运之树双手合十，将那支草箭夹在当中高高举过头顶，那一脸虔诚的模样绝不至于让人怀疑他不是个老牌巫师。他的两片厚嘴唇似在无声地翕动，犹如被晾在沙滩上的一条半死不活的大鲇鱼，其实他在念念有词。陡地他双脚一跳，分开手掌，那支草箭斜着向上飞去又忽忽悠悠往下掉，最后它发出噗的一声落回大树底下的红土地上，准星般的箭头不偏不倚、端端正正指向正北，也就是他俩刚刚逃离的那个庄子；大个儿一声不响弯腰捡起重新夹在两手当中，这次草箭掉下来箭头指示的方向跟第一次一模一样；那草箭似乎已经铁了心，第三次掉下来它仍然指向正北方。

“你都看见了，”他收起草箭对急白了脸的佐佐木说，“我们必须转回去！”

这就是命运之树对他俩的启示。

佐佐木心里明白争辩是毫无用处的，除非同他分手，你过你的桥他走他的路，但要跟大个儿分手正如要他转回去一样他都缺乏勇气。由于缺乏勇气，他恼羞成怒，便在心里破口大骂：你真是个十足的笨蛋，不要命的傻瓜，整个儿一头不折不扣的大狗熊，从没听说过用这种原始、愚昧的方式去祈求命运之树的启示，那是你的方式不是我的方式，你是个臭巫师……

“走呀！”一声雷鸣震得他浑身发软，手脚冰凉。庄子那边忽然枪声大作，步枪、机枪响成一片。他回头盯着他，听到了吗，大狗熊？不见得你真心要去送死吧，刚才你是怎么说的……

没提防大个儿一下子将他推了开去，推得他打了个趔趄，惊出一身冷汗。“你不走我走！”说着他便像一支离弦的箭如飞而去，他只好跟在后面。他不跟着又能怎样呢，唉，他大概永远也成不了勇士，而一个懦夫的最大特色便是依赖他人。

庄子里成了一片大海，火舌将半个天空都舔红了，另外半个便显得格外的黯淡无光；太阳被浓烟包得没了一丝缝儿。用地狱这两个字来形容那庄子的现状，一点也不过分。

先是枪声后是大火，这说明庄子在抵抗而日本人在报复。大竹正义联队长有一句大受今井武夫司令赞赏的名言：对付抵抗的最好手段便是消灭，要像罗马人对付迦太基人那样将它从地球上消灭掉。

站在这条地沟的边上，看不见庄子里的中国人面对武装精良的日本军队是怎样进行抵抗的，但站在这条地沟的稍稍有点隆起的土脊上，能看见庄子在遭受毁灭性报复的惨象：一座座房子在大火中轰然倒塌，冲起的烟柱连成一块巨大的黑云，低低扣压在庄子的上空经久不散，火鸦漫天飞舞；房子是不加选择一条街巷连着一条街巷同时被纵火焚烧的，远远看去好像那被烧成灰烬的不是房子而是人——一群蓬首垢面的人！他们一个接一个地倒下去，既不喊叫也不逃避，他们默默地付出生命，以不屈的死嘲弄暴行。啊……

——所多玛[①]！佐佐木无声地喊着，他记得《圣经》里的这段骇人听闻的故事。难道这个不知名的小庄子是所多玛？噢——不，不，你当然不是所多玛，你绝不会是所多玛，你连和你们毫不相干在某种意义上说

① 所多玛：死海附近的一个城市，《旧约·创世记》记载，该城由于居民罪孽深重，遭天火焚毁。

还是你们敌人的两个日本人都不肯出卖，而宁愿自己承受如此惨重的牺牲，你怎么会是所多玛呢？罪孽只是暴行的借口，历来如此，历史和现实，过去和未来，原是不能分割的，强权便是公理！

大个儿从不突发奇想，现实就是现实，暴行就是暴行，他们烧毁一个庄子不过是为了两名逃犯。他像一头凶猛的黑熊那样咆哮起来："你滚开！"

他从地沟边上这条隆起的土脊上飞快地跑过去，伏倒在一座馒头形的土丘脚下。这里离庄子更近了，至多一支三八步枪的射程。

枪呢？他那支发着幽幽蓝光的德国造半自动步枪呢？那可真是一支好枪啊，得心应手，百发百中。在他们逃离营房的那个夜晚，他将那支枪埋到了营房后面的一棵枣树下，还找来一块石头当作墓碑，好似被埋葬的是他的一个生死与共的伙伴。他曾对着墓碑起誓，从此绝不再杀人。可要是那支枪在他手中——他下意识地摆开一副跪射的姿势，土丘做他的掩护，想象中的准星套在了那个站在一堆废墟上指手画脚的矮个子军官的后脑勺上。距离太远，他认不出他是谁，他从胸腔里放出一股闷气，管他是谁，任何誓言都不能约束他向一个恶人开枪！

佐佐木爬到了土丘的顶上。土丘有两人多高，顶部弓背，像趴着一只大乌龟，上头草木不生一无遮拦，只要一被发现他便成了活靶子。他没想到他会成为活靶子，他只是想看得更清楚些，他记挂着那个带他们爬出地窖的中国人，还有那个会说日本话的中国人，还有庄子里的男女老少。当一个庄子正在毁灭，个人的安危就没有心思去考虑了。

那座带有个长方形木平台的两层楼房，是庄子里最高的，也是最后被烧毁倒塌的建筑物。眼看着这么一座楼房转瞬间便从地面上消失，真叫人难以置信。现在再没有什么东西能挡住他的视线了，呈现在他眼前的景象只有在那个荒唐的梦中才会出现：那是一堆奇形怪状犹如史前的庞然大物恐龙的残骸，在那堆残肢断骸之间，忙碌着一群穿黄军服的人，他们曾是他的同伴，被誉为大和魂的战无不胜的勇士。

要建成这个庄子需几代人的努力，几十上百年的时间，而毁灭在这群无敌勇士的手中，才不过半天工夫，太阳刚刚爬了个九十度的弧。他们还不肯罢休吗，还在忙碌些什么呢？

他突然听到一声犬吠，不由打了个寒战，伴随这声吠叫的是一阵短促的机枪点射。人家正等着杀人等红了眼啦，可怜的狗，不知是不是他在平台上见过的那个小黑点？这群疯子连一条狗都不放过，何况是人。

对了，他没看见人，连个人影子也看不见，原来人都在地道里，地道还未被发现，所以他们还在那里挖掘、爆破，食蚁兽似的等着挖出丰盛的美餐来，到那时，他们又可以进行一场竞赛了，看看谁能一刀把个活人一劈两半。

一条条小虫子顺着他的脊梁沟在向下缓缓爬动，他的内衫被湿腻腻的冷汗浸透了，但他一点也没有发觉。

站立在废墟上的矮个子军官蓦地转过身来，伸出单手朝下一劈，那直劈下来的一掌，犹如劈在大个儿的天灵盖上，劈得他两眼一团漆黑。

个子矮小，脸面狭长，被士兵们私底下戏称为“马面鱼”的联队长大竹正义少佐，是位战功卓著的风云人物，大个儿钦慕他，崇敬他，奉他为自己的楷模。

这正如中国有句老话叫作“英雄识英雄，惺惺惜惺惺”，大竹少佐果然也将他引为知己，当着全联队一千余名官兵的面称小泽中士为“大竹联队之鹰”，当场奖给中士那支德国造半自动步枪，是为了鼓励他更加多多地杀人；大竹少佐认为剜在他手臂上的那一道道杀人的印记，不是印记而是不朽的功勋，应该刻满全身；大竹少佐说发扬大竹联队的勇敢精神，就是杀人如麻，视死如归，在征服“支那”的大东亚“圣战”中轰轰烈烈、出人头地；大竹少佐走过的道路是用浸着鲜血的白骨铺砌而成的，今天他来到了这个小小的庄子；大竹少佐办事彻底，说一不二，不达目的誓不罢休，别说毁灭一个小小的庄子，他甚至可去毁灭整个地球！

眼看躲在地道里的中国人个个危在旦夕，现在要挽救他们的生命，唯有自己挺身而出，这便是命运之树三次对他——中士小泽卫吉的启示。

可见天道公正早有安排，人生在世生死有命。他从容不迫地站立起来，拍了拍身上的尘土，抹一下脸上的汗垢，想不到此时此刻小泽中士的心境竟然如此平静，他同样也没想到他这平静的心境立即又会被一声尖叫打破，这声尖叫突如其来，发自他的头顶，那是如同金刚钻划破玻璃那样的一声尖厉的呼唤！

——妈妈！

他的心陡地一沉，他这才料到他早该料到的事，可是已经来不及了，随着这声动人心魄的呼喊，佐佐木高举双手，像一只展翅的大鸟飞扑了下来，不顾一切地奔向前去。要追上他很不容易，他曾经领教过他的奔跑速度，那是一个精灵，一道闪电，即使追上他，也只能同时暴露在对方的枪口之下，难道必须付出两个人的生命作为代价么？

这个鬼家伙跑得实在快，实在好，姿势优美，富于节奏感，那两条细长的腿天生就是一匹快鹿，可世界上没有一匹快鹿会傻里傻气地朝着枪口跑，而总是远远地把枪口引开去以保全自己的族类；那么他们又为什么非朝枪口跑不可呢？为什么他们不能也把枪口引开去呢？

土路的前面出现了一个弓形的弯道，它的弦是一长溜茅草地。佐佐木没有从这溜茅草地上穿插过去，倒给了他一个机会，除此再也不会有别的机会了，必须赶在茅草地的尽头截住他。

向前飞奔的佐佐木，他的脑子也在飞奔，许多往事交替出现。

有一次，江岛老师带他到一条小河沟里去捉鱼，他们先将上下两头用草泥堵住，然后再戽干中间的水，那鱼儿便陷在泥浆里挣扎，随手可捉了。

啪——哒，啪——哒，讨厌的鞋子，那头中国臭猪给他的这双圆口千层底老布鞋大了点儿，有一双球鞋他会跑得更快，如果是一双长跑运动鞋，那就更加没的说了，妈妈曾给他买过一双“金鹿”牌的美国货。

他翘起一脚将老布鞋摔了出去，先摔掉右脚的，再摔掉左脚的，他有一种轻松凉爽的感觉，如同跑在退潮后的海滩上，他朝前跑，妈妈跟在他后面，他每朝前跑一步便离开妈妈远了一步，妈妈怎么也跟不上他。

妈妈，你不能快点儿吗？妈妈快不起来，她始终没能跟上，他只听到自己一个人奔跑的脚步声，一个人……

他迟疑着慢了下来。他跑到哪儿啦？面前出现了一条大河，河边苇丛里泊着一条小船，船上没有人。军曹长说这是个渡口，这条大河叫滹沱河，时间还早，得先找个地方歇会儿，但不能在渡口歇着。他们找到一片洼地，一边靠着河堤，其余几面围着堤柳，掉了叶子的柳条像竹篱笆，他忽然发现有个人影子一闪，原来是一顶悬在枯枝上的破斗笠。大个儿笑着说这人都成了吓破胆子的小兔崽子了。军曹长说别笑，小心点儿没错，我再说一遍，你们别问是什么情报，这不是必须知道的，我们的任务只是要保全自己，在任何情况下也不暴露……

佐佐木你干吗要暴露自己呢，为了解救小小一个庄子，几百个像陷在戽干了水的泥浆里的鱼似的中国人，却让更多的庄子，成千上万个中国人，陷进去被活捉、虐杀、活埋吗？佐佐木你好没有头脑……

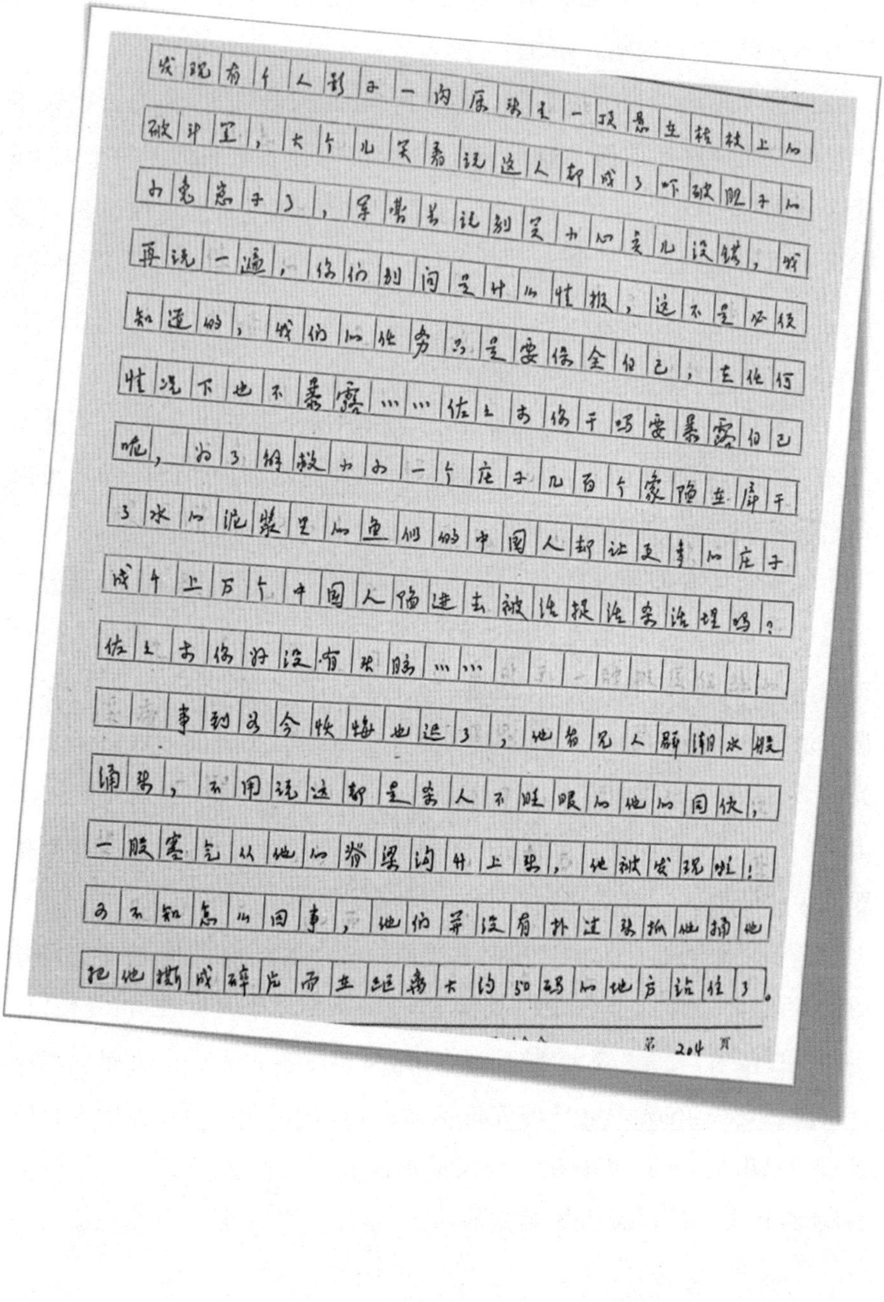
发现有个人影子一闪，原来是一顶悬在枝杈上的
破斗笠，大伙儿笑着说这人都成了吓破胆子的
小鬼崽子了，罗贵芳说别笑了小心点儿没错，我
再说一遍，你们别问是什么性质，这不是你该
知道的，我们的任务就是要保全自己，在任何
情况下也不暴露……佐藤为什么要暴露自己
呢，为了解救小小一个庄子几百个家隐在席干
了水的泥浆里的鱼似的中国人却让更多的庄子
成千上万个中国人陷进去被活捉活杀活埋吗？
佐藤为什么没有想到……
事到如今悔也迟了，他感到人群潮水般
涌来，不用说这都是杀人不眨眼的他的同伙，
一股寒气从他的脊梁沟升上来，他被发现啦！
可不知怎么回事，他们并没有扑过来抓他捕他
把他撕成碎片而在距离大约50码的地方站住了。
第 204 页

事到如今懊悔也迟了，他看见人群潮水般涌来，不用说这都是杀人不眨眼的他的同伙，一股寒气从他的脊梁沟升上来，他被发现啦！

可不知怎么回事，他们并没有扑过来抓他，捅他，把他撕成碎片，而在距离大约50码的地方站住了。

他像个不明事理的孩子那样瞪大两眼，呆呆地瞧着，他怎么也认不出那个突出站在最前面的矮个子老家伙，因为他看上去那不是个人，而是个青面獠牙的老鬼，尖锥般的脑壳上有个喷火口，从那里喷出一股带着硫黄气味的白色的地狱之火，可怕极了！

距离佐佐木50码开外，也正用一双锐利的小眼睛瞪着他的，当然不是鬼，他之所以掀掉帽子，让一颗白秃秃的尖脑瓜在近午的阳光下反射出一股白亮的光，是因为他正处于一种极度狂热的兴奋之中，这正如一个赌鬼押上所有的老本孤注一掷，让他抓到了一副同花顺。当他透过望远镜终于认出那个朝他飞奔而来的小王八蛋正是他费尽心机而未能捕捉到的三名逃犯中的一名时，他激动得仰天一声长啸，有了这一名，另外两名还能逃出他的手心么！他随即便高高举起闪亮的战刀劈出一个漂亮的弧，这是个充满力度的弧，足够将一个人从头到脚一劈两半而刀刃上不沾一点血腥，连空气也都在这一劈中凝成了金属物，发出铁器摩擦般的尖啸。而这一劈就是大竹少佐的命令：前进！

个子矮小的联队长大竹正义只能是个战争的产物，战争给予他特殊的营养，造就了他这个特殊的人物，他可以不要妻子儿女、友谊爱情，但不能不要战争，他是“战之鹰”！现在，这只曾令多少人亡魂丧胆的战鹰全副戎装，挺立在赤手空拳的佐佐木面前，双方相距50码，佐佐木自觉成了一只田鼠，一只畏缩在兀鹰面前的小田鼠。作为一名白刃战的老手，大竹正义一眼就看出了对方的弱点，他宁愿站在那里的不是这么个不堪一击的小田鼠，而是那个高他一头的彪形大汉，他曾称他为“大竹联队之鹰”，两鹰相搏，方能显示出他作为“战之鹰”的神功威力。

他用了一个夸张的动作挥退了他身后的士兵，让他们再退开50码，这是为了防止他们为他虚张声势；他同样用了一个夸张的动作极为潇洒地扔出他的战刀。他已经很久未能试一试擒拿术了，他自信不用一个回合便可以手到擒来。

战刀画出一道白炽的闪光当啷一声掉落地上，战刀掉落地上发出的脆响震起一阵嗡嗡的余音。这阵嗡嗡的余音尚未消失，他猛听得一声吼，迅雷不及掩耳，便见一条彪形大汉，壮硕如熊，矫捷似豹，从一丛刺蓬后面飞扑出来，真如鹰搏小田鼠一般，凌空挟起佐佐木横过土路，跳下了深深的地沟。

——小泽卫吉！大个儿小泽卫吉！全联队没有人不认得这位大名鼎鼎的中士。

——小泽卫吉你这该死的野鸭子，你终于出现了！大竹少佐咬牙切齿地哼着，这是三名中的第二名，好哇，上天入地老子奉陪到底。

这一切都发生在一眨眼之间，等到大竹少佐和他的120名士兵气急败坏地赶过去一看，地沟下早已不见了两人的踪影。这条地沟差不多有三五人深，沟壁刀削似的，跳将下去纵然侥幸不跌断脚骨也无处可爬。他俩能逃到哪里去，地遁了不成？刚才还胸有成竹稳操胜券的大竹联队长，不觉双腿一软，扑一声扑倒在地沟边上，差点没跟着掉下去。他当然不会善罢甘休，还从来没有什么猎物能在他的鹰爪下逃脱。他爬起来沿着地沟朝南走了50码，又回过来朝北走了50码，他这样走了三个来回之后，对他的120名士兵发出一道毫无实际意义的命令：

“立即给我扒平它！”

谁都知道，这条地沟是扒不平的，因为谁都不知道它弯弯曲曲到底有多长。

8 玩火者自焚

- ☮他们虽然识字不多，但都懂得一个道理：鬼子要抓的人不会是坏人。他们巴不得所有的鬼子兵一个个全都逃走，那样仗就打不起来了。

- ☮世界上也许有过多次随心所欲的暴行，但绝不会有可以不付出代价的暴行。

- ☮杀恶人和杀善人虽然都是杀人，其意义却大不一样。

- ☮他们从庄稼汉到战士不过一步之遥，无视中国庄稼汉的智慧和勇气那真是大错特错。

那么这条不知经过多少年代的自然变迁形成的地沟到底有多长呢？当地有句民谚："地沟长不长，通到东海见龙王。"这自然是一种夸大了的说法，东海那里是无论如何也通不到的，不过喻其长罢了。它不但长，不但曲折，在地沟靠大路这边沟壁的下端还有许多洞窟，有的大，有的小，有的只是凹进去的一个小洞穴，有的则彼此相通，小洞连大洞，大洞套小洞，套出了这条地沟不同于其他地沟的一种天然的特殊风貌。在这许许多多的洞窟当中，大多数洞窟里还有小佛像，立着，蹲着，坐着，躺着，虽然姿势不一、神情各异，但都栩栩如生、极富情趣。洞窟是天生的，小佛像则是人工在洞窟的泥壁上刻凿出来的，据说已有上千年的历史，当年那班精巧的工匠以及刻凿小佛像的缘由都已不可考了。

这条地沟固然长，就如神龙见首不见尾，可并不宽，站在上面路边的土脊上用竹竿一撑，胆大的人可以跳到地沟的另一边，所以下面的光线很暗，一钻进洞窟那就更暗了，上面是白天这洞窟里便是黑夜，上面是黑夜这里便成了锅底，一团漆黑伸手不见五指了。在这种情况下是不能刻凿小佛像的，得有灯光，所以便在洞窟的泥壁上留下一个个安照明装置的小窟窿，有拳头那么大，但不是用来装灯，而是用来插火把的，多半是松明子，就是劈开松柴取出有松脂的那部分柴禾扎成的，这种松明子扎成的火把点燃时冒出的油烟特别浓黑，所以就把洞窟熏得黑上加黑，成了活脱脱一座不见天日的阴曹地府，而那些小佛像也许便是牛头马面、判官小鬼一类的凶神恶煞了。

大个儿小泽中士和上等兵佐佐木这一对难兄难弟，这会儿就躺在这样一个地下世界里。两人不幸都跌断了脚骨，大个儿要好些，只是右脚的脚踝骨跌脱了臼，他已经自己捏着脚脖一拉一敲凑了回去，这他有经验，那脚背上稍稍还有点肿，不妨事。佐佐木可就惨了，折断了左小腿的胫骨，一直断裂到踝骨，断头翘了起来，顶出拇指大一个包，随时都会戳破那层皮。大个儿给轻轻摸了一下，嘴上说没事，可心里明白伤得不轻，琢磨着怎样帮他把断骨接上去。暂时两人只好熬着，也只能熬着，他们得喘口气儿。虽说受了伤，但受这点伤值得，总算把大竹少佐像头蠢驴似的引出了庄子，这就给了地道里的中国人一个逃生的机会。地道里有瞭望孔，只要部队一向外撤他们就会知道。

大个儿靠在洞壁上伸直两腿，让自己坐得舒服些，他说："佐佐木，你不是想钻地道吗，这不，都钻到地下迷宫里来了，真的，你看见没有，那壁上还有菩萨呢，可惜身上没带火柴，真想仔细照照。"

佐佐木咬着牙不敢作声。

他又说："马面鱼下不来，也不敢让士兵下来，你信不信？"

佐佐木听得嘴角一撇。在连队里，大个儿从不把联队长叫作"马面鱼"，有谁不经意当着他的面叫起这不雅的绰号来，还得小心吃他一顿拳头。

佐佐木叹了口气说："他们怎么会下不来呢，砍根竹子一搭不就滑下来了。"

大个儿一听，赶紧侧转身子摸过来，他摸到了佐佐木的那条断腿。

"你要干什么？"佐佐木吓了一跳。

"你说得对呀佐佐木，砍根竹子一搭就滑下来了，别动别动，我给你把断骨接上，这地方不能待下去了，得摸出去，你咬咬牙忍着点，没事，不用怕。"

哪能不怕呢，宁愿摔断两条胳膊也不愿摔断一条腿，佐佐木死劲咬着牙，咬得咯吱咯吱响，心里紧张得要命。

"你会接吗？"他问。

"不就接一根小腿骨吗，脊椎骨、胯骨、肋条骨，我都接过，那年在函馆——佐佐木，你到过函馆吗，那可是个好地方，从北海道去内地必得通过函馆——你别紧张，放松点儿，没事，我说没事就没事……"

"接上去我还能走吗？"他又问。

"别说走，跑都能跑，别说跑，保证你还能跑马拉松，你信不信？"大个儿像换了个人似的，唠唠叨叨变成个老婆子，"唉，这辈子伤筋动骨的事可见得多啦，那年在函馆——你坐好，背脊贴到泥壁上去，得贴紧点儿，对了就这样。"在佐佐木的右肩上头他摸到一个小窟窿，他让他伸手攀住，"抓牢它，"他说。屈起自个儿那条好腿压到佐佐木的伤腿上，他顺着膝盖摸下去，摸到了那块翘起的断骨，他深深吸了口气。"佐佐木，"他说，"我听你唱过一支歌，忍劳耐苦的姐姐叫しのぶぐさ[①]，没记性的弟弟呀就叫すわぐさ[②]，每日姐姐要上山去打三挑柴，弟弟要下河去担三挑水，姐姐打回三挑柴呀弟弟还未担回一挑水……"

大个儿实在唱得不怎么样，四句唱词跑了四个调，佐佐木扑哧一声笑了出来。

"大个儿，"他说，"你是怕我忍不住吗？"

"没这回事，"大个儿说，"命运之树保佑你，佐佐木君，我摸过了，踝关节还是好好的，那胫骨上也不过像一根糖蔗给劈了一下，就是整根骨头都断开了又怎么的，照样给你接回去，信不信由你，动这点手术呀，咔嚓一下就完事了。"

佐佐木可没想到，接一根断骨还真不费事，他也真心听到了那声咔嚓，但不是从他的断腿上发出来的，而是右肩上头那个小窟窿被他咔嚓

① しのぶぐさ：垣衣，与忍草谐音。

② すわぐさ：萱草，与忘草谐音。

一声掰下了一块泥坨。等大个儿撕开一件汗褂把伤口扎紧，两人都不觉出了一身汗。他俩同样没有发觉，正有个人悄悄儿摸进洞来。

佐佐木站在庄子里那座两层楼房的平台上，曾看到过村口老枫树旁有一片碧水般的竹园子，现在这片竹园子果然被大竹少佐下令砍得精光。既然不可能扒平这条地沟，那么，搭起竹竿滑下去便是独一无二而且简易可行的办法了。

然而，当大竹少佐和他的120名士兵统统从竹竿子上滑下地沟之后，这个个子矮小、脸面狭长，被士兵们私底下称为“马面鱼”的联队长，突然打了个寒战，心头升起一股不祥的预感。

这条曲曲弯弯的红土地沟对他来说是个完全陌生的东西，他从未跟这类东西打过交道。它不同于地道，更不像一个庄子或一片竹林那么容易被毁灭，它不但地形特殊而且凶险莫测。他的恩师山本大将①曾告诫说，凡未摸清敌方之一切情况及其动静，切莫采取任何行动。中国古代军事家孙子云：“知己知彼，百战不殆。”这条地沟似乎没有尽头，而前面每个弯道又都似乎布满了杀机，中间只有一条极狭的通道，两旁俱是高不可攀的光滑泥壁，一旦遇到伏击便连退却也来不及了。

一种仿若瞎撞入人家早已拉开的无底口袋而无能为力的感觉，令他怒气冲天又懊悔不迭，贸然命令全体士兵统统滑下地沟去追捕两名（也许三名）逃犯，真是个不可饶恕的疏忽。

趁口子尚未收紧时赶快撤上去以免被一网打尽，可能是最佳的应急措施，但这么一来，两名（也许三名）逃犯就将逃脱他的追捕终至功亏一篑。

① 山本大将：指海军大将山本五十六。

那就先派出几名士兵前去摸清情况再做决断？但这不是也等于提供了那三名逃犯一个充裕的时间任他们逃之夭夭吗，如果这条地沟只是一条地沟呢？

或者，可以撤出一半士兵上去担任警戒，上下配合彼此呼应。这一措施虽然可取，也有个先决条件，就是敌我双方应处于交战的状态之下。可这算什么交战呀，对方只是三名手无寸铁的逃犯，那个被焚毁的庄子只是个不设防的和平庄子，即便有地道也不过是个避难的场所，而这一带又从未有过中国游击队的活动。

噫！这一切原来都是庸人自扰，而他，联队长大竹正义却是“战之鹰”，当真遇上一支中国游击队又何惧之有，他不是也可以利用地形发起攻击，抢在前面将他们消灭掉么！

于是他重新充满自信地举起战刀，闪亮的战刀高高举过头顶旋出一道弧光连着朝下一劈，这一旋又一劈也就是他的命令——搜索前进！

大竹少佐的战斗命令，永远只能是——前进！

这是一条南北向的地沟，大竹少佐的战刀劈向南面完全是一种直觉，不必经过任何判断，它同两名逃犯的逃跑方向正巧一致，这既是偶然的巧合又有着必然的因素，所以接下去发生的一场悲剧便是不可避免的了。

士兵们很快就发现了左边泥壁下端的诸多洞窟，并在其中的一个洞窟里找到一只白粗布衣袖。这种白粗布是当地人家织的土产，厚得像萝卜皮，没点力气撕不下来。据他们获得的情报，三名逃犯正是穿着当地老百姓的衣服，外面是黑粗布棉袄，里边是白粗布褂子，脚下是千层底老布鞋。这只白粗布袖子，说明两人当中至少有一人在跳下地沟时受了伤，正待用这只袖子包扎，忽听得追捕的人声，便又慌慌张张如丧家之犬，撂下袖子溜走了。他们绝不敢躲藏在洞窟里，因为他们知道搜捕的人不是三五个而是整整一个连队120名，躲在洞窟里无异于束手就擒。

他又一次高高举起战刀，在头顶连旋出两朵圆弧形的刀花，那是他给他的部下下达的“加速前进”的命令。在战斗中，他从不用言语来发号施令。

前头传来一阵呐喊。这阵呐喊只能说明——在大竹少佐听来是如此——士兵们发现了甚至抓住了逃犯，他几乎要脱口喝声“押上来”！他是多么热切地盼着再见一见那个能说一口流利汉语的上士军曹长，再见一见他曾寄予厚望的大个儿中士，还有那个瘦个子上等兵，见见他们究竟吃了什么熊心豹子胆，敢于背叛他！

原来，只是在一个弯道口士兵们又捡到了一双特大圆口黑布鞋。这双差不多磨穿了三厘米的所谓千层底老布鞋，在大竹少佐的手中把玩了一小会儿，如同把玩着一件稀罕的老古董，他清清楚楚地记得大个儿小泽中士穿的牛皮靴就是特大号的，要由军需部门定做，这双老布鞋无疑是从他的脚上甩下来的，因为这双快要磨穿的老布鞋妨碍他逃命，鞋肚子里还有一股暖烘烘的酸臭味。大竹少佐跑到了队伍的前头，站在捡到鞋子的弯道上又放眼打量了一下。

大概太阳快要下山了，西下的阳光照不进这条地沟里来，望过去阴沉幽暗模糊不清，好似乌云密布下的景色。他不由仰头看了看，一溜狭长的天空十分晴朗，格外分明。但面前这段通道倒是笔直的，不少于300码的这段笔直的通道上空无一物，别说人，怕是连只蝇子也不会有，它的尽头漆黑一团，像是真的到了这条地沟的尽头了，可是那三名逃犯呢？这段通道泥壁的下端已不见洞窟，说不定那里又是一个弯道，说不定三名逃犯刚好转过那个弯道，他认定他们是三名而不是两名。

他掏出军上装小口袋里的一块金壳挂表打开一看，4 点 25 分。他们从拂晓 4 点整出发，已经过去了整整 12 小时又 25 分钟，没吃过一口饭也没喝过一口水，虽然发现了逃犯的踪迹，但在捕获他们之前一切仍然等于零。必须一鼓作气追上去将他们一举拿获，决不可让一人漏网！

他举起战刀，以他的脚跟为轴心就地转了360度然后向前一劈，这就是“快速前进”的命令，这道命令相当于“攻击”。

士兵们举着上了刺刀的步枪和没有刺刀可上的机枪，哇哇哇地吼着冲向前去，像一股汹涌的泥石流势不可挡。这股势不可挡的泥石流也挟带着大竹少佐滚滚向前。他今年58岁，到底年岁不饶人了，他身不由己，脚步踉踉跄跄，不时撞到士兵们的身上，他感到气急、头晕、口干、目眩，全身汗水淋漓，支持着他的不过是想象中亲手抓获三名逃犯的那点兴奋，正如一个垂死的人给打了一针吗啡。

然而，在300码开外，迎接这股人流的是一堵新筑起来的墙，这堵墙不可逾越，因为它将以一个触目惊心的名字长留在中日战争史上，这个名字叫作——死亡之墙！

比起机灵的上等兵佐佐木来，经验要丰富得多的大个儿小泽中士，站在庄子里那座两层楼房的屋顶平台上曾经大喊了一声：中国人钻地道了。但他判断错了。可见经验不能作为判断客观事物的唯一依据。

其实这个庄子里压根就没有地道，只有几条通向庄外地沟的隐秘通道，通道口被几个老大的柴垛、粪堆什么的遮住，一般不易为人发现。当得到鬼子要来大搜捕的消息后，庄子里的人便都撤到了地沟里，进入地沟虽说比不得鱼游大海、虎归山林，可总比闷在地道里好得多。庄子靠地沟近，这又是他们得天独厚的地方，即使鬼子进了庄也还来得及。他们牵着自家的牛羊，抱着下蛋的老母鸡，扯儿带女，远远躲到了红土崖下，那里有他们为自己挖掘的窑洞，里面藏着粮食和衣物。

鬼子曾来过庄子两回，两回都是来抢粮食的：一回在上年秋天，粮食刚登场，鬼子来了，抢了也就走了，没有停留，连地沟边也没到过；一回就在上个月头，粮食被坚壁了，鬼子什么也没捞到手，沿着地沟开了几枪，没伤着人,但也没敢下来。这条地沟便成了庄里人逃避鬼子侵扰的庇护所。

这回说是来搜捕三个鬼子逃兵,也不知是谁走漏了风声,鬼子直朝着他们庄子开来了大队人马,这阵势还真没见过。

他们把抓到的两个放掉了,这是大伙的决定,由他俩逃生去吧,但愿菩萨保佑免遭鬼子的毒手。他们虽然识字不多,但都懂得一个道理:鬼子要抓的人不会是坏人。他们巴不得所有的鬼子兵一个个全都逃走,那样仗就打不起来了。

可他们没料到鬼子会将他们祖祖辈辈在这里生儿育女的一座好端端的庄子烧成白地!

这把火,在烧掉一座庄子的同时,也烧掉了庄里人的一切幻想,他们终于明白,对付鬼子,躲避、退缩、忍让、逃跑都不是办法,他们开始了另一种行动。

一个和平的庄子就这样卷入了战争。这又是鬼子们始料未及的。世界上也许有过多次随心所欲的暴行,但绝不会有可以不付出代价的暴行。这个庄子里的中国人要向日本鬼子索取代价了。

他们的这个决心来得过于仓促,还未能同外界取得联系,因此他们也便得不到任何支援,只能依靠自己单独行动,或者说孤军作战;他们没有口号,也不需要宣言,只为了达到一个目的,这个目的简单明了人人能懂,它团结了一庄子男女老幼,因为它是正义的;他们缺乏武器,只有几管打野猪的火铳。前面说过这是个和平的庄子,这一点甚至连那个鬼子的头头也并不否认,而要对付上百名武装到牙齿的鬼子,搁在平日你连想也不敢想,但这是战时,他们参与了战争,人人便都变得聪明起来,他们终于找到了一个绝妙的法子,这个法子正是从鬼子那里学来的,可以称之为以其人之道还治其人之身,这句话却是个古训;这个法子之所以绝妙,还在于它能充分显示出因地制宜的无比优越性,因地制宜必将收到地尽其利的效果。

现在他们万事俱备，只欠怎样去把鬼子引入地沟这股东风了。当年东吴周郎火烧百万曹兵，不也是在这个只刮西风不刮东风的季节里么，不过周郎有诸葛先生帮他的忙，他们的诸葛先生又在哪儿呢？

谁知两个鬼子逃兵去而复返，竟然帮助他们把鬼子全都引来了，真是天遂人愿；于是他们自觉万无一失可以坐等战机了。杀恶人和杀善人虽然都是杀人，其意义却大不一样，因此，他们不至于受到良心的折磨。

所有这一切都是因为他们有了自己的领头人，他们也都懂得一句老话：蛇无头不行。这位领头人是庄子里唯一的读书人，并且读到了大学还到东洋留了学，那一肚子学问还用提么，他也就是那座唯一的两层楼房的主人，大名叫胡琏。楼房不存在了，名分烧不掉。

这个庄子近半人家姓胡，所以就叫作小胡庄，其余杂姓，张王李赵都有。昨儿个下晌亲手擒住那个大高个儿鬼子兵的一老一少便都姓张，老的叫张老葛，小的叫张小尕，两人却并无亲缘关系；而在今天早晨亲手将大高个儿他俩放掉的汉子则姓赵，叫大柱，刚才也是他摸到那个洞里又将他俩带走的，洞里留下一只白粗布袖子，弯道口又扔掉一双千层底老布鞋，也都是他出的点子。你别看人家憨憨实实一个庄稼泥腿子，胡琏说他有一肚子鬼主意哩，不是说人不可貌相么。好比打野物，一路上扔些诱饵，专门引诱那些贪婪而又凶横的畜生一步步走向为它设下的陷阱，等到野物发觉受骗上当已经迟了，不等它转身逃跑，先扑通一声掉了下去，再也上不来了。

当第一股火燃烧起来的时候，甚至没有一个士兵说得清这股火是怎样燃烧起来的。所以说，悲剧总是在不知不觉或者说错知错觉中发生的。

拥挤在这堵死亡之墙前面狭窄空间内的120名日本士兵，最初看见的是从墙那边一下子飞出许许多多发亮的小红球，流星似的在他们的眼前飞舞跳跃，绽开一朵朵灿烂的小红花，交织成一幅瞬息万变的光的图像。他们沉醉在这片迷幻的景象里不知所措，谁也没有把眼前的幻景去同死亡联系起来。于是，那墙就变成了喷水的龙，那喷出的水像两条矫健的大白蛇，带一股浓烈的气味迎面扑来，同无数灿烂的小红花纠缠在一起，撞击出一片炫目的光，轰然一声燃烧了起来。

“火！”士兵们感到了一阵灼热，纷纷惊呼着，挤在前边的人便自动向后退。后边的人不知道发生了什么事，正被美丽的小红花逗得出神哩，继续朝前涌。空间实在太狭窄了，人又多了点儿，人跟人就只好紧紧挤成一团，将他们的矮个子最高长官夹在当中，挤压得他气也透不过来，差点没把他压成了一条马面鱼干。

大白蛇好放肆啊，摇身一变，又变作两条赤练，陡地向上一蹿，化成了漫天火雨。原来那是从两支水枪里喷射出来的有名的山西老白干，这种高纯度老白干见火就着，而那无数小红花则是点燃了的浸透着煤油的小棉球。

没有人能阻挡这样的燃烧，从最初轰然烧起的一股火，到烧成熊熊大火，到连成一片火海不过转眼之间。

被困在这片火海之中挤成一团的人立即便失去了作为人的一切品质、一切特征，他们不再是人，成了一堆无能为力的木偶。他们先是感到一阵难耐的呛人的窒息，随即便失去了知觉，然后逐渐被烧成一段段焦炭。

在这人被逐渐烧成焦炭的过程中，他们不但被烧，还在那里互相燃烧，你烧我，我烧你，人人都成了燃烧物，这又加速了燃烧的过程，火势越烧越猛，终成不可挽救的燎原之势。

但是最后面尚有一小部分人还是人，还未成为木偶，人的本能促使他们自保，唯一的办法只有赶快转身逃跑，可他们还没有得到可以逃跑的命令，他们也永远得不到这样的命令，严格的训练使他们成了另一种意义上的木偶，他们只能依靠命令行动，这么一来，连这一小部分人也终于失去了最后自保的时机，变成将被逐渐烧成焦炭的木偶了。

而那能够命令他们自卫自保自杀的最高长官联队长大竹少佐，位于前面正在被烧成焦炭和后面即将被烧成焦炭的木偶当中，他的两眼一片混沌，两撇八字眉和一撮毛刷胡已被烤焦，那把战刀成了一块烫手的铁钻在他的手中，他眼球鼓突，脸面拉长，更像一条马面鱼了，这条马面鱼正在经受着浓烟烈火的冶炼。

在中国的东北，他同马占山将军交过手，在大雪覆盖的密林里他追捕过杨靖宇将军，在华北连绵的古长城，他狙击过傅作义将军，许多中国著名的将领都败在他的手下，而今天，他却要败在一群不懂战术、不按规范、胡搅蛮缠的中国庄稼汉——他们只能是一群粗手大脚的庄稼汉——的面前，这是命运对他开了个莫大的玩笑。但要他下命令退却——实际上是逃跑，他宁愿被烧死。

他遽然而起，战刀向前一劈，这是他对部下发出进攻的命令。他从不承认失败，他要转败为胜，虽然他不知道向谁进攻，怎样进攻，他只看见一堵用血与火组成的庞大巍峨的——死亡之墙！

战刀从他的手中掉落下来，连带掀掉一层皮，他的手心糊满了污血，他忽然听到声嘶力竭的一声吼叫：快撤！

这是发自地狱的吼声，是他的一名忠心殉职的部下对他发出的警告，他朝前望去，那便是炼狱之火。透过熊熊火光，他骇然发现有个黑色幽灵从那高高的墙头上露出上半个身子，向他挥动着一条手臂。这时候，枪声响了，密集的子弹像一把铁扫帚，将那幽灵从墙头上扫了下去。他叹了口气，原来那墙并不高。

“撤！”他使出最大的劲喊出这无力的一声。在他无比光辉的战斗的一生中，这是他唯一的也是最后的一次用语言发出的命令，但却是最不光彩的。

然而一切都迟了。在他们后面，在那个曾经捡到过一双特大老布鞋的弯道口，又一股大火冲天而起，截断了他们的退路。

“除恶务尽”，这也是中国人的古训。庄稼汉们早有了准备。这股大火就是他们用浇上煤油的柴草烧起来的。中国的庄稼汉从来只知道用这种柴草烧火做饭，寒冬腊月用它烧炕取暖，他们没有想过还可以用来烧死自己不共戴天的仇人。他们将柴草扎成一个个很大的草球，胡琏从书中得知，用同样的材料，球体的重量最小而体积最大。他们一人挂四个草球从梯子上爬上去，雄赳赳气昂昂像一队出征的战士，他们从庄稼汉到战士不过一步之遥，无视中国庄稼汉的智慧和勇气那真是大错特错。他们选中了弯道口，因为那里的通道最狭窄，像一只长长的瓶颈。他们了如指掌，早就为鬼子安排好后路，当 120 名鬼子一滑下竹竿便已经注定了，那个矮个子、狭长脸的鬼子军官那声“撤”嚎得再早也没有用。

到处都是火！火天火地火山火海，整个世界都在燃烧……

大竹少佐同他手下的残兵败将，个个成了带火的耗子，在熊熊烈焰中东奔西突，冲不出火的重围。

那个矮个子联队长已失去知觉不能动弹，笔挺的将校呢军服烧成了碎片，裸露的黑色躯体上全是粉红色的燎泡，像个全身溃烂的麻风病患者。几个贴身的士兵扑上去抱住他，他们又被另外的士兵抱住，一层又一层，拥抱成一个不规则的圆，蚁团一般朝前退后忽左忽右四处滚动。大火有滋有味地咂叭着舌头，从容不迫地将蚁团一层又一层舔去，发出嗤嗤的响声，像食蚁兽。勇敢的黄蚁，或者说黑蚁，反正已经弄不清到底是黄蚁、黑蚁还是红蚁，又一层一层扑了上去，好不壮观！这些训练有素的士兵正在用自己的生命竭力保护一个已失去生命的人——他们的“蚁王”。谁也无法解释这种悲壮的举动，正如谁也解释不清蚁类的某些活动一样。

但蚁团的核心部分终于从大火的重重包围之中滚了出去，他们是最后的几个幸存者，不到一小队人。大火尾随而来，他们簇拥着将他们带至死亡之墙的已经死去的蚁王慌不择路地钻进遇到的第一个洞窟里，恰巧这是个大洞窟，足够容纳下这几个死里逃生者。平日暗无天日的洞窟，这会儿被火光映照得熠熠生辉，刻凿在泥壁上的许多黑色小佛像犹如给涂上了一层金釉，变得神采奕奕。

躺在地上的蚁王忽然发出一声沉重的叹息睁开了眼睛。原来他还没有死去，他看见了泥壁上一个个金光璀璨的小佛像，他似乎忘记了身外的世界，在他即将去往另一个世界的这一弥留的时刻，他的心境显得异常的平静。

小佛像一个又一个从泥龛上冉冉而降，他举起双手，想去承接它们，将它们拥到怀里。“举世无双的珍宝哪！”他喃喃着，急促地喘息起来。小佛像一个个飘过他的身旁，他的双手在空中抓挠着，却一个也没有抓住，急得他大喊了一声——这是他留在人世的最后的喊声：

“等等我，大竹枝子……”

没有人知道，大竹枝子是他的妻子还是他的女儿。

清理火场时，中国人在这个洞窟里发现了他的尸体，另外还有 9 具自杀的尸体。

胡琏说，各国的战争史上都有着多次全歼敌军的记载，但像这一次那么干净、彻底地全歼，怕还是头一回。

9 代他喊声"妈妈"

☮ "为什么要有战争？"

"这你不该问我，小泽君，这要去问你们日本人。"

"你是谁？"

"我是中国人，我不需要战争，我们中国人都不需要战争。"

☮ 有人说战争将促进一个民族的发展，那是胡说，战争除了造成毁灭之外什么也得不到。

☮ 战争一来，理想破灭了。

☮ 到处都有搜捕你们的便衣队，你们早被发现了，可你们绝对不能再被发现，甚至连佐佐木君的死也不能被发现。

20 岁的佐佐木嘉树死了，他死在大个儿小泽卫吉的怀抱里。他是被他们自己人打死的，身上中了 7 颗子弹。死前他没有说过一句话，一颗子弹正好打中了他的颈部，但他脸上的表情只有大个儿清楚，别人不知道，他念念不忘一个未了的心愿。

大个儿也有过一个小弟弟，比他小 4 岁，恰恰与佐佐木同龄。在他 10 岁那年，6 岁的小弘吉被一场猩红热夺去了幼小的生命，也同样在他的怀抱里闭上他那对本来跟海水一样湛清而被热病折磨得变黄了的眼睛。佐佐木的眼睛不肯闭上，失去了光泽的两眼仍然凝望着一小块灰暗的天空，似乎在询问什么，他不甘心死去。

呵！佐佐木……

大个儿抱着他，如同 10 多年前抱着他心爱的小弘吉，一步一步从木梯子上爬上去。周围的中国人默默地看着他，没有人跟他打招呼，哪怕点一下头或挤一挤眼，大家的心情都很沉重，小心翼翼，谁都不敢流露出胜利的欢悦，连那个会说日本话的中国人也没有问他要上哪儿去，就是问了他也无法回答，谁能理解他这时的心情呢？况且，他们自己也还有许多事情要做，火场必须立即清理，那段地沟得尽快填平，其余人要连夜撤到山里去，所有这一切都需要有人来安排，时间很宝贵。

太阳已经下山了，暮霭笼罩着田野，仿佛也将一场人间的惨剧笼罩在它那灰暗的羽翼之下，眼前的景物竟是如此地宁静、安谧，似乎什么也没有发生过，真叫人难以相信。

地沟下余烬未熄，贴着沟沿弥漫着一层青灰色的流动的雾，缥缥缈缈如同死者的灵魂，摆脱了人世的束缚向上飞升，它们能飘过大海回归故乡吗？

中国人开始在那里清扫战场了，人人兴高采烈，笑语喧哗，他们不再掩饰自己的喜悦心情了。烧毁的庄子可以重建，死去的人不能复生，大竹少佐死后有知，不知会做何感想。

地沟里冲起一阵阵和着血腥味的尘土，正在上升的灵魂受到了惊扰，四散开去，很快便同天边的暮霭融合成一体。佐佐木的灵魂在哪儿？它也同那青色的雾岚一起融合进灰暗的暮霭中去了吗？还是仍然留在他这蜷曲着的小小的躯体里？

他抱着他，像抱着自己心爱的小弟弟，默默地向前走去。

今夜有月亮，还不是圆的。记得他曾听一位老水手说过，月亮里有一匹母狼，名叫尤比丽，那是狼们的神，世间的狼每当遇到危险的时刻，就跪蹲在地上仰望着它，祈求狼神的庇护。后来在一个冬夜里，他在雪地上追赶一匹大灰狼，果然遇见了这样的情景，他终于放下了举起的猎枪，没有伤害它。可是今天，佐佐木却遭到了自己人的杀害，连他们三个人的命运之树也没能庇护他，这到底是怎么回事？

……

“你们不能这样！你们不能这样！”佐佐木在明白了即将发生一场怎样的惨剧之后，紧紧拉着那个会说日本话的中国人的手，他知道在这里他是头头，“该受到惩罚的只能是大竹联队长一个人，同其余的人没有关系，他们是士兵，他们不能不执行命令。”

“你说得对，佐佐木君，”他说，“可不能这样又能怎样呢？让你们的联队长命令他的士兵攻破这堵矮墙再把一庄子人杀个鸡犬不留吗？固然罪魁祸首只是大竹正义一人，可你能让他一个人来接受惩罚而让其余的人退回去不卷土重来吗？战争不是儿戏，不能感情用事，佐佐木君，你还是走开吧。”

佐佐木哑口无言，但他没有走开。

呵，佐佐木，我的好兄弟，你外表冷漠，感情脆弱，可终究还是付出了一腔热血！

他抱着他，脚步沉重但没有停留。

清冷的月光照在三棵犄角而立的命运之树上，它们也相对无言，同样感到心头的沉重。

他抱着他，目不斜视，朝圣般走着，一步接一步。受到命运之树庇护的三个日本人，一个失踪了，一个死去了，剩下最后一个，虽然还活着，也已失去了信念，不再祈求庇护了。

他抱着他，像抱着一个熟睡的婴儿，一步又一步，走向前面的漫坡地。那上头，耸立着一座红土崖。佐佐木说，今天是他离别妈妈一周年的日子，他答应过要在这一天爬上高高的山顶面朝大海喊一声"妈妈"！月亮是从东方上来的，他的妈妈也是我的妈妈，让我代他喊一声吧：

——妈妈！

红土崖上不长草木，一望无际，天边便是大海，那里风推云涌，大海正在涨潮。佐佐木，我的好兄弟，这就是你的长眠之地，这里一无遮拦，可以看见妈妈的满头白发和花代妹妹那双黑葡萄一样的眼睛，没有比这里更好的地方了。好兄弟，你是大海的儿子，极目远望，大海就在你的身旁。

他将他轻轻放下，怕把他惊醒。"大个儿，你猜猜我做了个怎样的梦？"他会做各种各样的梦，鬼也猜它不着。

他从自己的口袋里掏出一把小尖刀，又伸进手去到佐佐木的贴身口袋里摸出那把梳子。有一颗子弹击中他的左肋，梳子上沾有血渍，平平常常一把沾着血渍的黄杨木梳珍贵无比，他小心翼翼地在最后一根梳齿连着的梳脊上刻下一个记号。关于这把梳子的故事他都知道，这是一个伟大母爱的故事，如果可能，他愿意用自己的生命换取佐佐木这已经停止跳动的生命！

他要用小尖刀为他挖掘一个墓窟,崖上的红土表层很硬,底下疏松,小尖刀折断了,他便用十根手指来挖,他的手指不会折断。

红土崖上四面来风,风是冬夜的寒风,它匆匆忙忙跨过两个季节,吹得他汗水淋漓浑身疲软,像被熏风沐浴着一般。

墓窟挖好了,他重新抱起佐佐木,将他平放进墓窟里。墓窟挖得很大很深,你躺在这里不会感到拥挤,但你会感到冷清。梳子塞在你的左手,你习惯用左手梳理头发,你说那是因为妈妈也是用左手为你梳理头发的。你的头发永远长不齐,像一片刈过的青草地。你那对微张的眼睛还在窥探什么呢?呵,佐佐木,你多像个活过一个世纪的老人啊!

他坐到他的身边,低下脑袋久久地俯视着,心里在期待着一个奇迹。一切就这样完结了吗?你再也不会起来挖苦人,嘲弄人,跟人无休无止地争辩了吗?失去了你,这个世界将会多么寂寞!

两滴清泪扑扑掉到一张惨白的脸上,他禁不住呜咽起来。一个熊样壮硕的汉子在这静夜凄清月色下的呜咽,是很能打动人心的。

果然有人被打动了。

“别难过小泽君,”那人说,“这是战争。”

“为什么要有战争?”

“这你不该问我,小泽君,这要去问你们日本人。”

“你是谁?”

“我是中国人,我不需要战争,我们中国人都不需要战争,小泽君,你不是个老兵么,你到中国来打了 4 年仗,亲手杀死了 19 个无辜的中国老百姓,你得到了什么?一颗永远不得安宁的灵魂。”

“你在嘲弄我吗?”

“不,我只想提醒你。有人说战争将促进一个民族的发展,那是胡说,战争除了造成毁灭之外什么也得不到,一个庄子毁灭了,一个连队毁灭了,躺在墓坑里的上等兵佐佐木再也活不转来了,战争继续下去,你也

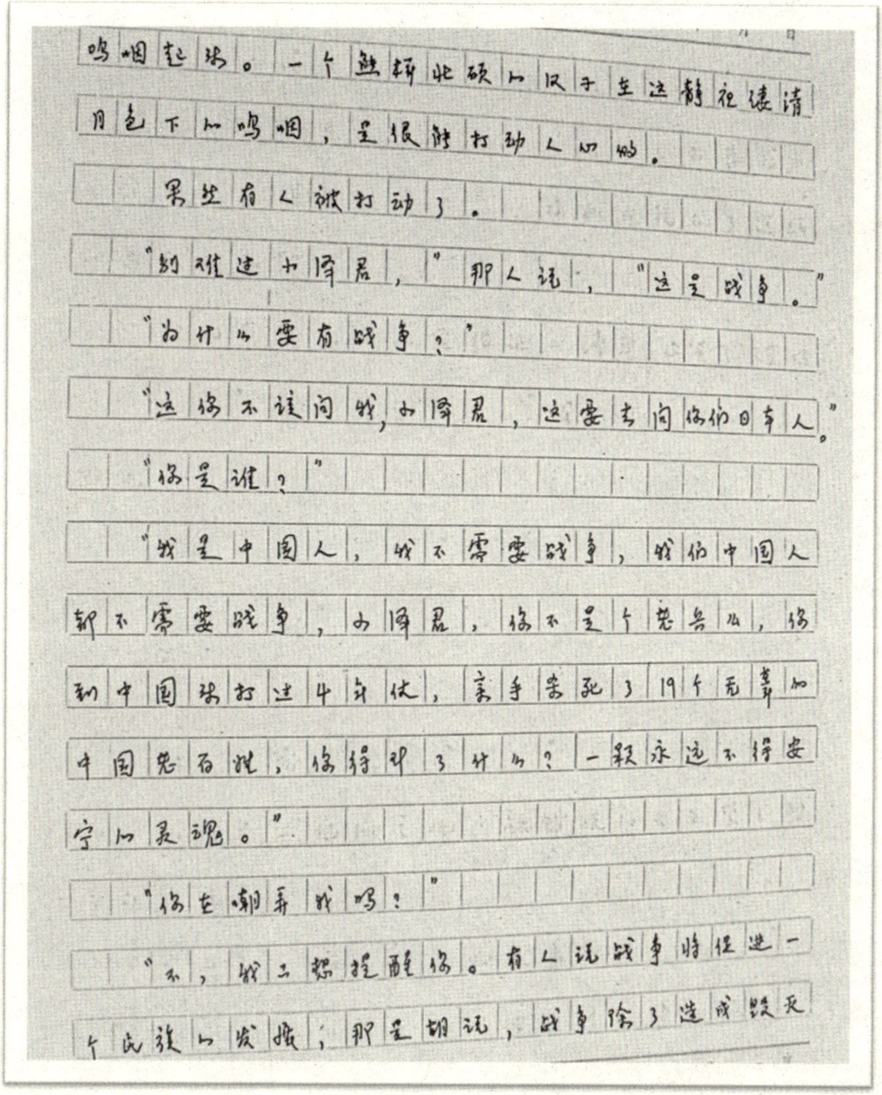
呜咽起来。一个无辜被杀的鬼子在这静夜凄清月色下的呜咽，是很能打动人心的。

果然有人被打动了。

"别难过，小隆君，"那人说，"这是战争。"

"为什么要有战争？"

"这你不该问我，小隆君，这要去问你们日本人。"

"你是谁？"

"我是中国人，我不需要战争，我们中国人都不需要战争，小隆君，你不是个老兵么，你到中国来打过4年仗，亲手杀死了19个无辜的中国老百姓，你得到了什么？一颗永远不得安宁的灵魂。"

"你在嘲弄我吗？"

"不，我只想提醒你。有人说战争能促进一个民族的发展；那是胡说，战争除了造成毁灭逃脱不了这样的命运，小泽中士。”

“我的事你怎么知道得这么清楚，你是间谍吗？”

“不是，”那人笑起来，“我结识了你的一个朋友。”

“谁？”

“森田君。”

“军曹长？”

“对，军曹长森田成吉。”

他转身一把抓住他，铁钳般的大手紧紧钳住衣袖里的手臂。

“军曹长在哪儿？”他急喘着问，“你快说！”

“不要急嘛小泽君，你抽烟吗？抽一根吧，我也不大抽，让我们一起来抽一根。嘿嘿，你的手劲可真大，你应该去学相扑，真不该来当兵。怎么样，烟味不错吧，‘金鼠’牌，南洋兄弟烟草公司出品，你看，我还给佐佐木君带来了三支香，佐佐木君死在中国的土地上，我们就用中国的方式来祭奠他吧。”

“那被你们烧死的整整一个连队的士兵又该怎么祭奠呢？”

“他们是侵略者，有人闯入你的家园，烧掉你的房子，杀死你的亲人，这人被打死了，你怎么祭奠他呢？还是等着让你们的天皇去祭奠他们的英灵吧。”

他没法回答，这个该死的中国人像个政治教官。

三支香点着了，淡紫色的游丝一样的烟柱袅袅上升，他闻到一股熟悉的气味，在日本和中国的寺庙里都氤氲着这种气味，它能给人的心境带来平和。他突然想到，大竹联队长还是个虔诚的佛教徒呢。他抬起头，用眼睛追寻着几缕青烟，一弯新月隐没不见了，只留得三点香火的红光。

“你到过京都吗？”他忽然问。

“到过。”

“看过花车巡街的祇园祭吗？在每年的七月十六日晚上到十七日白天。”

“看过，还到过南禅寺、春日赏樱的平安神宫，玩过熙熙攘攘的鸭川四条通大桥。”

“我也都去过，那是个去过一次就一辈子也忘不了的地方。你不是佛教徒吧？”

“不是。”

“那你是去读书的吧？”

“在京都读过两年。”

“怪不得你的日本话带京都口音，怎么又不读了呢？”

“因为战争。”

“你为什么不到军队里去？”

“我读的是农业经济，计划办个农场。”

“办起来了吗？”

“你不是都看见了吗，连座房子也没保住。”

“正如俗话说的，战争一来，理想破灭了。”他说，勉强笑了笑。

“你没有理想吗？”

“我是个流浪汉。”

“高尔基也是个流浪汉，听说过吗，后来他成了大文豪。”

“这跟我不相干，我只想有一艘自己的捕捞船，那种 25 匹马力的，当然，有 40 匹的更好。”

“结果呢……战争一来，你的理想也破灭了，”他说，也笑了笑，“森田君说起过他的理想吗？”

“没有，不过战前他是个踢足球的。”

“足球运动员，噢，他是新宿队的？我记起来了，战前我在京都看过一次全国足球联赛，新宿队得了冠军。”

“你说得不错，军曹长正是新宿足球队的中锋。”

“太巧了。”

“真巧。”

“要不是战争，他会一直踢下去。”

“那当然，他今年才25岁呢。”

“也许会成为世界球星。”

“肯定会。”

“那么，佐佐木君呢？”

“这鬼东西跑起来跟鹿一样快。”

“他想过要当个运动员吗？”

“嗨，他的理想可多啦……”他没说下去，沉沉地垂下了脑袋，过了好一会儿他才抬起头，“真的，”他接着说，“你还没有告诉我你的名字呢。”

“我姓胡，单名琏。”

“胡——琏？”

“胡琏。”

“胡君，现在你可以告诉我军曹长的去向了吧？”

“森田君是朝东南方向走的。他说要去投奔太行山，但所有通向抗日根据地的道路都被封锁了，他只能打山里走，你看看这一带重重叠叠的山，他是昨天上午10点10分离开小胡庄的，现在他在什么地方我就说不上来了。”

“他为什么要一个人走？”

“这你还不明白吗，到处都有搜捕你们的便衣队，你们早被发现了，可你们绝对不能再被发现，甚至连佐佐木君的死也不能被发现。你懂我的意思吗？”

他当然懂，因为他们带着一份绝密的军事情报，关系着一次重大的军事行动。虽然他到现在也不知道这份绝密的军事情报的内容，但冈村司令官知道，今井将军也知道，并且相信他们确实秘密获得了这份情报，所以才誓将他们捉拿归案，以致不惜付出一个连队120名士兵的代价。正如军曹长说的，他们三个人中，只要有一个人最终没有被发现，长官们就不敢贸然发动这次军事行动。可是佐佐木死了……他不愿再想下去。

“嗨，昨晚上可够受的，”他笑着说，“我还以为要遭毒手了。”

“那是打掩护，为了保住庄子，没想还是保不住。”

“反正军曹长已经走了，为什么不把我们交出去呢?”他说，叹了口气。

“哪能呢，中国人讲良心，分得清好歹，留下吧，小泽君，跟我们一起干。”

“不，我把佐佐木君留下托付给你，我要去找军曹长。”

“你往哪找?”

“你不是说他是朝东南方向走的吗?”

“东南方向只是个方向，一个没边没沿的概念。”

“不管怎么说我都要去找他，等找到他再一同回来。”

“要是找不到呢?”

“只要他活着，就一定能找到。”

他站起来，一直朝前走，站在一块突出的悬崖上，如同运气那样，他屏足全身的劲道，石破天惊似的一声大叫：

“妈妈!”

周围的群山，都在响应这洪亮的叫声：

妈——妈——妈——妈——……

佐佐木似乎也听见了这声叫喊，他安然地阖上了眼睛。

10

机密情报

——战争史上一个永远解不开的谜

太原驻屯军司令今井少将是在牌桌上接读这份机密情报的。牌局就设在他的书房里，时间是凌晨3点整。连日来由于搜捕三名叛国要犯毫无进展，军情紧迫，不免心头烦闷，彻夜难眠，这便要唤人来陪他玩几局方城之戏，以度过漫漫长夜。于是护兵马弁，文书参谋，都成了他的牌友。

今井司令在国内是围棋迷，但围棋不如麻将，一来不易找到对手，胡乱弄个人来对弈一局总觉得乏味；二来也没心绪。而麻将则不然，它比较轻松又不乏乐趣，一副以136块小小骨牌组成的中国麻将，充分体现了中国人那种得过且过、乐天知命的性格。有时他便会感到自己不够超脱，浮生若梦，为欢几何，又何苦事事认真呢。

他正在做一副门前清不求人清一色一条龙自摸加番的大牌，那伸出去抓牌的手不觉有些发抖，心里说一个人要真正做到超脱还不那么容易呢。

就在这时候，他接到了这份机密情报。他一手接过情报，一手去抓牌，翻过来一摸，哇——七索，我的妈，他这副牌正是独一门嵌七索，百中挑一的手气，千载难逢的机会，高兴得大叫一声“自摸双，和了！”，便畅怀大笑起来。

自从发生三名士兵叛逃事件以来，还从未见过他有这么开心，牌桌上不认父子，其余三人便都掏出一叠簇新的票子推到他的面前。票子是关东券，根本不值钱，又来得容易，大伙乐得做个顺水人情，多送几叠，逗老家伙高兴高兴。

趁着洗牌的工夫，他笑嘻嘻地打开情报夹子一看。坏了，俗话说“不看犹可”，这一看，乐极生悲，只见他立时神色大变，那张保养得十分滋润的尖腮脸，由红变白，由白变青，跟着就变成了死灰色；那对隐蔽在长眉下光闪闪的菱角眼，失去了平日的果断，变得昏昏然，茫茫乎不知所措，那只与众不同的鹰钩鼻子，歪向一侧，成了个多余的赘瘤；他颤巍巍立起，推开椅子走了两步，一步三晃，摇摇欲坠；他只觉得心头有一股气在堵着绞着，喘不上来，陡地朝上一冲，冲上来的可不是一股气而是一口鲜血；他全没防备，张口哇一声正好喷在赶过来扶他的一牌友身上，他再没了一点儿力气，便像个纸人似的倒进这人的怀里。

真是叫一波未平一波又起，三位牌友六只眼，大眼瞪小眼，一时间全没了主意。

说是机密情报，也不过是夹在一个硬纸壳里的一张薄薄的纸片，可这是一张怎样的纸片呀，仿佛那上头画有某个魔法师的咒语，谁读了咒语谁就中了邪魔，失去了本性，使得一个器宇轩昂的将军顷刻之间变成了一个不堪一击的稻草人。

三个人手忙脚乱地将他安置在书桌前常坐的一张紫檀木太师椅上。他最欣赏椅背上的一方木雕，那是一个年轻的樵夫向两位酒醉的白胡子仙人求寿的故事，他说故事有丰富的哲理。这会儿谁也没有心思去理会那含义，他们端水给他漱了口，一人绞来毛巾，一人捧着痰盂，还有一人就去收拾残局。忽听他重重的一声叹息，那张写满了咒语的纸片便从他瑟瑟发抖的手中无声地飘落。

一人连忙弯腰拾了起来，他是他的贴身马弁。他能双手打枪百发百中，他曾无数次把将军救出险境却不通文墨，识字不多，他才不管什么咒语不咒语，他只相信两把20响德国造，他捡起纸片看也没看便用一块铜镇纸压在同样用紫檀木做的宽大的书桌上，横头摊开着一部线装书，发黄的纸页被虫子啃出一朵朵腊梅花，他好奇地凑上去嗅了嗅，没嗅到腊梅的清香倒嗅着了一股扑鼻的霉臭。

另外两颗头颅这时也战战兢兢凑了过来，眯着眼偷偷朝压在铜镇纸下的纸片瞄了几眼。其中一颗圆头属于一个老参谋，他是将军的少年同窗，富贵不忘故人，足见将军豁达大度。他好像不是在偷偷瞄那纸片，倒像在吞咽一颗苦果，或者说无端给人拔了颗牙齿，那脸上的肌肉便止不住抽搐起来，直抽得他的五官一齐移了位。

剩下一颗秃顶是翻译官的，他之所以有幸能亲近将军陪着打牌解闷，据说是因为他对中国的古玩字画特别有研究，虽然他常常要让将军受骗上当，反正也都是巧取豪夺来的东西，并且一经挂到将军书房内的四壁上，身价便不同了，谁还敢说个“不”字？比方说那轴唐伯虎的扇画《秋水共长天一色》，明明是后人仿制的赝品，见过的人没一个不说是真迹。当下他才只瞄了一眼，两个眼球便鼓得像只癞蛤蟆，猫儿见了鱼腥，蝇子碰上污血，财迷捡了块滴水祖母绿也不过如此，他看痴了，发呆了，变成十足一个傻巴蛋。

不通文墨识字不多的贴身马弁长着一颗大而无当的脑袋瓜，像长着一只上大下小的歪葫芦，他瞅瞅这一个又瞧瞧那一个，心里捉摸着这到底唱的是哪出戏，让一个人气得吐了血，第二个吓成丑八怪，第三个傻得不成个玩意儿。他重新拾起这张薄薄的纸片，调动脑袋瓜里一切的文字知识，结结巴巴地念了起来。

根据他的识字程度，尽管念得不全(因为夹着汉字)，错误难免，一般说也能念出个大概，但不知是他的哪根神经出了毛病，他不去从右至左顺着念(因为是直行)，偏偏要去从左至右倒着念，念着念着连他自个儿也越听越不自在，念了才不过一小半儿，一声“巴格”不再念下去了，结果便只能勉强连缀成如下这段非驴非马的奇文妙句：

第 144 海部顺(师)团特务机关长野……(下面汉字签名一个不识，跳过)据此……听候裁剪(夺)鸡狗牛羊……消失……小胡君(庄)之全体男女老幼……一无所有(获)……大竹联队长……120 名官兵……配合行动……蜘蛛马蹄(蛛丝马迹)……大刮(搜)三日……派出侦察机一架……特工人员上天入地(天上地下)归来……仍无消息……一齐失踪不知去向……但不见3名逃犯……整个小胡——(他似乎终于发现这小胡不是个人名,便气狠狠地骂了声:)巴格……

这道鬼画符别说他没法再念下去了,便是听的人也受不了。但为了故事的完整性,又不得不多费点笔墨,将原文照译如下,以正视听:

我部第16联队联队长大竹正义少佐获悉,3名叛国要犯隐匿于路南之小胡庄一带,当即亲自率领该部第9连队全体120名官兵前去捉拿。20日凌晨4时出发,上午7时到达小胡庄,至当日下午3时许,整个小胡庄毁于大火之中,但不见3名逃犯踪迹。此后,大竹联队长即与120名官兵一齐失踪,不知去向,当夜既未见归来,翌日仍无消息。我部闻报,立即派出侦察机一架,并精选强悍之特工人员,天上地下配合行动,丝毫无蛛丝马迹可寻,大搜三日一无所获。似乎大竹联队长暨120名官兵已连同被焚毁之小胡庄以及小胡庄之全体男女老幼鸡狗牛羊一起从地面上消失。

据此报请,听候裁夺。

第144海部师团特务机关长野藤原津

“你出去吧,”将军朝他的贴身马弁挥挥手,“别让人进来,你们两个留下。”他看着他大踏步走去的背景,五大三粗,忠心耿耿,你要他去上刀山他不会去跳火海,可在节骨眼上却派不了用场。唉,他虽然心力交瘁了,但还得撑着。

“你们过来,都坐下,”他说,“世界战史上,有过多少难解之谜啊,你们能找出几个最典型的战例来吗?”

他并不要求他的部下来回答这样的提问,通常这只是一种自问自答的谈话方式。所以,熟知他脾气的老参谋和翻译官两个人就都沉默着,做出一副倾听的姿态。

他果然接下去说:

“公元前490年,波斯帝国二次远征希腊,大流士一世亲率雄兵10万、铁骑6000,在雅典附近马拉松登陆,一路所向披靡,希腊小国城乡震动,结果出乎意料,大流士的10万大军被不足1万的雅典民兵杀得片甲不存。讲战术,讲装备,讲士兵的素质,小小希腊一个城邦哪里是波斯帝国的对手,并且在数量上是1比10。”

他说得口干了,端起一把紫砂壶啜了两口,茶水凉了,有点塞牙,翻译官要去给他续上点热的,他摆摆手说不必啦你们再听我说。

“在中国的历史上不是也有过一次相似的战例吗?”他的两眼重又放出咄咄逼人的光来,“东晋时代,一个根本不懂战争的读书人,以区区8万人马打垮了秦王苻坚号称的百万之众,实际上是80余万,正巧也是1比10。谁能破得开这战史上的多寡胜负之谜呢?”

他说得兴起,放下紫砂壶,一鼓作气说下去:“到了公元1281年,发生了一次世界史上空前的海难,你们一定也猜到了,那就是我国战史上著名的弘安之战。集结在九州伊万里湾试图一举征服日本的蒙古大军,遭遇到突如其来的强台风袭击,一夜之间,船毁人亡,全军覆没。鹰岛的南岸海域就是当年14万元军分乘4400艘战船遭到‘神风’袭击而沉没海底的弘安之战的主战场,我方不费一兵一卒即大获全胜。难道仅仅是由于突然的机遇吗?数百年来谁又能破开战史上这关键时刻的机遇之谜呢?”

他举起一手,防止有人打搅,然后,他用这只手抚摩了一下胸口。

“而在公元前217年,”他接着说,“迦太基名将汉尼拔率领9万步兵、1.2万骑兵以及37头大象，在一月之内翻越白雪皑皑的阿尔卑斯山，渡过气候恶劣的罗诺河，骤然出现在意大利平原直逼罗马城下——”

说到这里，一口气上不来了，他只好顿了顿。另外两人正襟危坐，屏神凝息地等待着。

“当时城内一片慌乱，”他还没有喘过气来，便已接了下去，“元老院连撤两个执政官，几乎组不成迎战的部队，人人都患上了恐汉(尼拔)症。如果在这时候，汉尼拔抓住战机，罗马城一举可下，攻下了罗马城也就打垮了罗马，迦太基便理所当然地成为西地中海的霸主，那样的话，一部古代世界史就得重新写过啰……”

他叹息着向后靠去，结实的紫檀木太师椅岿然不动。

“唉，说来难以置信，那么一位坚忍不拔有勇有谋的名将，居然放弃了到手的胜利，不去攻打罗马城，率兵绕城南下，从而丧失了彻底战胜强大的敌人——罗马的唯一战机！”

他伸出一个手指，直戳到老参谋的鼻尖上，戳得他的鼻尖立即沁出一层细密的在灯光下闪闪发亮的汗珠，他狡狯地一笑。

“那么，你能破一破战争中由于一念之差终于白白丧失了一次几乎可以说是扭转乾坤的战机之谜吗？”他问。

老参谋被问得心潮澎湃、热血沸腾，关于这段历史，他庆幸自己早有研究。

“因为汉尼拔陷进了一个假象之中，”他慨然回答说，“加之他的消息不灵通，得不到准确的情报，不了解当时罗马城的真实情况，所以他怎么也难以从假象的泥坑中自拔，”他说得很流畅，“并且，还因为汉尼拔也已经损兵折将疲惫不堪，他们虽然越过了阿尔卑斯山，但步兵只剩下2万，6000残余的骑兵没有一匹马，留下最后一头大象还瘸了一条腿……”

“可他们仍然保持着旺盛的战斗力，”将军反驳说，“完全可能一举攻下罗马城。”

"罗马到底是个强大的对手啊将军,您刚才不是也这么说吗?"

将军拍手笑道:"回答得好,老参谋不愧是老参谋,那么——"他已收敛笑容,上身俯倾过去,"请你说一说,难道我们的消息也不灵通,也得不到准确的情报,也不了解对方的真实情况吗?"他吼起来:"难道一个毫不起眼的小王庄(小胡庄)也能成为皇军的强大对手,也能构成对皇军的严重威胁吗?可是大竹联队长失踪了,120名官兵失踪了,他们不见了,连同被他们焚毁的小王庄(小胡庄)一齐从地面上消失了,甚至连一具尸体也找不到,他们也被一阵'神风'刮走了吗?这到底是怎么回事?你说,你说,我可不赞赏这样的战争之谜!"

他,他俩,能说什么呢?一切的军事知识、古玩字画,这会儿都救不了他们的驾。

将军的一个指头又像钉子似的戳了过来。"我要你,还有你,立即给我把这个荒诞的战之谜破开,明白吗?"

明白?不明白?不明白也得明白。他俩同时倏地站起,大声回答:"明白。"

"你们明白什么?"将军咬着牙问。

他们明白什么?他们什么也不明白,并且相信,永远也没有人能弄得明白。这又不是一件古玩、一幅字画,就是一件古玩、一幅字画不也常常弄不明白是真是假么,翻译官不无幽默地想。而那个帝国陆军大学出身的老参谋,则有一种似乎掉在冰水里浮沉的感觉,他努力仰起头免遭没顶之灾,实则他这颗滚圆的头颅一直深深地下垂着,他嗫嚅地说:"我……亲自带队伍下去……"

"下去打草惊蛇吗?"将军一挥手打断了他的话,不屑地哼了声,"土肥原教出来的野藤原津是个酒囊饭袋,没想你这位陆大的高才生原来也是个饭囊酒袋,我只要你们两个下去,脱下军服换上中国老百姓的衣裳,打扮成两个收购破烂玩意儿的小贩,来一次微服私访。我不信,大竹正

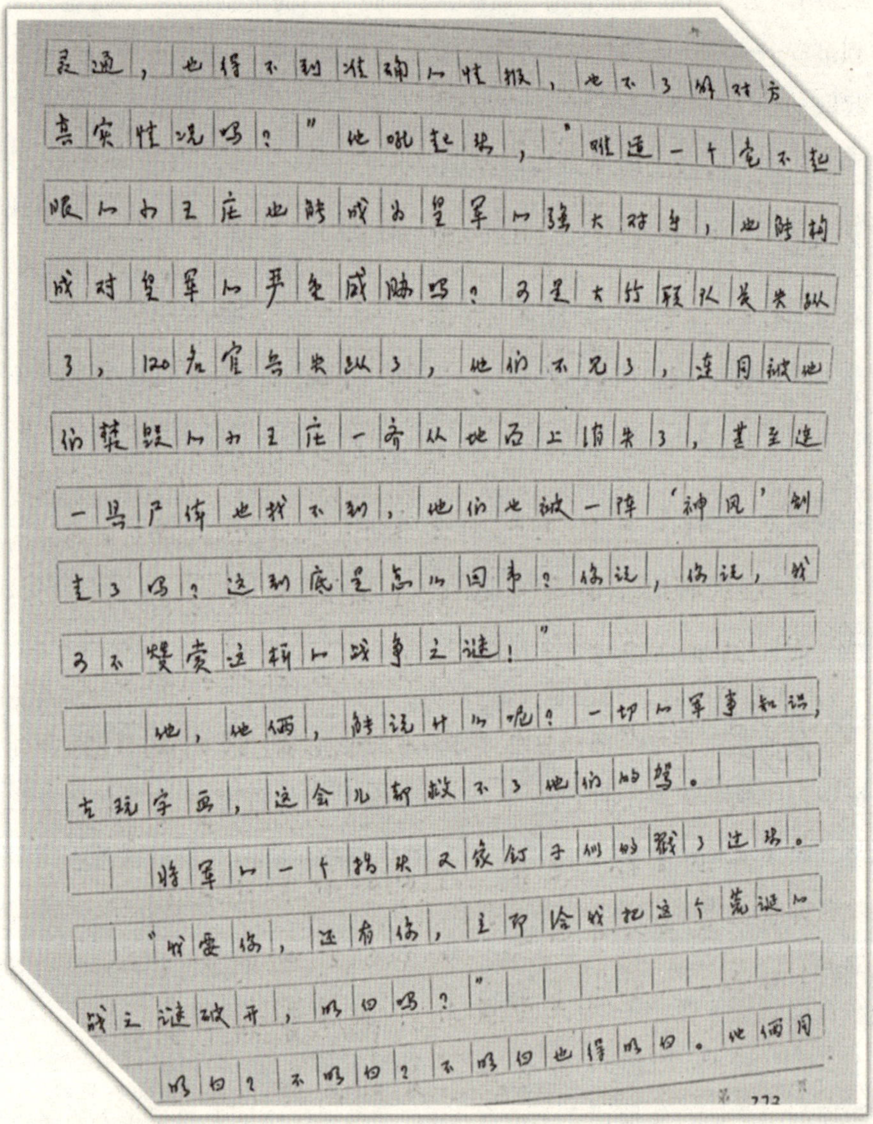
灵通，也得不到准确的情报，也不了解对方真实情况吗？”他吼起来，“难道一个毫不起眼的小王庄也能成为皇军的强大对手，也能构成对皇军的严重威胁吗？可是大竹联队长失踪了，120名官兵失踪了，他们不见了，连同被他们轰毁的小王庄一齐从地面上消失了，甚至连一具尸体也找不到，他们也被一阵‘神风’刮走了吗？这到底是怎么回事？你说，你说，我可不喜爱这样的战争之谜！”

他，他俩，能说什么呢？一切的军事知识，去玩字画，这会儿都救不了他们的驾。

将军的一个指头又象钉子似的戳了过来。

“我要你，还有你，立即给我把这个荒诞的战之谜破开，明白吗？”

明白？不明白？不明白也得明白。他俩用

义和他手下 120 名官兵可以消失，而被毁掉家园的中国人一个也不再出现。我不限定时间，发现情况随时向我报告。”

人家野藤原津即使是个昏庸之才，可他们派出的特工人员不见得个个也都是无能之辈，何况还有一架飞机从空中配合搜索呢，连这样的规模也一无所获，靠他们两个人又能起多大的作用，弄得不好被中国人识破马脚，落得个大竹正义的下场那可太不合算了。他俩终于没敢前去凭吊小胡庄的断壁残垣，只在近处转悠了几天便半途而返了。

这两个人平日倒也常常要发生些小摩擦，但在这件事上却分外默契，和谐得犹如高低音二重奏，几乎没费多少口舌便把个精明能干的将军糊弄过去了。

其实，不是他俩能糊弄得过去，而是将军自己的心绪坏到了极点。他独自坐在那把他常坐的紫檀木太师椅上，一坐半天不动弹，和尚入定一般。

一个只能活到 19 岁的年轻人一下子加到 99，这个加寿的故事里所包含的玄机不就是天意么。

“天意呀！天意呀！”他喃喃地自语着，随着喟然一声长叹。

于是，大竹联队长暨 120 名官兵神秘失踪事件，便成了世界战争史上一个新的千古之谜。

11 雪地遭遇战

一进入山里，季节就好似提前了，半夜里，下起了入冬以来的第一场小雪。说是小雪，但因为在荒山野岭，转眼间便下成了白茫茫一片。幸好没有风，雪像破棉絮似的无声地飘落，所以还不太冷。但他觉得冷，不是冷得彻骨而是冷得发抖，那是从内心感觉到的，多半由于饥饿，他已经两天没有吃过东西了。

他抓起一把雪，雪很薄，连着雪下的枯草，还有泥土，统统塞进嘴里。雪化成了水，顺着喉管流下去，带点苦味；枯草嚼不烂，搅和着泥土一齐堵在喉咙口，憋住了，像一条小蛇吞噬一只刺猬。他从没见过蛇吞刺猬，也不过是种感觉，咽又咽不下吐又吐不出，脖子伸得老长，喉结上下耸动，说不出有多么难受。对蛇来说，不管是什么东西，只要咽得下去，它便可以蜷缩到洞子里去冬眠了；他不行，他是人，即使能咽下这团草泥，也压不住中烧的饿火。在国内，他也经常挨饿，到头来，凭着一身气力，总能大吃一顿；在这里，他简直一筹莫展，英雄无用武之地，只能让一身气力一点儿一点儿消耗掉。

他的目光，不由自主地又一次射向不远处一座土崖下从那间孤零零的小茅屋的窗口透出来的一星苍黄的灯光。

他早就发现了那一星灯光，透过薄薄一层雪幕看去，若隐若现，似近似远，恍若置身梦中。这点灯光能在一个有国难投、无家可归的浪子心头引起多少情思和暖意啊，可是他不敢看。他知道，纵然那是个安乐窝，也同他没有丝毫的缘分。但他越是不敢看，心里便越想看个究竟，看个痛快，只是他怎么也下不了决心，仿佛他是匹饿狼，而那是个诱人的陷阱。

凡是猎人都设过陷阱，他也设过。他曾经拿老母鸡去引诱过狡猾的狐狸，拿小羊羔子去引诱过凶猛的花豹，他愿意自己也掉到那陷阱里，他就是一匹贪婪的狼。

人的意志只能对一个身心健全的人起作用，他的神志已经有点儿模糊，不时生发出种种幻觉，他两眼凄迷，自言自语。都说人生短暂，为什么他的人生却那么漫长呢，犹如脚下这条走不完的路，他走啊走啊，从一个海边弄潮的孩子，梦想着要为乡亲们捕回一船银白的鱼，走到了异国他乡，举目无亲，形单影只，路在脚下延伸，依然无穷无尽，而他的鬓发却过早地变白了，像披着一头枯草，长长的胡子挓挲着，像豪猪的鬣毛，他踽踽独行，步履艰难，最后他无声无息地倒毙在雪地上，成了野狼争夺的美餐。

哦，那是那年他在北海道遇到的一个悲惨的景象，是他赶跑了狼群，亲手将那个不幸的陌生的老人埋掉的，不管怎么说，那是他的国家、他的土地。但这里可不是自己的国家、自己的土地，有谁会来将他埋葬呢？

雪花落进他的领子里，他打了个寒噤，下意识地在脸颊上摸了一把，他的胡子不长只是有点扎手，他不但不老还大大的年轻，他要寻找的人还没有找到，纵然毫无踪迹，在他的心中却有一种预感，他还不能死。

不知不觉，他朝着那点灯光踉踉跄跄地走去。

几乎在同一时刻，在另外一个方向，也有个淡淡的影子在悄悄地向那座射出苍黄灯光的茅屋移动。他俩彼此谁也没有发现。

从方向上说，那影子看不见那点诱人的灯光，但从清冽的冷空气里可以闻到一股熟悉的气味，这股气味对那影子似乎比任何灯光更加具有吸引力，影子逐渐加快了步伐，不过不是那种矫健有力的步伐，看得出来，有点儿力不从心的样子，像个性急的瘸子。

他也加快了步伐。他并不是个瘸子，可他的两条腿显得那么绵软无力，比起一个瘸子来实在也强不了多少。因此，他俩又几乎是在同一时

地上，成了野狼争夺的美餐。哦，那是那年他在北海道遇到的一个悲惨的景象，是他赶跑了狼群，亲手将那个不幸的陌生老人埋掉的，不管怎么说，那是他的国家他的土地。但这里可不是自己的国家自己的土地，有谁会来将他埋葬呢？雪花落进他的领子里，他打了个寒噤，下意识地在脸颊上摸了一把，他的胡子发了是有点扎手，他不但不老还大大的年轻，他要寻找的人还没有找到，从此竟无踪迹，在他的心中却有一种预感，他还不能死。

不知不觉，他朝着那束灯光踉踉跄跄地走去。

几乎在同一时刻，在另外一个方向，也有个流浪的影子在悄悄地向那座射出昏黄灯光的房屋移动。他俩彼此谁也没有发现。

第 279 页

刻从不同的两个方向同时到达茅屋前面的小院场。现在他才看清，这茅屋不是孤零零的，转过土崖便是个不大的村落，在雪光的映照下静得像座小小的墓地。

他首先发现了那个影子，因为那影子首先暴露在小窗口的光影下。他只见一个灰白色的绒球似的东西一闪而过，扑向茅屋旁边一间说不清楚是房子还是洞窟的建筑，随即他听到了一声马嘶。是的，是马嘶，这声马嘶也像个滚动的绒球一闪便听不见了。他恍然大悟，原来那是个披着羊皮的盗马贼。在国内，凡是盗马贼总趁着黑夜下手，但很少会选在雪天里，怕留下痕迹；这里的盗马贼胆子大。他不由激动起来，在国内，凡是擒住盗马贼，主人家就会拿出最好的食物款待他，尽他吃，尽他喝，末了还会送他许多钱。他不在乎钱，他只要一包饭团几块干肉，外加一瓶喝上一口会使你全身发热的好酒。他咂咂嘴，几乎忘了他也许不是盗马贼的对手，他不小心滑了一下，差点没跌个嘴啃泥，他的两个手心相对着搓了一阵，他在心里告诫自己，千万得沉住气，盗马贼可不比小偷，都带有家伙。

他果然听到了一阵刺耳的响声，正是从那茅屋横头那个马厩里发出来的，他的听觉变得特别灵敏，一听就知道那是盗马贼在锯马厩的木栅。他弯下腰，猫一样悄无声音地窜了过去，紧贴着墙根转了个弯，他看见挨着房子的山墙有个挖在山崖上的洞，中国人叫窑洞，他见过，那当然是马厩无疑，盗马贼果真在那里锯着洞口的木栅条呢，映着雪光他看得一清二楚。

他吼了一声，低沉而凶狠。猛兽在捕食或者厮斗之前也都要发出这样一声吼叫，以显示自个儿的威风，镇住对方的锐气。人类防身自卫、厮杀格斗的许多招数就是向兽类学来的。

随着这声吼他扑了上去，声到人到，动作极为迅猛，足可让对方措手不及。他完全忘了自身的处境，体内每根血管里的热血都在膨胀，他处在一种极度的兴奋状态之中。但他扑到的却是个毛茸茸、瘦棱棱的东西，这跟他想象中的盗马贼大不一样，要去制伏这么一个瘦小的家伙简直不必花什么力气。他有点失望，他宁愿碰到个强有力的对手。他伸手去扼对方的咽喉，这是他的一着绝招，又准又狠，很少有人能逃脱他这致命的一扼，虽然今天他手下留情，并未使出十分的劲。可是这一次他没能扼住，对方显然是个有经验的老手，人不可貌相，他差点将自己的手腕送进一张大开着的嘴巴里。这张嘴巴又长又大，满口都是锯齿般尖锐的牙，压根儿就不是一张人的嘴巴，他闻到了一股浓浓的腥臭气，他大吃一惊，终于看出来了，原来它是——狼！

没错，它是狼，一匹身经百战的狼；它的狼群首领的地位是同它的后腿一起失去的，它成了一匹孤独的老狼，既凶残又狡猾。要想制伏它绝不比制伏一个盗马贼来得容易。

它在他猛吃一惊的瞬间挣脱他的手腕跳了开去，但它并不逃走，它从不在厮斗中退却，而总是在利用喘一口气的机会积蓄力量伺机反扑。它的喉头发出咕咕的响声，像在吞咽着什么，它忘不了即将到口的羊羔美味，它将全部的愤怒都倾注到那个能直立行走的被称作人的高大对手身上，这样的对手它领教过不止一次了。只听得一声凄厉的嗥叫，它弓起身子往起一蹿，尽管它断了一条后腿还是蹿得高过它的对手，带着一股凌厉的旋风直扑下来。这也是它的绝招。它在扑下来的同时舞动着两条前腿伸出十根刀似的利爪，十有八九会被它扑个正着，那爪子便能轻而易举地划破哪怕像野猪那样的厚皮，但这不过是它的一着虚招；当对方急于躲避利爪的扑击而露出破绽的一刹那，它已经结结实实地一口咬住你的咽喉而将喉管咬断。这一绝招常常使它立于不败之地。

那个直立行走的人恰恰缺乏同一匹狡猾的老狼徒手搏斗的力量，他已两天两夜水米不沾，所以他没法躲避也来不及躲避，只是出于一种自卫的本能，他朝着扑下来的一团毛茸茸的黑影挥出一拳。因为他明白，在这种危急关头，保全自己的最好办法不是躲避而是更为迅疾地反击。这一拳凝聚着他全身所有的气力，好比反击一只迎面扑来的沙袋，重重地落在张牙舞爪的老狼左边的脸颊上，一下就把它击倒在地。他自己由于使劲过猛，支撑不住，身子朝前一扑，也摔倒了。

两个回合下来，算是打了个平手，双方都使出了绝招，又都没能制伏对方，就一齐在雪地上挣扎。

如果那匹富有经验的老狼不是断了一条后腿，它便会蹿得更高，动作更迅猛、更灵活，扑下来的势头犹如老鹰搏兔，怎么会让你轻易在半当空击中它呢，你便注定要成为尖牙利爪下的牺牲品了；而如果这场人兽之间的生死搏斗发生在两天之前，这竭尽全力挥出去的一拳，分量便会截然不同，且不说一拳就能置对方于死命，至少也能揍得它口鼻歪斜、晕头转向，半天动弹不得。

可见这对谁来说都是一次侥幸。老狼在用两条前腿支起前半身来的同时，恰巧你也用两手支起了上半身，你们俩脸对着脸都在张着嘴巴大口大口地喘气，彼此都闻到对方恶狠狠的气息，半斤对八两，这说明了双方势均力敌却又谁也不甘心屈服，这便只能落得个可悲的结局了。

可不知怎么回事，你忽然发现两粒异常熟悉的眼睛，它完全不像通常发着绿光阴森瘆人的狼眼，而是两粒失去了光泽变得浑浊了的如同老猫那样的眼睛。你曾经养过一只老猫，在你妈妈丢弃了你以后你把它也丢弃了。你几乎丧失了全部勇气。

就在这时候，你只觉得眼前一黑，那老狼已经扑了上来，你怎么也料想不到会有这么凶狠迅疾的一扑，你完全没有防备，被它掀了个仰面朝天，你身上最为柔弱的部位全都暴露在对方的爪牙之下。但也许双方距离太近，也许老狼求胜心太切，力量用过了头，它那张开的大嘴未能对准你的咽喉便从你的头顶滑了过去，这救了你的命。你惊出一身冷汗，于是，就爆发出你本性中可怕的一面，你也成了一头野兽。你并不去改变这一极为不利的姿势，因为没有时间，你只能抽出两臂把它紧紧抱住，绝对像抱住一个恋人或者仇人，你拿头颅抵住它那长长的下颌，你的嘴正好压在它的柔软的颈毛上，你狠狠咬了一口，你感觉到它在你的怀里一阵痉挛，但它挣不脱你的铁臂，一股温热的液体流进你的嘴里鲜美无比，你又咬了一口，这一口咬断了它的颈动脉，热血喷泉似的涌出来，你得到了双重的满足，既有生理上的也有心理上的。

它不再动弹了，呼出最后一声叹息，一匹曾经无敌的孤独的老狼，就这样在你的怀抱里走完了它特有的漫长的一生，它的头从你的头顶向一侧垂挂下来，完成了一幕动人的悲剧。可是突然间你感到一阵剧痛，仿佛被撕裂了开来，四根尖锐的牙齿像四枚钉子深深楔入你的后颈脖子，一种窒息之感紧紧攫住了你，这是老狼在临死前对你的最后报复。费了好大的劲才摔开已经断气的老狼，你变成了个血人，身前是狼的血，身后是你自己的血，你怎么也站立不起来，只觉得在一片血光中天旋地转。

雪还在下着，似乎下得更稠密了，你什么也看不见，但你看见了那一星如豆的灯光，它忽然无限地扩展开来，在你的眼前大放光明。

你奋力朝它爬去，你知道必须赶在大雪将你掩埋之前。你终于敲响了一扇紧闭着的木门。

12 石榴花梦幻曲

在一页课文上画着一幅中国地图像一片桑叶，相邻的小日本则像一条蚕，那条狠心的蚕昂起头颈张开贪婪的大钳正要扑到桑叶上去。

她是从一件偶然发生的小事上发现并且断定他不是个哑巴的，这个发现以及随之而来的断定引起她内心一阵颤动，像个孩子无意间揭穿了大人的一桩秘密，像她做姑娘的时候身上第一次来了红潮，说不上是喜是忧，是羞赧还是恐惧，但在她那原本平静的心湖上却荡漾起一圈圈波纹似的扩展开去的甜意。

那会儿她刚刚给他换了药，服侍他躺下。伤口已经结了痂，平复下去了，这不仅因为小尕子他姥爷家的伤药好，她知道，多半还亏得这男人腱牛样的好体质，她不正需要有个这样的男人么。

她端起管箩到屋外取雪，他们这山坳里缺水，一下起雪来，家家户户的食用水就靠融化的雪水了。当时她没留意她的虎娃趴到地上要去捡一粒炭火，虎娃才两岁，那粒炭火红得像一朵石榴花，她正要拉开屋门，猛听得背后一声喝——烫！

她同她的虎娃一齐怔住了。虎娃仰起脸，两个小黑豆般的眼睛呆呆地朝他望了会儿，他从他的脸上感受不到通常在妈妈的脸上感受得到的那种温情，他觉得受了委屈，便哇一声哭了起来。她听不见他的哭声，因为她正沉浸在莫可名状的内心的颤动中。

两天下来他没跟她说过一句话，便是那天深夜她用红糖姜汤把他灌醒过来，他也只啊啊啊地没啊出一句话来，只会哼哼哈哈地发声，打着硬邦邦谁也看不懂的手势，像个哑巴又不像哑巴，聋是显然不聋的，她的一声轻轻的咳嗽都会惊动他。既然不聋又怎么会哑呢？庄上那个瞎炮仗才是个又聋又哑的残疾人，可打的手势谁都能懂，不是哑巴你装得成哑巴么。

早上喝小米粥，虎娃要自个儿喝，拼命到她手上来夺调羹，她怕烫着他，就说“虎娃，烫”。虎娃甩着两只小手，也连声“烫”“烫”地喊个不歇。

她斜着瞄了他一眼，唷，他也在偷偷地瞅着她哩，不是哑巴你装得像哑巴么。

不管你是真哑巴还是假哑巴，反正不让你走了，也不管你是难民还是逃荒要饭的花子，都不让你走了。你是我的人，你保住了我家的羊而我救活了你的命，老天爷可怜一个年轻的寡妇才把你送来给我的，谁不知道我家缺个男人，地要耕种羊要放牧，还有一孔煤窑要收拾开发，没个男人我怎么拉扯得大我的虎娃，拉扯不大我的虎娃又怎么对得住我那短命的死鬼。

她抱起虎娃朝他走去。也是牛高马大一个汉子呀，她在心里说，可我配得上你，我做姑娘的时候是我娘家庄上的一枝花哩，那会儿你想摘还没准能让你摘得去，这枝花如今不是也还没败么……

她将虎娃放到炕上靠在他的身边。不过我不会嫌弃你，我还会再给你生个女娃，一个男娃一个女娃……

她一下子扑到了他的怀里，她心头无端地涌起一阵酸楚，那泪水便像决口的河水哗哗地淌下来，濡湿了两张紧紧贴在一起的脸孔。

最初的惊愕很快就过去了，但他无法推开怀里的这个女人。自打他从昏迷中醒来，发觉自己躺在至少有八铺席的热得烫人的大床上(后来他才意识到原来是一铺烧得滚烫的土炕)，身旁熟睡着一个虎头虎脑的孩子，而这个女人则在一只木盆子里搓洗着他那身沾满污垢的破衣服，从那一刻起，他的心中便产生出一种奇异的感觉，仿佛这一切全都顺乎自然、理应如此、毫不意外，这里就是他的家，这女人、这孩子对他来说是那么熟悉，他只是出去到附近一家酒店里喝了一杯辛辣的白酒，趁着酒兴跟人干了一架。

他还记得，小时候父亲每次捕鱼回家，总是让母亲剥得光光的，露一身黑黝黝的肉，再把他裹到被窝里，母亲便捡起父亲那身被海水浸得发硬了的衣服窸窸窣窣泡到了一只木盆子里。他，还有他弟弟，也总是要爬到床上去跟父亲偎在一起睡会儿，听着母亲搓洗衣服的声音像听着一支催眠曲。一切都是那么熟悉，他为什么要拒绝怀里的这个女人呢！

他伸手为她抹去脸上的泪水，他的手很大很粗糙像他父亲，她的脸很小很光滑像他母亲，他父亲为他母亲抹去脸上的泪水时温柔得像吹拂花朵的春风，抹去了母亲脸上的泪水也就抹去了母亲心中的忧虑，她的脸便像花一样容光焕发。他也尽量轻轻地抹，虽然有点笨拙可是实实在在，他这样抹一个女人的脸还是第一次，她将脸孔埋在他的阔大的手掌里像母亲那样破涕为笑了，他等着她伸出一双结实的小拳头雨点般擂在他那坚硬的胸膛上。每逢这时候他和他弟弟便拍着手又跳又叫又笑，笑得一个比一个响亮。

"我早知道你不是个哑巴，"她笑着说，"你为什么要骗我？你说呀，为什么为什么为什么……"

他没法说。她说太快太急促，听起来像打"20 响"，他无可奈何地笑了笑。她理解了他的笑，认为这是他对她表示的歉意，便又朝他的怀里拱了拱。

"我看得出来，你不是本地人，你是打山外来的，你们那里给鬼子占了，你听不懂我说的话，那不要紧，我会慢慢教你，嗯？"

他连忙点点头。

"你叫什么名字？这你听得懂吗，名字？"她指指他又指指自己，"我叫榴花，我娘家院子里有一株石榴树，我娘是在石榴开花的时节生下我的，就起名榴花；你呢？你的名字呢？"

他忽然开窍了，一个中国人的名字出现在他的记忆里，他费力地调动着他的舌头，结结巴巴好一会儿才吐出两个中国字来：

"大——柱！"

她笑起来。

"这个名字取得真好，你就是一根大柱，一根顶梁的大柱……"

两人正说笑着，谁都忘了还有第三个人的存在，这第三个人开始抗议了，他的抗议不同凡响，犹如旱天的炸雷，霹雳雳震得山摇地动，顷刻之间，满世界便只剩下了他那无所顾忌的洪亮而专横的哭声。

真不愧是小泽家的孩子！他满意地想。

这天夜里，等他睡熟之后，她烧了一锅热水，细细擦洗干净身子，对着镜子她用一根棉纱线一一绞去脸上的柔毛，镜子里映现出一张姣美光洁的脸庞，恰似一朵盛开的石榴花。她不觉朝炕那边瞅了一眼，噗一口吹灭了一盏她特地用七根灯草点着的青油灯，七是个吉利的数——七巧玲珑。

她在黑暗中坐了会儿，她听见一片震耳欲聋的唢呐声，大火一样包围着她，憋得她气急心跳，听不清吹的什么曲子，不像是喜临门倒像闹天宫；接着她看见了一头披着红布的花骡子，她认得那骡子左耳尖上长着一撮黑色，那天给她驮来过身上穿的、头上戴的；娘给她端来一碗满尖的大米饭她一口也吃不下，过后她常常想起那碗白花花香喷喷的大米饭，老要嘲笑自己怎么那么傻；再接下去是她大哥一把抱起了她，任凭她又哭又喊将她送上了花骡子，便看见了一个也是斜披着一块红布的男人山样的背脊，她掀起盖头想看看他的脸，她还没见过那张脸但他一次也没回过头来让她看，爹说得不错，那是个老实可靠的男人；他牵头骡子把她带上一条曲里拐弯的路，越走越窄，越爬越高，作为一个女人能找到一个老实可靠的男人她知足了，后来的一切变故那是命……

她轻轻叹了口气站了起来，理一理精心挽起的发髻，雪光从窗纸上透进房来半明半暗，她不想再去点着七根灯草的青油灯，逝去的岁月像一块剪碎的花布，怎么也连缀不起来了。

这炕烧得真热，热得让人心头发慌，她俯下身去，突然看见了一双发亮的眼睛，绿莹莹像狼眼，眈眈地瞪着。她吓了一跳，想逃开去，哪里还来得及，她被抓到了一个漆黑的狼窝里，不计其数的狼扑上来撕她，咬她，压她，揉她，要将她撕碎、揉烂，她的发髻散开了，光洁的脸上落满了口涎和牙印，还有她自己那水流似的热汗，她发出痛苦的呻吟，她又一次感受到那种被撕裂的快意。一个女人，她知道，只有经历过这场脱胎换骨般的折磨，才会成为一个真正的女人；一个女人，她知道，不能没有男人，正如同一个男人不能没有女人一样。这会儿躺在她身旁同她结合成一体的这个男人，已经不再是一个男人，他成了她的一部分，成了她的骨肉，他是她的依靠、她的寄托，是他们家的顶梁柱。

唢呐声又呜呜地从窗外传来，不如刚才那么喧闹了，像是有个人在她的耳边幽幽地诉说，唯有她才听得懂。这可怨不得我呀娃他爹，她在心里回答着，赶明儿天放晴了，我便让他到你的坟头上磕个响头，带着虎娃。她回过身去，也将嘴巴凑到他的耳边。

“柱子，外头起风了，你听听，起的是西北风还是东北风？”

“东——北——风！”

“那敢情好，”她说，“起的东北风就会刮出个响晴天来，赶明儿咱得宰头羊，摆席酒，请请咱庄上的老少爷们，柱子你说该不该？”

“——该！”

他一个“该”字，说得她满心欢喜，便伏在他那岩石般厚实的胸膛上，酣然入梦了。

他紧紧搂着她，一动也不动。

第二天果真是个难得的响晴天。太阳早早从东山顶露出半个脸儿，另半个被一幅红绫遮住，羞羞答答像个新娘子。但榴花嫂子比它起得更早，已经烧开了一锅子水。

“柱子，”她在灶下喊。大柱是官名，得搁到场面上用，喊他柱子比喊他大柱来得亲切，又顺口，她又喊了声：“柱子，快起来宰羊呀，这可是你们男人家的事，宰了羊得褪毛、熬肉，还得量出两斗高粱去下庄子换坛高粱烧来，还得——”她忽然变得聒噪了，像老鸹，心中有说不完的话，仿佛要把自打男人死后少说的话都补回来。一个女人，当她意识到有了一个重新属于自己的男人，便自觉长高了三分。

等到太阳悄悄爬上窗檐，偷偷往里窥探的时候，房子里已收拾得焕然一新了。

窗户纸换过了，当中端端正正贴着一个大大的红双喜，四边角上是四枝喜鹊闹红梅，这都是她做姑娘时的手艺。炕席也换上了新的，油过两遍的清漆还未全干，看上去闪闪发亮，像铺着一块金毯；炕柜上码着三床花花绿绿的被子，那床石榴红码在最上头，显得格外醒目；炕桌上插着一对红烛，足足跟虎娃那双胖胳膊一般粗。地上加撒了一层和着碱面的细土，拍得能照出人影儿。至于那虎娃，更是被装扮得赛似刚从“杨柳青”年画上蹦下来的一个胖娃娃，晃着一顶黄灿灿的虎头帽，在房间里满世界颠着，撒一路银铃般的笑声。

可灶间那边的光景似乎不大妙，灶口被柴草塞住了，弄得乌烟瘴气。要是这会儿来个客人，还不得让你熏蚊子似的熏跑呀。她脚下生风腾腾腾跑了过去，一把从他手中夺过火叉，在柴草当中捅出一个窟窿，呼的一声烧着了，随即便从汩汩作响的锅子里飘逸出一股浓浓的肉香。她丢给他一个含义丰富的眼色，似嗔似嘲，半喜半恼，又腾腾腾跑回房里，东瞅瞅西瞄瞄。她是个要强的女人，在这种大事上来不得半点马虎，免得让人留下话柄。她伸手摸摸炕席，不沾手了，真亏得娘家兄弟给她捎来这罐子上好的清漆，搁着都大半年了一直懒得动它，今儿个终究用上了。

日头已经移上了房顶，她又朝灶间那边瞅了一眼，没的工夫手把手教你怎样烧锅了，日后你慢慢儿学吧，反正这也不是你们男人干的活儿。

这会儿她得亲自下到庄子里请客人要紧。

说是庄子实在小了点儿，不过随着地势参差不齐地挖了十来孔窑洞，接出几间土坯房子。记得那年一定过亲，她就到哥哥的房里找出一本地图册，翻到山西省那一页埋头寻找起来。小小一本地图册，画着河流、山脉、城市、村庄、大路、小路，装得有整个世界哩，可她找呀找呀，这个庄子小得在地图册上连个小黑点儿也没份儿。庄子不光小，名字也取得怪，明明躲在小旮旯里，却取个名儿叫老洼子。哪来的洼子呀还老洼子呢，不就是西头杨梅树脚那眼一拃深的冷水泉吗。可你别说，老洼子的小煤窑全省闻名哩。今儿个她特意要将庄子里的老少爷们全都请来，让大伙儿瞧瞧，她找来的这个男人也一样的牛高马大，一样的出色……

她的心怦怦地跳动起来。

没人不知道，她死鬼男人开发的那孔西口窑是他们老洼子第一窑，那里的煤层厚，成色好，出的煤每车比别家的要高出元把大洋的价。可那孔煤窑坍掉了，照“煤黑子”们的话来说叫冒顶，说是冲撞了土地爷，还赔上了男人一条命。

有人说那孔窑犯凶煞她不信，人家忌讳她不忌讳，她男人是因为贪图多出煤才贴进老命儿的，不再另找个男人去把那孔窑重新开发出来她不甘心呵，老天有眼，那男人自个儿找上门来了，可要是说她的这个男人是个找上门来的替死鬼呢？

掮在她肩上装着两斗高粱米的布袋子忽地增加了分量，压得她直喘气儿，她靠在路边一个圪子上歇了歇。这里有两条道，到下庄子换高粱烧朝西走，过到自家那孔西口窑；请老少爷们得朝南，拐过这个圪子就到了。她张个巴掌在鼻子底下扇了扇，像要赶走什么臭气，她也不信那个邪，替死鬼不替死鬼的咱们走着瞧，反正她不会再让他去拼着老命儿干那个活。

她迎着朝阳走，灿烂的阳光斜斜打在她的脸庞上，红艳艳的，谁能比她更懂得他对她的全部价值呢，她露齿一笑，活像一朵招展的石榴花，把周围的雪地都映红了。

焖在锅子里的羊肉发出有节奏的汩汩的响声，跟风平浪静的日子里在海滩上架起篝火熬鲜鱼羹的响声简直一模一样，但弥漫在空中的香味儿却完全不同，这是中国特有的肉香味，它似乎比鱼腥味还更让人垂涎欲滴，怪不得他会服服帖帖地听从一个中国女人的摆布，就像是幕府时代的男伎听从某位夫人的摆布那样。

他惊讶地四处瞥，这不过是一间普普通通的中国窑洞，有一铺炕、两眼锅灶，既缺乏雕梁画栋的装饰，也没有琳琅满目的摆设，他不明白自己的头脑里怎么会出现这么一种不伦不类的比喻。不过，平心而论，这两天的遭遇也太奇妙了，像天空一道彩虹，像生命史上的一个奇迹，直到现在他也没能回过神来，相信这不是个一闪而过的幻梦。为什么命运之树厚此薄彼，独独会赐给他这样的机遇呢？

他的目光停留在炕前一只方凳上，那上面整整齐齐地搁着一套只有体面的中国男人才穿着的礼服，压在下面的是一袭丝质的蓝色袍子，有着海水般的柔软，搁在上头的是一件发光的黑色短褂。“洗洗脸，脱掉身上的袄子，换上这套长袍马褂，你就是个新郎官啦。”那个叫榴花的女人临出门前对他这么说，还丢给他一个意味深长的微笑。他当然明白她话中的意思。

他好奇地走过去拾起那件发光的黑褂子，用另一只手抚摩了一下。他的手太粗糙，把褂子上的线都钩了出来，他摘下一根细细辨认了一番，断定这是一根缎线。褂子上有着一幅幅浅灰色的圆形图案，每幅图案都像是由两只蝙蝠相对构成的，他不知道这种图案叫作团花，更不知道这种蝙蝠构成的团花含有“福星”的意思，这是中国古老的文化，他不是中国通，不是森田军曹长，不过这没有关系。他来不及脱掉身上的袄子，便像个恶作剧的孩子，手忙脚乱地抖开长袍短褂穿起来。他见过穿这种衣服的中国人，其中有个大人物，脸上老挂着一副高深莫测的表情。他想象不出自己穿上这套衣服会变成什么样子，他想找面镜子照一照，但镜子在那边房里，女主人不在，他还是不要过去的好。他忽然记了起来，那个大人物原来就是"满洲国"那个不长胡子的皇帝，苍白瘦削的脸上架一副金丝边眼镜，被阳光映成两个白圈，看不见皇帝的眼睛却好像那对眼睛老在翻白眼。他忽发奇想，中士小泽卫吉成了中国皇帝啦……

哗啦一声吓了他一大跳，响声是从那边房里传过来的，他怒冲冲赶过去一看，一面椭圆形的大镜子打碎在地上。两岁的虎娃，不哭也不叫，正趴在那里全神贯注地拼凑着碎裂的镜片，胡乱拼凑起来的镜面上映出一张变了形的娃娃脸。一股异样的感情陡地从他的胸中升华，他一把抱起虎娃，紧紧搂在怀里，将自己那刚刚刮过的泛青的大脸压到孩子粉嫩的脸腮上。孩子感到了一阵刺痒，这是他从妈妈那里永远也感受不到的，便伏在他的怀里咯咯地笑起来。

就在这时候，门被无声地推开了，孩子的妈妈幽灵似的踅了进来。她听见了儿子的欢笑，接着，一幅她曾经日思夜想、梦寐以求的动人图景映入她的眼帘。两岁的虎娃这么快便完全接受了一个陌生大男人的爱几乎使她无法自制，她像被什么毒虫狠狠蜇了一口，浑身一阵乏力。作为一个妈妈和妻子，她实在无力拒绝这和谐的天伦之乐呵！她倚靠在墙上，紧紧闭上了两眼。

她虽然只读过几年小学，但打动过小学生心灵的课文永远忘记不了，在一页课文上画着一幅中国地图像一片桑叶，相邻的小日本则像一条蚕，那条狠心的蚕昂起头颈张开贪婪的大钳正要扑到桑叶上去。小日本梦想蚕食我们的国土，奋起呀，同胞们……她清清楚楚记得，清秀的女教师在朗读课文时激动得满脸通红。现在，这条蚕的一个孽种竟钻到了她的家里！

她从不认命，如今她只好认了。命中注定她的虎娃只该有一个爸爸，命中注定她家坍掉的西口窑只能永世坍在那里，命中注定她一辈子都得守寡。她宁愿自个儿守一辈子寡，宁愿自家的煤窑永世坍在那里，宁愿小小的虎娃不再有个爱他疼他知他护他的爸爸，她也不能招个鬼子进来让人戳着脊梁骨骂祖宗八代，管它是什么大柱小柱金柱玉柱，便是玉皇大帝的擎天柱也不稀罕！

可他装得多像个老实巴交的汉子啊，真叫老雕啄了眼啦，怪不得他不让剥下那张狼皮，还要把它埋掉，原来他自个儿也披着一张皮，他是披着人皮的狼！我的天，不但让他骗取了一个清白女子的身子，还让他骗取了一个痴情女子的心，她好悔啊，恨不得扑上去咬他一口，咬下他一块臭肉也不解恨，但她横不下心来。她没法忘掉他曾经给过她的那种刻骨铭心的欢乐，这可不是随便哪个男人都能够给予她的。他怎么会是个杀人不眨眼的鬼子呢？一个鬼子怎么会摸上这山旮旯里来呢？一个鬼子又怎么会对一个普普通通的中国女子有着那么一份山高水长的情意呢？

“小尕子，你可别吓唬嫂子？”她喘着气，有气无力地说。那会儿，她只觉得天也转地也转，两斗高粱米翻倒在雪地里也顾不上了，她只是死死拉住小尕子的一条胳膊，像个挂在悬崖边上的人拉住一棵救命草。

小尕子满不在乎地说：“嫂子，话我已经说明白了，那鬼子还是我亲手逮住的哩，这事在我们小胡庄哪个不知道，信不信由你啦。”

她忽然笑起来，笑得比哭还瘆人，笑得小尕子打了个寒战。“小尕子，”她说，“有道是耳听是虚眼见为实哩，你一个小不点儿能逮住人家那么个大鬼子你嫂子信不过哩，跟你嫂子到家去认上一认，没准儿是你搞错了，不防一万只防万一哩。”

小尕子一听脸都吓白了，连着退了好几步。“嫂——嫂子，好——好嫂子，”他急急巴巴地说，“你就饶——饶了兄弟这——这一回吧，你没见我这脑壳上还包着吗，要不我还能留在小胡庄打鬼子呢。”

她听得嗤地一笑。“既然鬼子都敢打、敢逮，怎么又不敢去认一认呢，要真是个鬼子，嫂子帮你再逮起他，吊到梁柱上，该杀该剐全凭你。”

小尕子急得什么似的。“别，别，”他退着说，“别说嫂子你一个女人，再去上三五个汉子也不是人家的对手，那是颗铁疙瘩脑壳，要再让他给撞一下，可就要了兄弟我这条小命儿啦！”说着他扭转身去撒开腿跑得没了影儿。

她在心里深深叹了口气，小尕子没错，那真是颗铁疙瘩脑壳。沿着墙壁她伸出手去，她的手触摸到窗玻璃的一只角上今天早晨她方亲手剪贴上去的喜鹊闹红梅，再移过去一点，在窗玻璃的正当中，贴着那个将整间窑洞都映照得像开放着朵朵石榴花似的大红双喜，她的手在触着大红双喜时止不住狠命地颤抖了一下，大红双喜下面的一条两指宽的横边启开了。她的额角上沁出豆粒大的点点汗珠，好似她在攀登一个陡坡，筋疲力尽，孤独无援；她的眼前一片漆黑，犹如掉进一口深不可测的煤井里，呼天天不应，喊地地无声；她龇着牙，舞动着爪子活像一条下崽的母狼。哧的一声，如同一刀划破了她的肚子，五脏六腑都随着这一刀滑出来了，她变得空空荡荡，终于忍不住发出一声呜咽。

“娘——”两岁的虎娃最先发现了她，喊起来。他连忙放下孩子，掉转身，正好碰着她那利剑一样的视线，一下子刺中了他的心窝。

13 魔镜的缝裂

☮“为什么你要死？”老人生气了，“明明还能活为什么偏要死？”

☮他搞不明白，既然是个死又何处不能死，还非得辛辛苦苦翻山越岭爬到这条光秃秃的小土沟来送死呢？

☮你是说他们三个人因为不愿意打中国人所以才逃出来的吗？……可既然要逃出来，怎么又不想活了呢？

小尕子从他姥爷那里偷来一块小圆镜子似的小玩意儿，他玩得爱不释手，锃光贼亮，你可得眯着眼才能瞄上那么一眼，它比所有雪地上的反光加起来还要刺目。娘的，这是一面魔镜，谁要敢睁着瞧上一眼准会给弄瞎眼睛。

虽然如此，小尕子多么想打开壳子瞧瞧，哪怕真心会把眼睛弄瞎。他从没玩过这么个精巧的小玩意儿，但他见到过，胡琏大哥身上就老揣着，不知怎么一来，只听咔嗒一声响，它会跟河蚌那样将壳子掀开，喔唷，胡琏大哥那么一瞧，便能报出时辰来，几时几刻，一分不差。

他姥爷说，这是有钱人家挂在口袋里装门面的小摆设，好比娘们耳上戴的珠环、发髻上插的簪子。他咕咕笑着说，俺姥爷也成了个有钱的主啦。他姥爷就笑着骂道，你个小兔崽子，你姥爷像个有钱的主吗？他说，那你要这玩意儿干吗用？他姥爷听得连声叹着气。

他姥爷是这一带有名的伤科郎中。前天出门采药，打野狼峪摸上去。他记得那崖畔上长有一茎土名叫金丝吊鳖的药草，是舒筋活血、接骨疗肌的良药，入冬采它的块茎最好，每日挖掘一小半儿，年年采年年有。小尕子给个鬼子一头撞伤了左边脑壳上一根血脉，扭曲成了个瘤，使得血液淤塞着不通畅，拿这味药草的块茎捣烂贴敷最见效了。这叫独一味药方，是他家的祖传。他不怕别人来连根刨了去，在这一带，除了他认得，再没有别个能认得了。

野狼峪不算长却陡，爬到半当中还横着一条沟坎，叫虎跳崖，除了他，也没人能过得去。他今年六十有九，朝古稀迈进的人了，不用说他也跳不过去，要不还能叫虎跳崖么？只是，他能找到一条隐蔽在坎下的小径，极狭，先得撑着两个肘拐朝下溜，再走完一段斜坡，还得贴着崖壁又斜着往上爬，要是站在这边崖头上望下去，像个黑洞，黑咕隆咚，瞅一眼，也能吓出你一身冷汗，那就甭提朝下溜啦。

他先吊下背篓子——他这只背篓子比煤篓子要稍许长些，比扒柴根树叶儿的草篓子又要短些，全用细细的金丝篾青编结得十分精致，让人一看就知道是与众不同的药篓子——也不过吊下丈把深光景。药篓子里有两把小挖锄，另外还有一捆青麻绳，绳子是自家打的，涂上一层青油，别看它不那么粗却挺结实，绳头上拴着一只三个爪子的铁钩子。有的地方比如崖畔上，你得先用铁钩子钩牢才能攀着绳子往下爬。

都说药草有灵性，越是有大用的药草，越要生长在难以攀登的断崖峭壁上，不让人轻易采了去。就这么着也难不住他，还从没有他采不来的药草，他不觉摸了把翘翘的山羊胡子得意地一笑。

他一笑，那脸上的皱褶便水波纹似的漾动，那脸也长得像只老山羊，不过除了他宝贝外孙没人敢这么喊他。

当下他撑着肘拐朝下溜，溜下丈把光景，他踩着了斜坡。这斜坡狭得只能容下一只脚，一边是崖壁一边是黑洞，得两脚交替着挨下去，胆小的人不必说，胆大的人也捏着一把汗，好在这段斜坡比较徐缓。走完斜坡，便是一块平展展的石磨大小的岩盘，正好让人在这上头歇歇脚喘口气。

这块岩盘生得怪，它从崖壁上横着戳出来。崖是座土崖，却独独戳出这么一块石硅子，并且刚巧把这条断崖在这个地方连在了一起。至于石硅子下边还有多深，他从未下去察看过，一则没那闲工夫，再则那下面不就是一条兔子不拉屎的黄土沟么，有啥可察看的呢。

他收拾好药篓子，正要从石硅上跨过去，眼睛随意朝底下一瞅，不由得收住了脚步。他瞅见啥西洋景啦？别说他老眼昏花，那下边虽没什么东洋景、西洋景，却分明趴着一团黑影子，八成是个人。

他不禁失笑起来，真叫自说自话，谁吃饱了撑着会爬到那下面去呀，除非是只小毛猴。这野狼峪可是个空名，他从没见到过狼，倒碰上过几回小毛猴，那东西也实在机灵，总是才让你打个照面一眨眼便又不见了踪影。要是那下面真是只小毛猴，恐怕摔得不轻啦，敢情那么机灵的鬼东西也有个失足的时候哩，这倒要下去瞧瞧，不是说关老爷舞大刀也会有闪失么，猴皮膏可是能治大伤哩。

他仰头看看天色，觉得时光还早，还来得及，肚子也还不觉得饿，便从背篓子里取出两块干馍揣到怀里。入冬以后，野狼峪的野果子早给小毛猴摘光了，也许两块干馍正用得着。他又从背篓子里取出那捆拴着三爪钩的青麻绳，将钩子固定在石硅子上，掖了掖腰带，在手掌心上吐口唾沫，双手一搓，便抓住绳子晃晃悠悠荡下去。荡到一半光景，他的心一下子抽紧了，原来那下面不是他娘的小毛猴，果真是个人哩！

那人穿一套青布裤褂，脸朝下蜷缩成一团，像只大虾子。莫非人家从虎跳崖失足摔下来摔死了不成？他的心怦怦跳起来，离地还有三尺便撒手跳了下去，一脚没站稳差点扑到那人身上。

谢天谢地，那人还有一丝气息，轻手轻脚将他翻过来一看，不觉吓了一跳，只见一张脸孔浮肿得赛似一头吹足气的死猪，两眼紧闭，有出气没进气，怕不中用了。他便又感到心头沉沉的。

唉，看上去年纪并不大，怎么会遭到这样的灾祸？幸亏今儿个遇上我这采药的郎中，要不，人死了，烂成一堆枯骨，在这荒山野峪，还不成了孤魂野鬼了么！不管怎么说，也得在你断气前先问出个子午卯酉来，姓甚名谁，何方人氏，日后也好给你家里报个信，捡一把骨头回去安葬。

他这么一想，便动手解开这人领子上的襟纽，查看起胸前背后的伤情来。细细查看过去，没见有什么异样，俯耳到心口听听，还能听见微弱的跳动，忙又捋上袖子卷起裤管，手上摸摸，脚上拍拍，几个关节上捏捏。这人像被抽掉了骨架，一摊烂棉花似的，任凭你怎么捣鼓也没个反应。

可奇怪的是，这人浑身上下不见半点儿伤痕，莫非他不是从上头摔下来而是自个儿出溜下来的么？这便让一个伤科郎中束手无策了，到底是怎么回事呀？

束手无策的老郎中蹲在一旁呆呆地瞧着。这人有一头浓密的黑发，两撇剑眉嵌入鬓角里，鼻子笔直，浮肿的面颊一平复便会高高隆起，微微开放的唇间露一口雪白的牙，搁在先前任怎么看也是个英俊的后生子，可惜了的，偏偏落到这步田地。人家虽说穿一身土布裤褂，细皮白肉却不像个山里人，总得问出点根苗来才好，还不知那做父母的这会儿又怎么个念叨哩。

唉，自个儿老伴过世得早，没给他留下个儿子，一个独养闺女又嫁到了小胡庄，害得他白白担着个伤科郎中的好名声，死后连个传衣钵、续香火的人也没得。早说让小尕子上来跟他几年，也好将一手接骨疗肌的绝艺传授下去，伢崽都那么大了还老是舍不得，这回要不是让鬼子一头撞伤了脑壳，能记得还有我这个爹么？他娘的你那小胡庄有啥好，不就是多几根高粱花子……

正这么胡思乱想着，那人忽然睁开了眼睛。老郎中只觉得眼前一亮，好比云缝里射出一道阳光，把满脑子的阴霾全扫了去，平生少有地激动起来。他连忙趴下身子，手忙脚乱地将那人揽在怀里，赛似抱着自己的儿子。

“这就好了，这就好了，”他急促地说，“你能醒过来就没事了，孩子，不怕，你身上没有外伤，只是不知道有没有内伤，得让我试试，我是个伤科郎中，在这一带行医都快50年啦，断筋动骨，内瘀外肿，哪样的伤没见过，你要感到疼就哼出声来……”

“老大爷，”那人说，声音虽然微弱但清晰，“我身上没有伤，内伤外伤都没有，这我知道，真的，老大爷，我这是……”

以下的话语听不清了，老郎中将耳朵贴到他的嘴边，原来不是听不清而是他没再说下去。

“孩子，你先听我说，我是个郎中，伤科郎中，你听得见吗？一个郎中不能见死不救，药草就在那上头，一会儿便采来了，你得挺住，一定得挺住，听见了吗？那不仅是一味伤药，还能通筋活血、提神补气，有大用。”

他摇摇头，脸上浮起一丝苦笑。“您——走吧，别管我。”他无力地说。

“哪能呢，”老郎中说，“那年我在半道上捡到一头断了一条后腿的小麂子，还要把它抱回家去帮它治好伤哩，你信不信，那小麂子后来就在我家里活了12年，小麂子长成了大麂子、老麂子，”老人的脸上放出光来，“我能不管你么？噢——你一定是饿坏了，所以就说起胡话来了，”说着，他赶紧从怀里掏出两块干馍，这是两块发过的玉米馍，带着老人的体温，“哎呀，心里一急也便昏了头了，快拿着，你慢慢吃，别急，大爷等着你，等你恢复下体力再带你上去。”

“不啦，”他说，“老大爷，只求您一件事。”

“能上去，大爷能把你弄上去。”

“谢谢您老大爷，我只求您一件事。”他固执地说。

“那你说吧。”

“我原以为这里再不会有人来，没想到还会碰上您，我只求您不要把今天这事儿告诉旁人，哪怕是您的亲人，让它忘掉吧老大爷，您能答应我吗？”

这可让老郎中为难了，他还从没见过这么个能活而不想活的年轻后生子，只好先答应他再说了。

“好吧，”他低声说，“我——答应你。”

“老大爷，那就请您对天发个誓吧。”

“发誓？”

“老大爷，不是我不信任您，我只是希望能够安安心心地死去。”

“为什么你要死？”老人生气了，“明明还能活为什么偏要死？”

“凡人都是要死的，早死迟死反正都是一个死，又何必多问呢。老大爷，发誓吧！”

“好好，我发誓，决不告诉任何人！”

他笑了，他知道中国人会信守誓言，尤其是这样一位老人。他安然阖上了眼睛。

老郎中变成了一段枯木，坐在那里不知道咋办才好。一个人，要是自个儿不想活，纵有灵丹妙药又有何用。可他搞不明白，既然是个死又何处不能死，还非得辛辛苦苦翻山越岭爬到这条光秃秃的小土沟来送死呢？

他转眼四处打量了一下，这条长方形的小土沟，三面俱是笔陡的泥壁，第四面是个缺口，缺口下边该是站在虎跳崖上便能看见的那片杳无人迹的古森林了，把那缺口给堵上的话，他娘的，倒还真像一具天然的土棺材哩。

“唉！”他不觉深深地叹了口气，既为不该死而一心想死的陌生年轻人感到悲哀，也为自个儿的无能为力感到懊丧。

陌生的年轻人似乎听到了他的这声叹息，淡淡地笑了笑，他竟然笑得那么从容，一切世俗的观念都无法解释他这一笑。在他这漠然的笑容尚未消失之前他抬起右手，伸出一个指头指指自己的心口。

老人的手跟着摸过去，他触到了一块圆形的硬物，放在年轻人贴身的口袋里，摸出来一看，原来是一块带表链的银壳挂表。

老郎中站了起来，看了他最后一眼，那个淡淡的漠然的笑容依然停留在他那苍白浮肿的脸上，改变了他的脸容，永远消逝了。

中士小泽卫吉是在看到那小家伙手中那块贼亮的银壳挂表之后才把他认出来的，赛如一头饿虎见了羊，心中一切的失落、猜疑和恋情一扫

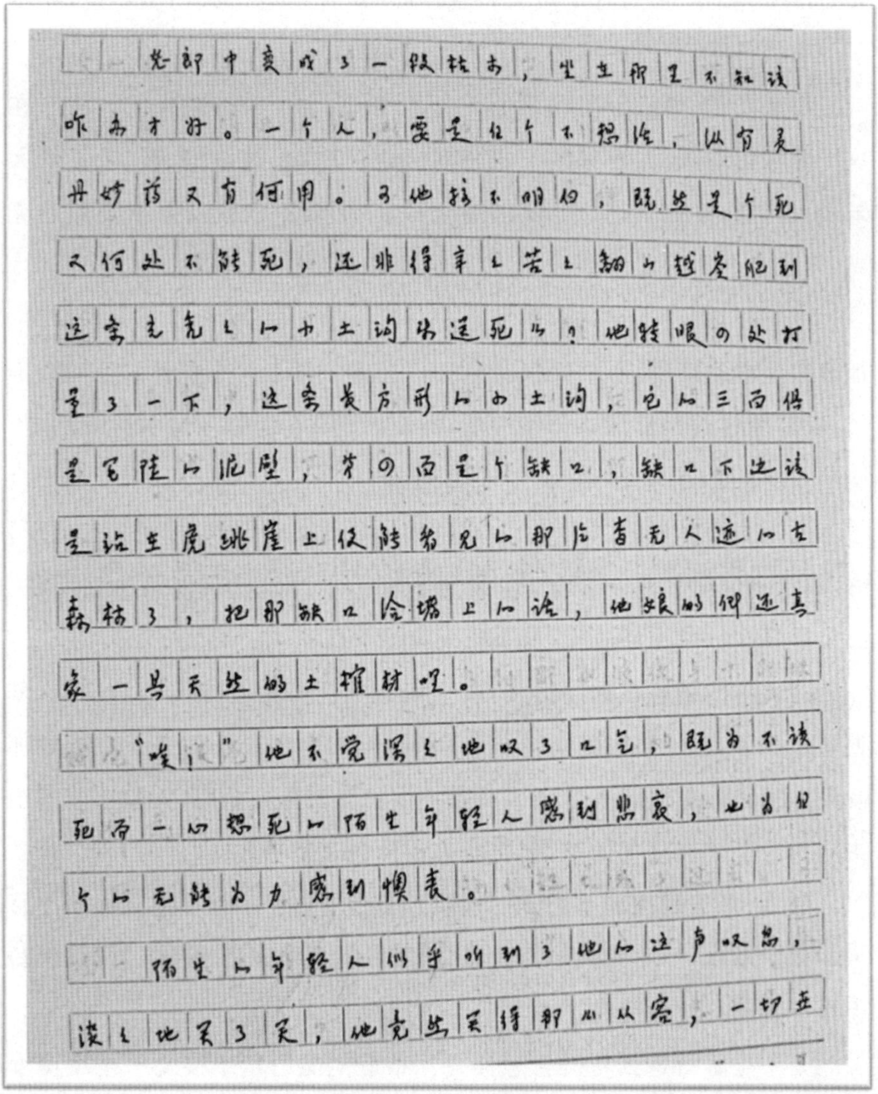

头部中变成了一段枯木，坐在那里不知该
咋办才好。一个人，要是自个不想活，纵有灵
丹妙药又有何用。可他搞不明白，既然是个死
又何处不能死，还非得辛辛苦苦翻山越岭爬到
这窝光光的小土洞来送死么？他转眼四处打
量了一下，这窝长方形的小土洞，它的三面俱
是笔陡的泥壁，第四面是个缺口，缺口下边该
是站在虎跳崖上仅能看见的那片杳无人迹的古
森林了，把那缺口垒堵上的话，他娘的俨然是
一具天然的土棺材哩。

“唉！”他不觉深深地叹了口气，既为不该
死而一心想死的陌生年轻人感到悲哀，也为自
个的无能为力感到懊丧。

陌生的年轻人似乎听到了他的这声叹息，
淡淡地笑了笑，他竟然笑得那么从容，一切在

而光，不由分说便趔趔趄趄扑了过去。可脚下冻结了的雪地太滑了，穿在他脚上的虽然是一双半新的牛皮靴，但由于他只注意到小尕子手中的表而没留神地上正巧有个坑洼，只听噗一声摔了他个大马趴不说，还啃了一嘴的雪泥，差点崩掉两颗门牙。

那小尕子，早已轻捷地跳了开去，可乐了。好你个狗日的大个子，在这雪地谁怕谁呀，先要你两下猢狲戏再说。“你来呀，过来呀，大王八大笨蛋大狗熊，你快来呀！”他笑嘻嘻地喊着，那块银表便反射出强烈的壳光，打在大个儿的脸上变活了，像一只到处乱钻的小白鼠。

大个儿知道抓不住他，那也是一只机灵的小白鼠，真是冤家路窄呀。他恨得牙根痒痒的，心中又气又急又惊又喜。银表是军曹长的绝对错不了，它落到你的手里活该你倒霉啦，即使抓不住你也决不放过你，除非你交出军曹长来，你交出来，交出来，交出来……

两人相距不过一二十步，中间隔开一个老大的雪堆，外侧是个坎子，好深，滑下去就爬不上来了，内侧是个坡子，刀削似的，连雪也沾不住。大个儿靠在坡壁上喘着气，心头百感交集。

两天来的遭遇如同一场梦，鼻子里似乎还残留着羊肉的膻味呢，梦便被惊醒了，就像给虎娃打碎的那面镜子，再也拼凑不回去了。刚才那女人在撕扯着窗玻璃上她亲手剪贴上去的喜鹊衔红梅时，她脸上流露出来的那种怨恨和悲苦的神情，能让人记住它三辈子！

啊，原来正是这个小家伙向她泄露了他的秘密。他下意识做了个百米冲刺的动作，那小家伙早有防备，两脚一点唰一下滑出十米开外，轻盈得像只燕子。他没有撵上去。

要不是凑得这么巧又会怎样呢？难道他能一辈子接受一个中国女子的情意吗？一辈子在这个山窝窝里为她种地放羊，养活她和她的孩子吗？他心乱如麻，好似打翻了五味瓶，酸甜苦辣一齐涌上心头。

“军曹长，你在哪儿？”他绝望地叫起来，只有一匹受伤的狼才会发出这样的嗥叫，“你在哪儿！在哪儿！在哪儿……”

小尕子听得打了个激灵，背脊梁上凉津津的。他听不懂大个子鬼子在那里嚎的什么丧，但有一种东西深深触动了他，使他一下子失去了继续戏弄一头笨熊的兴致。

“小尕子，你能断定那人是个鬼子吗？”他姥爷问。

“那还能错得了吗？”他说。

“可他会讲中国话哩。”他姥爷说。

“那又怎么的，”他说，“我还能讲日本话呢——米西米西，你的大大的……”他笑起来。

“这可不是闹着玩儿的，”他姥爷说，“你得让我能信你。”

他指着姥爷手里的银壳挂表说：“我在胡琏大哥家里见过这玩意儿，那会儿，胡琏大哥同那个日本人正谈得起劲儿，见我进去了，胡琏大哥说小尕子，你来见见这位……”

他姥爷打断他的话问道：“你胡琏大哥怎么说？”

“他说日本人里头也有好人哩。”

他姥爷喊了一声，转着脖子瞧着天气，心想这场雪可下得不是时候。“小尕子，你是说他们一共有三个人？”他姥爷又问。

“我不是早说了嘛。”他说。

“你是说他们三个人因为不愿意打中国人所以才逃出来的吗？”

“没错，胡琏大哥就是这么说的。”

他姥爷又“哦”了声不再问了，他信服那个喝过洋墨水的年轻大哥。可既然要逃出来，怎么又不想活了呢？唉，他不觉叹了口气，还真没见过这号怪事儿。

“这年头怪事儿多着呢。”小尕子笑着说，“今儿个一大早榴花嫂子就来讨儿服伤药，说是有人让狼咬了，问她谁让咬了，她死也不肯说。”

他姥爷说：“赶明儿得去个人，死活也要把他背回来。”

小尕子说：“我去。”

他姥爷说：“你去是背人还是让人背你？这事不用你管，赶明儿你倒是上去看看你榴花嫂子，孤儿寡母的到底怎么回事。”

还能是怎么回事，偷野汉子呗。小尕子心里这么想，可没敢说出来。

却没想到他榴花嫂子偷的是个鬼子，更没想到恰恰是那个撞了他一头的大个子鬼子。

今儿个天没亮他姥爷就独自个儿走了，要是这会儿他领着大个子鬼子，瞧着他姥爷在雪地上踩出的脚印儿找了去还能撵上哩，只是不知能不能赶上让他俩见上一面。

他偷偷觑了一眼，不知怎么的，这会儿鬼子大个子在他眼里不那么像一头笨熊了，呆头呆脑一个傻大个还怪可怜见儿的。他不由朝他招招手，又指指身后那条通向野狼峪的路，路上留下两行清晰的脚印儿。

他姥爷没带草药篓子，只带上一件光羊皮大褂儿。可你独自一个人能将那个日本人裹起背回来吗？他鼻子里哼了哼，捏在手心里的银壳怀表突然嗒的一声打了开来，他没看见表面字盘上已经停止不动了的三根指针，他只看见映在内壳上的一个头上缠着帕儿、鼓着两只眼睛的兔崽子在那里仓皇地打量着自己。他惊喜地扑哧一笑，娘的，这小玩意儿造得贼精，还真藏有一面魔镜哩！他又偷偷觑了大个子一眼，怕他冷不丁扑上来将它抢走。

“喂，人我带你去找，东西可归俺啦。”他喊着，悄悄儿将银壳怀表揣进口袋里，摁了摁，随即拍拍身上的雪沫儿，不觉便挺起胸膛来。

“大个子，咱们走吧！”

大个儿正死盯着他，像鹰隼死盯着尚未到嘴的猎物，一举一动却逃不脱他那锐利的眼睛。别耍花招啦小家伙，上天入地我跟着你！他举起脚步，忽然发觉，原来他脚上仍然穿着那女人给他的这双特大号牛皮靴。靴子合脚又暖和，刚穿上那会儿一股从脚底透上来的融融暖意一直留存在他的心中。没想到那女人死去的丈夫居然同自己一般高大！

冈峦起伏，雪野茫茫。大个儿放眼望去，那景色，那气氛，多么像二见浦一带岛屿初雪后的景象啊！只要一下雪，他还记得，孩子们便都蜷缩在木板房里不敢出来；浅海冻结了，不是冻结得一平如镜，而是照着海水被冻结时的形状高低起伏，像无声浪涌。这时候，到处便只弥漫着一种气氛——静。静极了，静得出奇，静得让人心跳，静得能忘掉原来那个嘈杂肮脏的世界，静得似乎失去了听觉，连脚下嚓嚓的踏雪声也听不见，静得仿佛地球都停止了转动。大个儿又一次体验到了只有在他的老家才能体验得到的这种特有的感觉。他认定这一切都是天意，连同他遇到的那个中国女人给他的一夜温情，也都是他的命运之树对他的安排。

那么，命运之树又将怎样安排中士小泽卫吉去同军曹长森田成吉的会见呢？命运之树的安排从不显示预兆，所以谁也难以逆料。

14 森田军曹长的难言之隐和小泽中士的意外结局

☮这一切——冬日的初阳，找不着的鸟鸣和无声的炊烟，都不过是一幅和平的假象，战火一波及便不复存在了。

☮他是连死都只能悄悄地不为人知地去死的呵，否则，他又何必急于要去死呢！

☮一点线索也不能留下来，如果你们到不了抗日游击队，那就要让人觉得你们已经在世上永远消失了。

☮牺牲三个日本人的命，保全一大批中国人的命，值得。

也许佐佐木嘉树至死都未曾改变他被最后一次出卖了的看法。从某种意义上来说，他的看法并没有错，他和大个儿的的确确是被森田军曹长"出卖"给了中国人的。但中国人和中国人不一样，出卖的含义及其目的也便截然不同。

那不过是几天前的事。

冬日的阳光温煦地照射着，偶尔能听见近处几声鸟雀的鸣叫，和平而安谧。在这晋东的一隅，离战争并不远，却好似隔开了两个尘世。森田回头朝着洞子投去最后的一瞥，大个儿尚未回来，他等不及了，但愿大个儿不至于发生意外；佐佐木还躺在那个洞子里。自己的一切念头能瞒得过大个儿可瞒不过佐佐木，好像他是在一个人洞察肺腑的监视之下，违心地干着一件卑贱的勾当，这使他感到无地自容。

7 点差 1 刻，森田站在洞子下面这条坡坎上迟迟不忍离去，心中矛盾极了，几次想爬回洞子去请求佐佐木的宽恕，但这是战争，不能儿女情长。透过稀疏的杨树枝条，他能看见下边庄子里晨炊的青烟，在微风中抖动。然而这一切——冬日的初阳、找不着的鸟鸣和无声的炊烟，都不过是一幅和平的假象，战火一波及便不复存在了。如果再不利用这短暂的、相对平静的时机采取断然行动，他们终将功亏一篑。

他跳过坎子跑下坡去，快速得如同一头受惊的麂子，连跑过他的命运之树也没停下。在他心里有个声音在催促着，不要停顿，不要回头，一直朝前跑，直到碰上第一个人，那就是值得你信赖的人。

5 年前之助大哥殉难的那天，他也曾这样拼命地朝前跑，想找个人扑到他身上大哭一场，可找谁呢？来来往往的人很多他一个也不认识，心里有个声音喊道:第 30 个!

30——之助大哥活到最后的年纪,他一个个跑过去,第 30 个他碰到了他的冈野教练。

在他跑到小胡庄村头一株大叶枫下时大概不会超过 8 点,不过他没看时间,因为他看到了大叶枫下他碰上的第一个人。枫树本是落叶乔木这他当然知道,按照季节它早该掉叶了可它没掉,只是叶子全都转成了醉人的酡红,在朝阳的映照下如同一簇火球,那人就在这簇火球下面做晨操,通体都给映得红彤彤的像只醉虾。他做的是中国传统的健身术——八段锦,进退自如,刚柔并济,第八段为闭目养神,他似乎进入了一种超凡的境界,成了一位入定的和尚,他上身只穿一件白单褂,下身是一条黑色直燕呢扎腿裤,不到 30 岁年纪却自有一派老成持重的风度。

就是他——一位值得信赖的人。森田宽慰地想,心灵的呼唤从未欺骗过自己。森田没敢贸然上去打搅,只好耐着性子等他睁开眼睛。

“从外面来吗?”这人忽然问道,口齿清晰,底气十足,音调浑厚,不觉吓了森田一跳。

“是的是的。”他连忙回答。

“近来外面有什么新闻吗?”

“听说,听说——鬼子正在搜捕三名叛逃的士兵。”

“只是听说吗?”

“是的是的,只是听说。”

“我也听说过,那是六天前的事,早不是新闻了。”

“是这样。”

“没有听说他们被抓获的消息吗?”

“还没有。”

“那么,他们已经逃到这边来了。”

森田大吃一惊，不是因为他的准确无误的判断，而是他那自以为是的语气。

“何以见得呢?”他问。

“好比拉网捕鱼，在网未曾收拢之前，鱼总是朝着网的另一边逃的。”

“您是说，等一收网，他们便一个也逃不脱了?”

“那也未必，不是还有‘漏网之鱼’这一说嘛。”

真是话不投机半句多。森田扭头便走，这人张开眼睛哈哈大笑起来。

“别走哇森田君，我们中国人从来不出卖朋友。”

这句用略带京都口音说的日语像一枚钉子，将森田军曹长直挺挺钉在那里动弹不得。

……爸爸大妈妈 2 岁，妈妈大叔叔 8 岁，叔叔大多多 16 岁，多多大米米也是 2 岁，叔叔，你猜爸爸大米米几岁?

……喔唷唷，爸爸大米米那么多呀，不对不对，叔叔一定猜错了，再让叔叔猜一次。爸爸大妈妈 2 岁，妈妈大叔叔 8 岁，叔叔大多多 16 岁，多多大米米也是 2 岁，叔叔，你猜米米几岁?

……咯咯咯，这次让叔叔猜着了，叔叔真聪明，快亲亲多多，还有米米。

……多多，叔叔也让你猜一猜，5 年前爸爸大叔叔 10 岁，5 年后爸爸大叔叔几岁?

……再过 5 年呢? 再过 5 年呢?

……是的是的，多多，你没有猜着，这是连大人也猜不着的……

一双大手毫无忌惮地拍在他的肩头。“森田君，我叫胡琏，这里不是谈话的地方，你跟我来。”

森田瞠目四顾，侄女儿银铃般的笑声还留在耳畔，关山阻隔，沧海横流，却已天涯海角，只能梦中相见了。他是多么想再次抱一抱像两只毛茸茸的小狗崽似的柔若无骨的躯体，再亲一亲那带着奶香味的花团锦簇的脸庞啊！怎么偏偏在这时候会突如其来地在他的心中掀起一股难以遏止的思乡之情呢，它像潮水般不断地涌上来，涌上来，几乎要将他淹没。

太阳移到了头顶，灼灼地照射着。

10点25分，他们两个人——一个中国人和一个日本人，相随着走出庄子，走到地沟边上一座馒头形的土丘旁。庄子在土丘的北面，整个色调呈土红色，同这一带泥土的颜色相一致，看上去十分协调，唯有他俩刚从那里走出来的一座两层楼房是白色的，这就显得特别触目。

他们俩当然谁也料想不到，一天之后，仅仅相隔一天之后，这整个呈土红色的小庄子连同那座白色的楼房，便都要被烧成一片白地；而另外两个日本人，则将在明天的这个时刻里，从这座馒头形的土丘旁开始他们人生旅途中的一次最后的转折。

一切都是由于战争。而战争之所以不好捉摸，那是因为它常常被人随心所欲的缘故。

"森田君，你只能从山里走，山上没有路，路就在你的脚底下，你一直朝前走总有一天会走到的。"胡琏说，"不过，你脚下的路会越爬越高，气候会越爬越冷，这是我为你准备的一件皮袄和一包干粮，作为一个朋友，森田君，你就不必客气啦。"

"我收下我收下，"森田说，"胡君，谢谢您。"

"不必谢，朋友之交在于义。森田君，在你的前面是东南偏东方向，太阳从左边升上来右边落下去，你一直朝前看，你看见什么啦？"

"山，重重叠叠的大山。"

"对了，大山。'……千山万壑，铜壁铁墙，抗日的烽火燃烧在太行山上。’听过这首歌子吗？”

“没有。”

“以后你会听到的。大山的南边就是黄河，那是我们中国人的母亲河，过了黄河就到了河南省的地界。你到过河南吗？”

“没有。”

“中国的地方大着呢，蛇是吞不下大象的。”

“我明白。”

“噢，我记起来了，京都有一座螳螂山，取的是我们中国‘螳臂挡车’的成语故事，你知道‘螳臂挡车’是什么意思吗？”

“不自量力。”

“你是个真正的中国通，森田君。”

“还差得远呢，中国是个泱泱大国，比之大海，我只是个在海边捡贝壳的孩子。”

“哦，森田君，你同牛顿爵士一样谦虚。”

两人都笑起来。

“我们中国还有一句老话：有缘千里来相会。森田君，咱们算是有缘分的啦，可惜太仓促了，真想找个时间好好聊聊。”

“我也这么想。”

“聊聊日本茶道、京都艺妓、伊豆舞女，聊聊食事、柔道、相扑，还有——”

“还有中国的母亲河。”

“啊，母亲河，伟大的河！”

胡琏做了一个夸张的动作，两人又都笑起来。过了会儿，森田低声说：

“胡君，我还想最后托付您一件事。”

“别说最后，有什么事你尽管说，我会尽力而为的。”

森田从内衣的口袋里掏出一块银壳怀表，表链已经断掉了，只剩下小半截，他伸开另一只手，用手掌在表壳上轻轻地揩拭了一下，随即打了开来，一帧嵌在内壳上的小照，在明亮的阳光下含蓄地微笑着。照片发黄了，可笑容并没有褪色，依然很动人。

“他很像你，但不是你，我看得出来。”胡琏说。

“不，应该说我很像他，我像吗？”森田说，“他是我大哥森田之助。”

“很像，像极了，看上去你们哥俩年纪也差不多。”

“之助大哥大我 10 岁。”

“怎么会呢，一点也看不出来。”胡琏说。

“这还是之助大哥 25 岁那年拍下的，5 年之后他牺牲了。”森田合上表壳，指着底面一个镌刻上去的日期：10·7。“这就是我大哥就义的日子。”

“明白了。”胡琏也低声回答。

森田将怀表放到他的手中。

“这是之助大哥留给我的唯一遗物，拜托了！”森田说，深深一鞠躬。

“真是巧极了，”胡琏说，掏出他的表，“我这块也是亨达利的，你大哥这件珍贵的遗物，我一定为你保管好，我这块就赠送给你，一路上你不能没有时间。现在是 11 点整，让我们记住这个时刻，你多保重，我同样会照顾好你的两位伙伴，再见吧——沙哟喔那啦！”

“沙哟——喔——那啦！”森田说，声音低得只有他自己才听得见。

嘁里喀喳，这雪后的山路可真难走，它既不像北海道空旷的雪原，也不像富士山陡峭的雪坡，这山路极为狭窄，像一条肠子，看上去很平坦，一脚踩上去就不平坦了，他得撑开双臂来平衡身子，扑扑闪闪，摇摇晃晃，像一只断翅的鸟。

记得那年冬天，他经过函馆到了札幌，在一家酒馆子里跟人打赌过独木桥，情况也差不多。

那家酒馆子的下面有一口老大的水池子，水面上结了一层薄冰，池子里横七竖八扔着许多大圆木，像是用蜡制作的，别提有多滑了。

同他打赌的那个叫野猫的汉子，龇着牙用一根长长的铁钩子将大圆木归拢到一边，空出一长溜儿水面，只让一根独木浮在水面上，他得踩着这根独木走到水池的那头去。

那年他才17岁，从黑旋风大帝的海盗船上逃出来不久，人家说他那是得到了海神菩萨金毗罗的庇护。他听得半信半疑。如果说只有一个海神菩萨金毗罗的话，总不会既庇护他逃脱海盗的折磨，又庇护黑旋风大帝那班野杂种为所欲为吧，那么难道有两个金毗罗么？反正谁爱说说去，谁爱信信去，那年他才17岁，他得考虑眼前的事儿。

眼前他面对着一口水池子，只要踩着那根独木从水池子的这头走到那头他便能拿到整整10元，而在他的破口袋里却连一个子儿也没有。他亲眼看见野猫将一张簇新的10元票子慷慨地拍到酒馆子老板面前的柜子上。

有了这笔钱，第一件事就得去买一双暖鞋，他想，下意识地瞟了一眼脚上张着鲇鱼口的烂草鞋，不用说，得买底子粘着橡胶的那一种，又暖和，又柔软，还能防水；再买一套老厚的棉袄裤，黑色的，他喜欢黑色的，领子上缝着一块水獭皮，那只能是假的，真的水獭皮可买不起，一翻上领子，哈，冬天的暴风雪那就算是被挡在了门外头啦；还得买一条宽宽的牛皮带朝肚子上一扣，肚子饿了可以扣得紧些，肚子饱着又可以放松点儿；对了，还少不了一顶棉帽子哩，那种尖顶的狐狸帽，能一直拉下到颈脖子，不是有10元吗，省那几个小钱干吗；余下的钱买它一摞子肉馅饼吃它个痛快，再来上一杯大麦烧酒，一仰脖子咕噜一口干了，十足一个男子汉，嗨嗨！

他一纵身跳到了独木上。水池子的四周围满了瞧热闹的人,他这一跳把人们的心都提到了嗓子眼,有个老大妈惊乍乍地尖呼道:“作孽呵,这小杂种不要命了,一掉下去不淹死也得淹成一条冻鱼儿。”旁边一个男人沙着嗓子说这小子命大着呢,巴士海峡的狂风大浪也奈何他不得,还在乎这么一口小小的水池子呀。

这话说得是有点儿道理,你看他一跳下去不是立即便稳住了身子吗,这可不容易。原来那许多大木头早已浸透了水,只要稍稍压上点儿分量便会整个儿没进水里,吓得他动也不敢动,那根独木就在他的脚下一点儿一点儿沉下去,挤压得两边的碎冰块吱吱地叫,人人都为他捏着一把汗。现在他已经没了退路,总不能再爬上去吧,10 元的票子在眼前晃着哩,晃得他眼花缭乱,可又不能老站着,这根木头承受不了多久,更不能在上面跳跃,那样用的劲大,木头越加吃不消。

眼看 10 元票子长上翅膀就要飞走啦,心中一急,他蓦地记起一种叫作长脚鹭鸶的水鸟。那真是个绝妙的东西,在水中行走弄不出半点儿声响,踩在雪地上也落不下半点儿爪痕,两条长脚交替着一起一落轻轻地滑向前去,无声无息像个偷鱼的贼。他深深吸进一口气,屏住,然后颤巍巍提起一条腿,沿着圆木头出露在水面上留下的一条窄窄的弧线滑过去,滑过去,滑得浑身发僵、手脚麻木、冷汗淋漓。可不知怎么回事,那圆木在他的脚下随着他的滑行似乎也在不停地向前延伸,这使他仿佛又回到了他独自漂浮在茫茫大海的那个黑夜。

那会儿,他看前方的一座灯塔好像也在漂浮,你划得有多快它就漂浮得有多快,他拼命地划呀划呀老是划不到,他想他这辈子再也划不到了,可不能等着让鲨鱼来把他吞噬掉,划不到也要划!到了天快亮的时候,他已经完全筋疲力尽,只好仰躺在小划子里听天由命,他忽然发现,那座高不可及的白色灯塔原来就在前面,被满天朝霞涂抹得一片辉煌。

人们欢呼起来，他不由怔了一下，这才发觉脚下的圆木并未沉没也没延伸，他终于滑到了它的尽头。

西下的夕阳恰恰落在相对峙的两座山峁之间搁住不动了，这太像一只橙色的气球刚巧掉到一株大树的两个丫杈当中，被结结实实地夹住了似的，只要轻轻一阵风吹树动，便会将它挤破。这个比喻当然缺乏诗意，正同他枯干的心田缺乏诗情相一致，但非常符合此情此景。

他不由停下来，对着橙色气球般的夕阳呆呆地瞧了很久，心里巴不得当真刮起一阵风。人间失去了太阳又怎么样呢？至少对他来说，有太阳或者没有了太阳还有什么区别呢？没有区别了。

这时候，森田军曹长正好趴在那两个山峁之间的一条光裸的崖脊上，出其不意地欣赏到这幅特有的落日奇观，但除了引起他一番杂七杂八的感慨之外，几乎引不起他的半点兴致。

对着空旷的山野他自嘲地笑了笑，用鞋尖踢了一下路当中一块拱起的泥坨，他感到一阵疼痛，那泥坨硬得像石头，而他的千层底老布鞋却已豁开了口子，连脚趾都露出来了。不知是这条山道太坚硬还是他这双老布鞋徒有其名，他回过头去重新看看他爬上来的路，哪里有什么路呀。中国人的行路难是举世闻名的，可是难到在这一大片山地上竟然找不到哪怕是一条路的影子、一点路的痕迹，却非始料所及。胡君说路在脚底下，说得多么富于形象又充满人生哲理啊。

他不由想起在临离开胡君的书房之前，他半带玩笑地给他念了一首五言诗："北上太行山，艰哉何巍巍。羊肠坂诘屈，车轮为之摧。"①胡君

① 北上太行山，艰哉何巍巍。羊肠坂诘屈，车轮为之摧：此为曹操《苦寒行》中的首四句。（编者注）

说这首诗的作者是中国历史上一位叱咤风云的人物，但没有告诉他是哪一位，让他一路上好好猜猜，解解闷儿。

"北上太行山"，这是说他是从南边来的。南边是什么地方？山的南边就是黄河，过了黄河就到了河南省的地界。啊，河南，他记起来了，河南有个古都叫许昌，那曾是三国时代魏国的都城。原来是魏武帝曹操写的诗！他坐在铁皮包着的木轮战车上，打从南边上来，板结崎岖的羊肠小道把他的车轮都摧毁掉了。纵然如此，那边的山道也要比这边好走，赫赫有名的魏武帝不是还能坐在车子上么，到这边来试试，别说车子，恐怕连拉车的马也上不来！

他放下胡琏送给他的皮袄，皮袄包在一块蓝印花布里，他还未打开过，他只感到袄子的轻柔。他吃了点干粮，那是一种夹馅的馍，为了好继续赶路，他吃得不多，因为口干咽不下。一路上，他没有发现什么地方有水，在他的感觉里，这一大片山地——与其说是山地，倒不如说更像大漠。

"大漠孤烟直"，他放眼眺望，不觉吃了一惊，想不到在这么荒僻的"大漠"深处，依然有许多小小的庄子，闪闪烁烁，犹如月夜的星星，远远近近地散落着，并且果真升起了笔直的炊烟，但不是孤独的，像章鱼众多伸直的触手。只要哪里有一块巴掌大的平地，便会有几座紧紧挤在一起的灰黄色的小茅屋，中国人就在那些与世隔绝的小茅屋里繁衍生息。难道人类的生命便是这样延续下来的么？真是不可思议。

他摸出胡琏送给他的同之助大哥遗留给他的一模一样的怀表，打开一看，6点差1刻。不知什么时候，那只橙色气球般的夕阳已经不见了，留下一片绚丽的红光。残阳如血，这该是他人生旅途中最后的美景。

他索性坐了下来，跋涉了一天他很累了，不知不觉便垂下了脑袋，垂在他的两膝之间，正如那橙色的夕阳夹到两个丫杈中间一样，从那里发出了轻微的鼾声。

他好不容易才爬上水池，差点没掉下去落个前功尽弃。因为他的双手双脚全都冻住了，麻木了，偏偏池壁和边沿又都结着厚厚的冰，他连着两次也没能爬上去。有人伸手来拉他，但他没接，他知道野猫是个无赖，要是让人来拉他上去，那张10元的新票子他便拿不到了。他咬着牙，咔吧咔吧地响，像爬一座高高的冰峰，他将全身的力气都运用到两条手臂上，让一个膝盖顶住池壁，想把另一条腿甩上去，可是不行，僵直的大腿和胳膊不听使唤，上边他又攀不住。正当他第三次又要滑落的时候，意外地让他在池边抓住了一个小铁环。

爬上水池以后，他来不及喘口气就在人群当中寻找野猫。他有一种预感，果然，他没有找到。谁也不晓得野猫这会儿溜到哪里去了，都说刚刚还见他在哩。

屁话！他止不住浑身发起抖来，一边发抖一边拔腿朝酒馆子跑，没想到那个臭酒糟鼻子早早关了门打烊了。站在紧闭着的店门外面，他筛糠似的越抖越凶，这可不是由于寒冷，恰恰相反，他压着一肚子火，两个鼻孔都在冒烟哩。

这事过后好久他也弄不明白，为什么肚子里有火反而会像发寒热那样抖得赛似老鼠见了猫。当下，他猛敲了一阵门，里面有个小伙计奶声奶气地说，我们老板娘在下崽哩，正要找个接生婆，你是不是呀？说着嘻嘻笑起来。他认得这个叫阿纯的小伙计，比自己还年轻好几岁，生着两颗小虎牙，怪逗人的，平日间两人挺说得来。

他说："阿纯，我是阿卫呀你听不出来吗，快开开门。"

阿纯说："我们老板说啦，除了接生婆，谁来也不开门。"

“好你个臭酒糟鼻子!”他咬着牙说，又咬得咔吧咔吧响，“那好，我就当回接生婆，拿个铁钩子把那狗崽子从你老板娘的肚子里钩出来。”他说得围在他后面看热闹的一伙子人哄地笑了。他没笑，还真让他找来了一根破冰用的铁钩子，朝着拉门狠狠地捅了一家伙，只听啪啦一声给捅出一个大窟窿。

酒糟鼻子在门里跳着脚骂道:“你个野杂种，这事与我无干捅我的门干吗，你赔得起吗?”

他说:“你把那张10元的新票子交出来这事就与你无干，要是不交出来，我不单要捅开你的门还要捅开你的酒坛子。”

酒糟鼻子吼着说:“你敢!”

他又一下捅了过去，拉门发出碎裂的惨叫，面目全非了，吓得酒糟鼻子大叫道:“别，别捅啦，你小子有种找野猫捅去。”

他说:“那你交不交出来?”

酒糟鼻子说:“那张票子早给野猫拿回去啦。”

他说:“那你把野猫交出来。”

酒糟鼻子说:“野猫又不是吊在我的裤腰带上的。”

有个豁嘴小孩挤到他的身边，悄声说:“阿卫哥，我看见啦，那野猫就躲在酒馆子里。”

豁嘴小孩说不清楚，人声又嘈杂，他连问了两遍才听明白，一肚子的火全冲了上来，两眼都烧红了。他端举着铁钩子像个武士端举着一支长矛，随着一声大喝，噼里啪啦几下子捅倒拉门闯了进去。

他的个子原本就生得高大，浓眉倒竖，豹眼圆睁，活脱脱一个拼命三郎，那架势谁也不敢阻挡。几个小伙计早逃得不见了踪影，老板连酒糟鼻子也吓白了，一直退到了柜台里面。那柜台上正好搁着一尊口小肚子大的花瓷酒坛子，它首先遭了殃，只见他提起铁钩子照着那大肚突地一戳，哗啦一下发起了大水，一坛子大麦烧从戳开的口子里汹涌着倾泻下来，辛辣的酒香味儿把跟在他屁股后头拥进来的一伙人熏了个昏天黑地，有几个酒鬼争先恐后地扑了上去，鹅样伸出颈脖子，又狗样撅起屁股，满世界吱溜吱溜吮吸起来，恨不得把个柜子也吮吸进肚子里去，吸得老板的酒糟鼻子仿佛长错了地方，摇摇晃晃随时都会掉下来。

那豁嘴小孩又挤到他跟前，伸个指头朝柜台后边一点，笑着说："那里还有一排酒架子哩，你看上头坛坛罐罐搁满了几多美酒呵！"

我的娘哎，酒糟鼻子老板见了心中叫苦不迭，早该撕了你那三瓣臭嘴啦，他像母鸡护小鸡一般伸手拦挡着，顾了这头顾不了那头，急得他扯开一副公鸭嗓子"野猫太君太太君"地嘶喊起来："你再不出来我可全完啦，一人做事一人当，你躲着藏着算个什么英雄好汉！"

正哄闹着，豁嘴小孩突然一声大叫："野猫打后门溜啦，快到巷口去堵住。"

酒馆后门是条死巷，只一个出口，被他赶出去堵个正着。那野猫看看溜不脱了，便装作没事人样歪着脑壳说："嘿，你小子大天白日的举根铁棍子横眉立目想拦路打劫呀。"

他说："我要那张票子。"

野猫装出惊讶的样子问道："什么票子？"

他说："那张 10 元的新票子。"

野猫说："这跟你有什么干系？"

他说："它归我啦。"

野猫嘿嘿笑起来，说："看你说得多轻巧，那票子是打天上掉下来的呀，凭你个臭小子干它一辈子怕也挣不来 10 元钱哩。"

他说："可我们有言在先。"

野猫探过脑壳说："立下字据没有？口说无凭嘛。"

他说："那你是不打算给了？"

野猫说:“过一根独木就想赚老子10元钱,没那么便宜的事。”

他说:“那你也去过一过试试。”

野猫说:“试试就试试,过得去怎么样?”

他说:“过得去就两清了。”

野猫鼻子里哼了声,便朝水池子走去,等到了水池边,他却不敢朝下跳了,他知道自己过不去,野猫子可比不得水獭,掉下去不是闹着玩儿的。他回过头来讨好地笑着说:“小兄弟,有道是不打不成交,哥哥我算服了你啦,拿2毫子去喝上一杯驱驱寒气。”

他说:“我要10元。”

野猫呵呵笑着说:“好样儿的。”伸手拍拍他的实笃笃的肩膀头,心里自有几分虚怯,“得,再加你2毫子。”

他说:“我要10元。”

一个尴尬的笑僵住在野猫的扁圆脸上,过了会儿,他一拍胸膛说:“豁出去了,给你大洋1元,卖哥一个面子,拿着。”

他说:“我要10元。”

野猫沉下脸说:“你可别给脸不要脸,逼人太甚,我的钱又不是偷来抢来的,再加你2毫子,要不要随你。”

他说:“我要10元!”

野猫大声说:“嘿,好你个野杂种,真是得理不让人了,你给我滚一边去,老子可没工夫陪你磨嘴皮子。”说着掉头就走,被他一把抓住,那手爪子跟铁爪子一样深深抠进黑棉布袖筒里。

“你要怎样?”野猫龇着牙问。

“我要10元!!”他说。

“想疯了你,”野猫说,“要钱一个子也不给,要命有一条,你小子有种拿铁钩子捅了我算了,朝这儿捅,你小子捅呀!”

他当真举起铁钩子捅了过去,不过没朝着野猫的胸口捅,他将铁钩子伸进野猫的两腿中间，只一撬，像撬一块绊脚的石头，扑通一声，他把野猫撬进了水池里。

不知不觉天就全黑了，他打了个寒噤醒了过来，冷得好像掉到了冰窟里。这山地的气候也跟沙漠里一样糟，白天能晒脱你一层皮，夜晚又能将你冻成冰棍儿。他想站起来，但两条腿都在抽筋，抽得鸡爪子似的怎么也伸它不直，他站不起来了，不由倒吸了一口寒气，似乎心都僵住了。要是大个儿在这儿该有多好，他那双手赛似通了电，让他一搓揉身上就发热，热得血脉通畅、筋骨舒展，痛快无比。如今大个儿不在身边，佐佐木也不在身边，他们都不在，世界是多么寂寞呵，天是那样的高远，地是那样的荒凉，四周是那样的沉静，要想站起来，继续走下去，他只能依靠自己了。

现在他躺在一条四面来风的光裸的崖脊上，两边都是峭壁，闭着眼睛朝左或者朝右一滚，也许能滚落到崖下那片令人难忘的小松林。

那是一天下来他见到的唯一一块绿色林带。他终于又一次听到了一阵叽叽嘎嘎的谈笑声，他们说的是这一带的方言土语，说得急促而流畅，还夹着阵阵欢叫，但他一点也听不懂，只听得出那是一男一女两个孩子。他俩在小松林里用一根竹子做成的耙子在扒着满地枯黄的针叶，旁边竖立着两只高高的也是用竹子编成的篓子，两人几乎已经把掉落在地上的松针和许许多多枯干的松果全都扒拢到一起。他数了数，一共扒起了八堆，像八座小小的金字塔，每座都有半人高，正好同那两只竹篓子差不多，可两个孩子还在那里扒着，连一根细细的松毛也不肯放过。不知道他们将怎样把这八堆金字塔装进两只竹篓子里去，他躲在一株树后，偷偷地、好奇地瞧着，似乎自己也变成了一个顽皮的孩子。他怎么也料想不到，他们俩居然将八堆金字塔全都结结实实地摁了进去，正好一只竹篓子四堆，撑得两只竹篓子像两个临盆女人的大肚子，他真想为他们喝一声彩。装到后来，那男孩还从自己的竹篓里抱了一抱摁进女孩的竹篓里，那女孩又抱了一抱摁进男孩的竹篓里。他明白了，这对孩子不是一家兄妹，当然也不会是一对恋人，因为他们都还是孩子，至多不会超过15岁。那男孩的头顶留着一小块长方形的头发，四周是光光的青头皮，显得天真无邪，生着一张圆圆的脸，那张脸上缀满了一颗颗闪亮的汗珠，他一笑嘴角边就现出一对浅浅的酒窝儿，动人极了；女孩也长得十分清秀，细细的眉子水汪汪的眼睛，那根拖在脑后的乌黑辫子又粗又光滑，像个十足的大姑娘了。

他不觉轻轻叹了口气，感到心头的沉重，有着说不出的惆怅。他恋恋不舍，正待悄悄地走开，不提防被那女孩子发现了，她立即像一只受惊的小鸟躲到了男伴的背后。他只好大大方方地从树后走出来，高声打个招呼"你们好"。他想他们会听懂。

两个孩子都睁着惊惶的眼睛戒备地瞪着他，那女孩似乎比男孩还要大点儿，男孩却义不容辞地担起了保护女伴的责任，挺胸凸肚地挡在他的前面，但并不打算回答他的问候。

他知道山里人怯生，何况还是两个孩子，便连忙堆起满脸笑容，尽量把声调拖得缓缓的，字眼咬得清清的，说："别害怕别害怕，我是个过路的。"他非常满意自己这句即兴想到的话，"我是个过路的"，匆匆地来又匆匆地去。

那片小松林既然就在这条崖脊的下边，那么那两个孩子也应该就在下边的某个小庄子里，说不清什么道理，他很想再见他们一面，再看上一眼那男孩嘴边的一对浅浅的酒窝和那女孩小鹿般惊奇的水汪汪的眼睛。

他颤巍巍地站了起来，像一株临风的小草，摇摇摆摆地迈出了艰难的一步，他庆幸自己还能走动，只是他并没有掉回头去朝着崖下透出点点灯光的任何一个小庄子走，他朝着的是他在白天便已认定的方向。在他走完这条崖脊，爬上又一个更高更陡的山崖之后，他才发觉，那个包裹着一袭皮袄的蓝印花布包袱被遗忘在原来他休息过的地方了，连同那只他打开过而未曾系回去的干粮袋。他做了一次深呼吸，夜晚山野的空气是多么的清新呵，他似乎终于因为丢开了一只几次舍不得丢开的包袱而感到一种无牵无挂的轻松和自在。他在朦胧的月光下不再频频回首，朝着他认定的方向一直向前走去。

他到底明白了，他在下边小松林里不期而遇的那两个孩子，同他魂牵梦萦的一对侄女儿多多和米米，竟是那样的相像，同样有着圆圆的脸庞，一个的嘴边有一对浅浅的酒窝，一个的脸上有一对如同奈良驯鹿般的水汪汪的眼睛！

前面陡地刮起一阵旋风，将山地上的雪笔直卷了起来，卷成一根高不可及的梭子形雪柱。他还没有碰见过这么强大的旋风，那年过函馆遇上龙卷风，电线给刮倒了，一抱粗的树被连根拔起，但也没能把地上冻结了的积雪卷成这样一根高高的雪柱。他忘了自身的处境，怔住了。

雪柱在不停地晃动，向四面八方喷溅迷雾般的雪尘，仿佛埋着一架有着巨大功率的驱动机。雪尘弥漫开来，迅速粘合成一幅无边的粗糙的雪幕，天色骤然幽暗下来。

那小家伙不见了，他喊了声。现在他知道小家伙的名字叫尕子，这有点儿像大雁的鸣叫。他的喊声淹没在吓人的沙沙声中，这是充斥于天地之间独一无二的声音，但绝不是风声，倒像海边大潮、深海海啸。他冲向前去，立即便被卷进不可抵挡的旋涡里，丧失了一切力量，身不由己地给推向一个看不见的深渊。

真累人，他想，比跟着大竹联队长的马尾巴爬长白山、过大兴安岭还累人。那会儿人多，大伙儿说说笑笑不知不觉便到了宿营地，然后是派出巡逻兵，布置岗哨，挖掘战壕，埋锅造饭；饭后两个人合披一件棉大衣，背靠背一贴便能呼呼大睡，一觉醒来又出发了。

大竹联队长说，我们不靠轮子，靠的是两条腿征服中国。靠你个鬼哟，两条腿有屁用，中国那么大你走得完么，你才从北满走到南满，从河北走到山西，便让中国人一把火烧成了焦炭。当你同 120 名士兵挤在那条窄窄的地沟里时，两条腿有屁用，正如同这会儿他被旋涡裹着身不由己地推向前去一样，当大火烧起的时候你逃不出去便只能给烧成焦炭；当被旋涡推着走你挺不住又会怎样呢？

他不知道，他什么也看不见，只有一片白茫茫的雪幕，而一座可怕的断崖就在前面，他正像个瞎子被推向一个粉身碎骨的结局。

说时迟，那时快，有个黑影猛地朝他扑了过去，他听见了一声嘶喊："快趴下！"

是尕子，他听出来了，原来你是跟我捉迷藏啊，你这个鬼家伙。可他没法不让推着走，身子轻飘飘的有一种失重的感觉。他记不起自己是否曾有过相似的体验，这有点儿像荡秋千，只要荡到同架子相平的高度你也便仿佛失去了全身的重量，变得轻飘飘的了。

他这么想着，甚至还笑了笑。就在这时候，他被旋涡一下子凌空提了起来，真的荡起秋千来了。这个惊奇大于惊慌的念头只不过在他的脑子里一闪，便见一堵黑色的墙迎面扑了过来，不等他做出任何防范就狠狠地撞了上去。幸亏这不是一堵墙而是一块兀立的泥坨，在撞坍泥坨的同时他也像只断翅的大鸟，重重地摔到了雪地上，摔得他两眼一团漆黑。这使他来不及发觉他被摔到了一个多么危险的境地。原来这里是个斜坡，它的尽头便是那座断崖，就像他被裹在旋涡里那样，他也没法制止自己不向那座断崖哧溜溜地滑下去。

凡是懂得点滑雪的人都知道，在你顺着雪坡朝下滑时，不是任凭雪坡来支配你，而是要由你去支配雪坡，只有这样你才能在飞速滑行中有个选择的余地，才能选择一条最安全又最方便的捷径。这当然很不容易做到，因为它需要熟练的技巧和丰富的经验，还有对地形地物的熟悉。这条山道可比不得北满的密林，在那里他曾以每小时 50 公里的速度连续滑行 4 小时，将一份情报及时送到军部。这个鬼地方不行，地形过于复杂，难得有这么一道宽敞的斜坡。那就滑下去吧，他想，没有滑雪板也没有关系，只是得想法子掉过头来，总不能就这样倒栽着滚下去。他试着侧一下身子，四周太光滑，找不到一个支撑点，他没能侧转来，但他伸开四肢，不再有那种身不由己的感觉了。

他似乎听见有人喊，他听不懂，他不知在什么地方喊，上面？下面？他搞糊涂了，那小家伙就喜欢咋咋呼呼。可总算摆脱了旋风的挟持，他如释重负地喘了口气。他的右手忽然触到了一个硬物，像根木桩子，管它是什么东西，先抓住再说，下滑中产生的惯性使他在原地陀螺似的转了 180 度，刚好将身子调正了过来，他的双脚便已触到了断崖的边缘，但他不知道，懵懵懂懂松开了手，这一松，大祸临头了！

趴在上头干着急的小尕子怎么也料不到他会松开手，胸腔里那颗心兔子般陡地一跳，撞到了嗓子眼里，半晌作声不得。

我的娘，便是神仙下凡也来不及了，眼看没救了，一切已成定局无可挽回了！他先是眼睁睁地看着大个子的两条腿滑了出去，悬空一阵踢蹬。不踢蹬还好，一踢蹬更糟，他那身子便像蛇一样游走了，消失了，雪坡上只留下被他的身子划开的一道深深的雪沟。这是大个子留在人世的最后的见证。

不过，在这最后的时刻，在大个子的那双铁硬的手在雪地上徒劳地抓挠了一番之后，小尕子似乎听见他喊了声什么。到底他喊了声什么呢？还是自个儿听错了，他什么也没有喊呢？

不，他喊了，小尕子没有听错。在意识到这场惨剧终将不可避免的一刹那间，他喊了声“军曹长”……

可惜这会儿森田军曹长已经再也听不见小泽中士的呼唤了。尽管大个儿最后这声喊叫就震响在他的头顶他也听不见了，两天前他使用了一个通常的手段——跳崖，走完了自己的人生之路，这几乎同大个儿即将发生的惨祸如出一辙。

他是在那位采药的伤科郎中取走了胡琏送给他的怀表之后，才又决定从这条长方形小土沟的唯一一个缺口跳下去的，从他躺着的地方到那个缺口不足 100 米远，他却爬了很久很久，仿佛爬了整整 25 年——这是他那短促生命中的一段漫长的路程。

对于一个决定绝食的人来说，他已熬过了最初的也是最难熬的阶段：胃囊里老像有什么东西在搅动似的，其实什么也没有，一个劲儿作呕、吐酸水，浑身酸痛，一阵阵冒冷汗，说不出有多么难受；老是梦见有人撵他，撵得他走投无路。过了这个阶段他才逐渐平静下来，这时候，他的感觉犹如一个出血过多的病人，乏力透顶，神思恍惚，懒得动弹。

他曾有过一次这样的感觉，在他 12 岁那一年的春天，他爬到外婆屋后一株香椿树上去摘叶芽儿，香椿叶芽儿炒鸡蛋又香又嫩好吃得没法说，他只想到吃，不小心摔了下来，左边的大腿被树干上一根枯枝划了一下，出了很多很多的血，他以为身上的血都流光了，昏昏沉沉在外婆的床上躺了两天，他什么也不想吃，什么话也懒得听，心情糟透了，只想一个人大哭一场。外婆说，好乖乖，你哭吧哭吧，别不好意思，外婆还要哭呢。他的泪水便止不住哗哗地往下流，哭过之后他才平静下来，就像现在他所感觉到的一样。

他恋恋不舍地向前爬着，这种感情真叫人莫名其妙。难道他那么留恋这处像一具天然泥棺的小土沟么？那天，当他发现上面那条隐蔽的通道时，他便断定再不会有人来发现他，至少在这寒冷的冬日不会再有人来，可是随即就来了个不速之客——一位采药的老头儿。唉……

他的眼前出现了一圈黑晕，他不得不停下来歇会儿。那老郎中纵然能信守誓言，但不能保证他不会来给他收尸，这是中国人出于伦理道德观念的一种善举，不论是将他就地埋掉，或者抬到别处去安葬，都需要请人来帮忙，并且，老头儿还会以为人死了，誓约也就不存在了。

他重新开始向前爬去。老人家怎么会想得到，他是连死都只能悄悄地不为人知地去死的呵，否则，他又何必急于要去死呢！他忽地又停了下来。

不知是太阳下山了，还是他的视觉模糊了，眼前只见一片黑影，也许是那圈黑晕洇了开去的结果，但他的记忆仍是清晰的。在他躺过的地方，他用随身带着的一块小铁片，在泥地上刻下了几个字，那是他偶然想起的一句话："抗战到底，最后必胜。"

一年前他从一个中国教官的嘴里听到这句话，中国教官是四川人，他们偷偷聚集在古长城的一座望楼里，他什么都记得清清楚楚。可他搞不清自己出于何种动机，要把这句话刻下来，还在旁边刻上他的一个日文名字。想给人留下个线索吗？

他艰难地掉过身子，又爬了回去。"一点线索也不能留下来，如果你们到不了抗日游击队，那就要让人觉得你们已经在世上永远消失了。"反战同盟的北岛干事长就是这样对他说的。北岛干事长说的是"消失了"，而不是说"死了"，他怎么这么糊涂呢？

在他刻下这句话的时候，他还剩下一点气力，这会儿他几乎连把它抹去的力气也没有了。他刻得那样深，字体那样均匀，一笔不苟，他还真舍不得把它抹去呢，但他还是把它抹去了，也抹去了自己的名字。现在，他可以毫无牵挂地去走完自己最后的这段路程了。

他抬起头来，朝那边的泥壁瞥了一眼，他似乎看见了什么，又像是什么也没有看见，他轻轻叹了口气。他不觉阖上眼睛喘息了会儿，在喘息渐渐平息下去的时候他又进入了一个梦境。

他仿佛匆匆地行走在一条幽暗的小街上，这条小街长得没完没了，他心急如焚，双腿铅块般沉重。他忽然听到一声稚嫩的喊叫：叔叔！他匆忙回头一看，嫂子背着米米，牵着多多，正站在对岸向他招手，隔开他们的是一条汹涌的大河，河水是黑色的，浪花也是黑色的，像一个黑色的梦，而嫂子她们却穿着白色的丧服。他垂下来看看自己，穿的是新宿队的球衣，他恍然记了起来，他正忙着去赶一场足球赛。前锋小林接到一个传中球，他盘球甩掉了对方的右后卫后举起一脚，那球流星似的朝他飞来，他奋身一跃，拿头去接球，不料他的头被飞来的球狠狠地一击，他立时失去重心，两眼发黑，訇然一声倒了下去。“森田君醒醒，森田君醒醒，”他睁开眼睛，发觉躺在冈野教练的怀里，“你之助大哥的血不会白流的……”

他从梦中惊醒过来，他已泪流满面。呵！苦命的嫂子；呵！可亲可爱的多多和米米；呵！还有你，冈野教练；呵！他又怎能无牵无挂地去死呢……

可路在哪儿？除了面前这条通向黑水河的小泥路，他没有别的路可走了，这是当他一接下逃亡的使命时便已注定了的。

他只是懊悔不该把佐佐木也带出来，他怕他在他们逃走之后会感到孤独，会暴露自己。后来他才明白，佐佐木比他想象的要坚强得多，一念之差改变了一个年轻人的命运。现在他将他托付给了胡君，佐佐木，只好请你接受我的良好的祝愿了！至于大个儿，他不懂中国话，今后的日子也许会比佐佐木更加困难，但他相信他如同相信自己，不管怎么说，他也应该活下去！他抬头仰望苍茫的天空，他是多么盼望着能再见到他一面啊。呵！大个儿，我的好兄弟！

大个儿当然同样听不见他的这声出自肺腑的临终呼唤。因为，如果说大个儿对他的呼喊来得太迟了的话，那么他的这声对大个儿的呼喊又早了点儿。

其实大个儿并没有摔下深渊，断崖边一棵死树的根瘤暂救了他的命。死树早已不在了，根瘤出露在泥土外面，不过小孩的拳头那么大，他只能用一只手把它抓住，他就像只断线的鸢子，四面凌空地挂在那里。他心里很清楚，要是他不能爬上去，迟早还得往下掉，而要爬上去，仅仅依靠这么点大的根瘤，又几乎是不可能的。爬这断崖可不比那年他在札幌爬水池。水池爬不上，掉下去不见得会冻死，这断崖爬不上风也要把他吹僵，那不是风那是剑，他正在受着凌迟般的酷刑，尤其是这条吊起的手膀子，早已麻木得失去了知觉，要想将全身的气力都运到这只手膀子上来个引体向上，那是无论如何也办不到的，他也没有多少力气了，还不知这只根瘤到底能支持多久呢。与其这么挂着倒不如摔下去痛快，反正是个死又何必活受罪！

可他从未想过死，他还不到想死的年龄，虽然在他短短24年的岁月当中，不知跟死神打过几多回交道了。那年他被黑旋风大帝抓到挂黑旗的海盗船上他没想过死，尽管他们每天都在杀人；后来他终于偷了一只小划子逃出来了，独自一人漂浮在茫茫大海上，随时有被巨浪颠没、被鲨鱼吞噬的危险，他没想过死；他又冻又饿，徘徊在北海道的冰天雪地里，没想过死；在箱根阿仁大叔的小酒店里，面对着三个浪人的刀子，他还是没想过死；每回他都可以死上十次，但他始终没想过死，便是两天前那匹瘸腿的老狼还想喝他的血、要他的命呢，他不是又活过来了么？活着总比死去好，要说他有什么不满佐佐木的地方，那正是因为小小年纪的佐佐木就老是想到死，难道死竟是那么诱人吗？

他突然想起了那个叫尕子的小家伙，一种求生的强烈渴望又一次使他振作起来，他直起喉咙模仿大雁的鸣叫吼了声——尕子！

小尕子猛地打了个寒战，犹如听到了一声鬼叫，又好似黑夜里光着身子出门撒尿被风一吹打了个冷噤，全身的汗毛都一根根立起。他清清楚楚听见了这声吼叫，可四下里连个鬼影也没有，断崖下那个鬼子大个子还不知给摔成咋样了，谁在喊他？要说那鬼子大个子还没摔死，哪能呢，人家又不是刀枪不入的铁金刚、铜罗汉，就是铁金刚、铜罗汉也摔扁了你；要说那鬼子大个子已经摔成肉泥肉酱肉末儿，可这声吼叫又的的确确只能从一个鬼子的嘴里变声变调地吼出来。

他抖抖身上的雪向前爬了几步，自个儿给自个儿充汉子、壮胆子。嗨，大天白日有啥可怕的，我张小尕子可没少独自个儿在大山里转悠啦，雉鸡交尾，虎豹打架，捡个松鸡蛋回去孵出一条白花蛇，什么稀奇古怪的事没见过，也没见掉过一根毫毛，还能让个没影儿的事吓得尿裤子不成。

他又向前爬了几步。娘的，这坡道也实在太滑了，要不那会儿他还能不上去把那鬼子大个子一把抓住吗，咱可不敢再跟那号糊涂蛋似的不明不白往下掉。他定定神，尽量避开当中犁出的雪沟贴着一边爬，这边有一道浅浅的土坎子，他逐渐接近断崖，心头怦怦地跳，娘的，为个鬼子两肋插刀了。

他陡地眼睛一亮，看见了一条青筋突暴的手膀子悬在半当空，赛似吊着一根老榆木棍子在那里晃荡，果然是那个鬼子大个子，整个儿一头中了机关给高高弹起的大笨熊。我的娘，你个笨熊好造化哟，九死一生也没摔死你，偏偏又让你碰上我小尕子！

大凡一个人，当他只能眼睁睁地瞅着一场飞来横祸降落到另一个人的头上时，他们之间一切的恩恩怨怨便都一笔勾销了。这会儿小尕子就是这么个心情，他非但不再记恨鬼子大个子撞过他一头，差点没把他撞进鬼门关，到如今头上还缠着布帕儿，一心只想着怎样将他拉上来。

怎样将他拉上来呢？这断崖边上滑得好似浇上一层青油，他压根儿就没法儿能将他拉上来，那么个大个子可不是一团棉花，而是一块铁砣，一条水牯，一头大笨熊，你不去拉他犹可，要去拉嘛那还不等于一个不会下水的人下到深潭子里去拉水鬼呀！我的娘，那该咋办呢，能见死不救么？有根绳子就啥都解决了，刚才他趴着的地方正好有个树蔸子。亏你还算是个同大山打交道的人哩，出门哪有不带绳子的，我操你姥姥！

啪哒——天旱下起了及时雨，果真有盘绳子摔到他的脚边。他只觉得心头一热，哪里还顾得上去问问这绳子是怎么蹦出来的，是打天上掉下来的，还是打地下冒上来的，他连想也没想，便伸手抓了过来，随即手臂那么一扬将绳子甩了出去，绳子画出一道优美的弧变活了，化成了一条大青蛇，摆动着柔韧的躯体灵巧地从鬼子大个子那只悬吊着的手膀子上面游过去，绕着颈脖子一兜，又从另一只手膀子下面的胳肢窝穿出来，被鬼子大个子一把抓住了。

他这才喘了口气，正得意自家这手玩绳的绝活儿，这可是冰冻三尺非一日之寒哪，却不料那绳子忽然绷直了，原来这盘绳子的另一端是固定着的，绷直了的绳子硬得像根钢索，老实不客气地弹了他一下，他没防着还会有这一下，给弹了个四脚朝天，便哧溜溜往下滑，滑得他措手不及，全身冰凉，连喊都喊不出声。眼看就要滑下断崖的这边崖口，我的娘，这下子全完了，鬼使神差一般，他也直起喉咙吼了声——操你娘的大个子！

说巧不巧，大个儿刚打那边探出头来，两人相隔着丈把光景，他当然也听见了这声吼叫。好险！他的一只脚正好踩在那个根瘤上，只一蹬就横身朝着小尕子扑了过去，在小尕子滚下崖口之前的刹那间，将他紧紧抱住了，但两人都没能在崖口停住，一股冲力将他俩一同扫了下去，齐齐串在紧扣在大个儿胸前的绳子上，活像给个顽皮孩子串在一根草茎上乱踢跶的一对蚂蚱。

忽听得几声老鸱叼旱獭那样的咻噜咻噜的干笑声，这笑声，平日里小尕子一听心中就不耐烦，这会儿听来赛过银铃儿，也不管鬼子大个子听不听得懂，便对着他的耳根兴高采烈地扯起嗓子喊起来：

“俺姥爷救你个大狗日的来啦!”

“啥？你个兔崽子，叫你别跟着你偏要跟着。”

“让人逼的。”

“他是谁?”

“鬼子。”

姥爷吓了一跳。“怎么这么多鬼子?”

“不就两个嘛。”

“你个兔崽子，两个还不够哇，一个也够烦的了，实话告诉你吧，下面那个不见啦。”

小尕子也吓了一跳。“不见了？哪能呢，姥爷别是哄我吧?”

“吃饱了饭没事干撑的，跑到这荒山头上来喝冷风找乐子?”

“你没找找，我是说找找那——鬼子?”

“甭找。”

“怎么说?”

“就巴掌大那么块地方还用找嘛。”

“你是说那鬼子溜啦?”

姥爷鼻子里哼了声。“不过比死人多一口气还怎么溜，就是给安上对翅膀也飞不走。”

“到底上哪儿啦，姥爷您说呀。”

“啥，说了也白说，人家跳崖啦。”

小尕子怔怔地瞧瞧姥爷。“您不是说那是处没路的绝地吗，还说四方四楞像具棺材?”

“可偏偏开着个口子哩，从那口子跳下去跟在这崖头摔下去一个样，都掉到底下那片老林子里。”

“从那口子跳下去就没命了吗?”

“你去试试。”

“我的好姥爷,人家急都急死了,那鬼子大个子可连一句中国话也听不懂哩。”

“你个兔崽子不是会说日本话吗?”

小尕子偷偷朝鬼子大个子一瞥,我的娘,这会儿便是真能说日本话也说不清啦。

风早过去了,带走了天上所有的云彩,像个顽皮孩子搞了个恶作剧,装得没事人似的溜之大吉。天空犹如一块蓝缎子,水洗过一样干干净净。当顶的太阳有光没热,一副少气乏力的模样,那光却格外地炫目,照得远远近近的冈峦丘壑银打一般。鬼子大个子披一身白亮的银光,犹站在土坎子上眯着眼瞪着他们爷孙两个,那神气活像一头眯眼瞪人的熊瞎子,直瞪得小尕子的脊梁骨一阵一阵发凉。

远天出现一只兀鹰,不声不响朝这边飞来,先是只见一个小黑点儿,转眼便能分辨出那对撑开的铁灰色双翼,那是一只巨大的老雕,带着一道影子从头顶斜掠过去,兜了个不大的圈子,蓦地收起翅膀,朝断崖下的深谷笔直掉落,像抛去一块黑色的石头。下面的谷地便是那片人迹不到的老林子,雪天里会有什么野物呢?

姥爷不觉心头打个咯噔,忙喊了声小尕子说:“咱们快下去。”

“下去?”小尕子迟迟疑疑地问,“人都没了还下去干吗?”

姥爷说:“你没见老雕那架势,八成让它发现尸体啦,那东西两眼贼灵。”

小尕子一听心里也慌了,胡乱朝鬼子大个子招招手说:“快快的,开路。”

没想鬼子大个子听懂了,对着他一点头喊声“嗨咿”。这声“嗨咿”他们小胡庄人人听得懂，那是日本人对长官表示服从命令的意思。小尕子觉得自个儿一下子长高了三分。

这条土坎子尽头有个老大的树蔸子，姥爷说原先是棵老黄槲树，前几年给一阵乌旋风刮倒了，通到下边去的路就隐蔽在树蔸子背阴的一面，看上去像个黑洞。他姥爷那是为了下去再上到对面那座崖头采药草，那个鬼子又何必要下去再跳崖呢，在这上头跳不更省事吗，真让人摸不着头脑。

可这算什么路呀，你得先用两条肘拐撑着溜到下边的斜坡上才能往下走，斜坡上积雪不多也不滑，只是窄得不行，刚够一个人紧贴着坡壁一步步移下去，并且越走越暗，仿佛走在一个隧洞里，要是一失足，我的娘，你连掉到什么地方去也不知道。小尕子感到喉头一阵发紧，不用说要是摔死了那就连尸首也找不到了。

鬼子大个子脚踢脚走在他的屁股后面，呼哧呼哧的喘气声在他的耳朵头撞得嗡嗡响。这就怪了，爬这么个斜坡又花不了多少力气，怎么会气急得跟拉风箱似的？一股寒气不由便从脚底心冒上来。刚才真不该走在人家的前头，人心难测，海水难量，谁知道这大个子鬼子安的什么心呀，亏得还没告诉他下面那个已经跳了崖，要不……小尕子没法不让自个儿这么疑神疑鬼地想，还伸手插进口袋去掏那块表，我才不稀罕这玩意儿呢，东西还给你，咱们好来好去……脚下的地面陡地向上一拱，他正好一脚踩了上去，好像踩着一个活物，那活物长一身光滑的皮毛，这脚便怎么也收不住了，吓得他一声大叫，后面大个儿抢上一步，将他抱在了怀里。

他娘的，一块磨扇闹了一场虚惊。这块磨扇也长得怪，什么地方不好长，偏生要长到这个旮旯里，扇面儿绢光溜滑，镜面儿似的，能照出黑幽幽的人影子来，没有刚才这一滑，他兴许会去考证考证它的来历，有了刚才这一滑，他想想实在气不过，便狠狠踩了它两脚，然后斜着眼乌珠朝下面一瞄。原来下面就是那条棺材沟，给阳光照得白晃晃的有点儿扎眼，满打满算也不过才那么三五丈深，还以为是个无底洞哩，便是掉下去也没啥大不了的，那身子不觉又挺了起来。

这会儿他姥爷早已在磨扇上扣好铁爪子双手抓着绳子滑了下去，在下边喊着小尕子，那声音特别地洪亮："还磨烦个啥呀，你俩一个一个下来。"

玩这玩意儿小尕子可在行啦，别说才这么点高，打胡琏大哥家的楼顶平台上也敢朝下溜。"大个子你靠后站站，让我先来露一手给你见识见识。"他这人忘性大，早把那场虚惊抛到了脑后。只见他一手抓过绳子，另一手在岩盘上轻轻一拍，身子便像燕子般轻盈地荡了开去，在荡开去的同时，又伸腿在岩盘上点了一下，扯着绳子旋转起来，骨碌碌连人带绳绞成一条大麻花。这是他的一手绝技，看的人没有不喝彩的。这样转了会儿，他两腿一夹，唰的一声，松鼠出洞似的滑下一大截，放开双手稳稳地停在了半当空。他得意地仰起脸，对着上头的大个子叫道："你还磨烦个啥呀，快下来！"

大个儿没听他的，甚至也没看他的，这使小尕子十分扫兴，简直对牛弹琴哩，他想。他不知道，这会儿大个子的注意力被岩盘边泥壁上的什么东西吸引去了。

那是挖掘在泥壁上的两行岔开着的一个个凹槽，从上面一直挖到底下，每隔尺把距离挖出一个，像北海道礁崖上的椋鸟窝，刚好可以用一只手攀住。泥壁的土呈灰黄色，凹槽里则是棕黄色的新土，可见是新挖的；一个个凹槽挖得并不规则，有的深，有的浅，但不管深浅都能攀住，挖掘它的人就是这样一边挖一边攀着往下爬。这人能是谁呢？大个儿又一次感到一股气堵在胸口，憋得他张开嘴巴呼哧呼哧急喘起来。

那回搞偷袭演习，全联队挑选出 20 名士兵参加特别训练，他是其中的一名，他们爬过这种光滑的泥壁，先从下到上爬，再从上到下爬，每人一柄匕首在泥壁上挖凹槽，带领他们训练的就是森田军曹长。

而这一次，在军曹长的口袋里正好有一块铁片。当他跟着尕子走在斜坡上的时候，他便明白了，这里正是军曹长要寻找的地方，可他没料到还会被人发现。如果军曹长连他大哥留给他的珍贵遗物都拿出来送了人，那么，他还会活着等人再去找到他吗？但如果那块怀表是下面那老头或者就是尕子，从已经死去的军曹长的身上搜走的呢？刚才他们两人在上头有过一段对话，虽然他听不懂但似乎两个人在争论什么，那老头的脸上流露出的一副焦急而无奈的神情，那是可以看得出来的。一定发生了他们也同样未能预料到的情况。

在大个儿站立着的这块岩盘上，看不见下面那个缺口，他只看见一块狭长的谷地，从东到西大概不足 2 町，南北 10 丈[①]宽，地很平展，上面铺着一层薄雪，亮得像铺着一块白色的金属板，看不出有人踩过的痕迹。雪是前天夜里下的，那会儿他正在同一头瘸腿的老狼进行着殊死搏斗，他侥幸活了下来。如果军曹长真的到过这里，该是在下雪前便又离开了。但他会走到哪里去呢？上头是一道断崖，重新回去那是不可能的，爬到下面去能寻找到一丝行踪吗？

他不再迟疑，攀着军曹长——只能是军曹长——用一块小铁片在泥壁上挖出的凹槽向下爬。

下面，姥爷眯着眼问小尕子："那鬼子怎么啦？"

小尕子说："人家想露一手哩，这叫壁虎功，你不懂。"

姥爷说："可别摔下来。"

小尕子幸灾乐祸地说："活该。"

姥爷说："哪能这么说呢，快过去瞧瞧。"

小尕子说："没事，我瞧见了，那坡壁上有一个个小窟窿。"

① 丈：长度单位，每丈为 3.33 米。

“小窟窿？”姥爷问，“怎么会有小窟窿？”

小尕子不屑地说：“谁知道呀，没有小窟窿他敢爬吗，这也叫壁虎功呀，狗屁。”

姥爷噢了声说：“原来是这么回事。”

小尕子说：“姥爷，到底是怎么回事呀？”

姥爷没理他，径自走过去一看，果然看见一个个碗口大的小窟窿，他想伸手摸一摸，但够不着。

那鬼子手一松，跳了下来。“老伯伯，你说我们军曹长不就是从这儿爬下来的吗？”他问。

姥爷也不管听不听得懂便点点头，心里却想：这日本话可真难听，像是短了半截舌头似的。

“那请你告诉我，你见到我们军曹长是在什么地方？”他又问，伸个指头朝前面画了半个圈，“这里？那里？”

他这一比画，倒让姥爷看懂了，忙说：“你的，跟我来。”说得小尕子扑哧一乐。姥爷蹙起稀疏花白的长眉狠狠剜了他一眼，带着大个子横穿过去，走到对面的泥壁下，弯下腰在雪地上用手画出一个人形，头朝东，脚朝西，他指着说：“就躺在这儿。”

大个儿垂首直立着，心头沉沉的，好似面前正躺着军曹长。自从逃离军营以来，军曹长几乎没有好好休息过。躲在高粱地里那几天，他每次醒来，总看见军曹长睁着眼睛倾听四周的动静，有时候，军曹长会笑着说，可惜不是在夏天，连个虫声也听不到，这世界太寂寞了。他就劝他说，军曹长，你睡会儿。军曹长摇摇头，说他睡不着。他理解他，军曹长不比自己，无家无业，一无牵挂。佐佐木也睡不着，老是翻来覆去，但只要一睡着便做噩梦。军曹长说佐佐木的神经太脆弱了，经不起重大的挫折，要他好好照顾他。他到底没能照顾好他，他辜负了军曹长的嘱托。

他跪了下去，仿佛自己就跪在军曹长的身旁，他轻轻为他拂去身上的雪，怕把他惊醒。军曹长，你安安心心地睡会儿吧，你太累了，我陪着你，到时候我再喊醒你。雪是干燥的，拂去雪的地面上空无所有。军曹长终于也走了，在这个世界上只剩下了他一个人，他不是也该走了吗？牺牲三个日本人的命，保全一大批中国人的命，值得。他吃了一惊，这分明是佐佐木说过的话，怎么会一直记在自己的心里呢！

他感觉得出来，这会儿站在他身后的一老一小两个中国人，对日本恨之入骨，他不必考虑在他走了之后他们会不会出卖他。那么，他该怎么走呢？军曹长又是怎么走的呢？

他抬起头，忽然发现了两边尽头的那个缺口，它多么像一座古城堡箭楼上的一个巨大的垛口呵，外面是一片灿烂的阳光。

他一切都明白了！军曹长什么也没有留下，恰恰说明正是他到过这里，并且在这里找到了能使他心安的归宿。

他慢慢站了起来，默默地朝缺口走去。在这一刻，他心如止水，人生全部的喜怒哀乐都已失去意义，他只惦记着一件事，怎样才能赶上他的两个生死不渝的兄弟。他相信他无愧于他们两人，因为他在这最后的时刻同样没有犹豫。他加快了脚步。

小尕子有心跟着走，他也想去看一看那个跳了崖的鬼子，兴许人家还挂在半当空哩，这是个相当诱人的念头。

可他又怕跟着走，一旦让大个子发现了跳崖的鬼子会怎么样，这是神仙也料不着的，他还是不跟着的好，又不是耍马戏，有啥好看的。

那缺口像个大框子，正好框住了大个子熊样的背影，看过去好像定在那里不再动弹了似的，这可真叫人受不了，俗话说得好，新郎不急傧相倒急了，他那两条腿便不由自主地向前移动。

正在这当儿，忽听他姥爷一声断喝："站住！"他从未想过他姥爷能扯得这么响，赛似平地一声炸雷，吓得他一哆嗦，赶紧收住脚步，没料那大个子也乖乖儿停下来，还慢慢儿转过身子。娘的，人家听得懂俺姥爷的吆喝哩，他想，一下子睁大了眼睛，他清清楚楚看见了一张完全陌生的大脸。

自打小尕子跟老葛头两个人在那洞口擒住大个子起，这张宽宽的四方大脸就一直是紧绷绷、阴沉沉的，赛过城隍庙里的判官脸，可这会儿，在这张紧绷绷、阴沉沉的判官脸上，居然出现了一个柔和的笑容，好比一朵开放的鲜花改变了一块荒漠，这亲切柔和的笑容也改变了大个子的相貌，使得小尕子不敢认了。

但笑容只是昙花一现，大个儿没有忘记自己的军人身份，他脚跟一碰立正，站着行了个注目礼，向一老一小两位中国人告别，然后，他以一个军人的标准姿势向后转，嚓嚓嚓嚓，开起正步朝前走去。

老的问小的："他这是干什么？"

小的回答老的："嗨，他们日本人就好充英雄，不喜欢有人去打搅他，待着吧姥爷。"

前面有个缓坡，坡顶便是那个缺口。一道发亮的影子电光般一闪而过。"不好！"姥爷失声喊道，"人家要跳崖了！"

一听说跳崖，小尕子双脚一软，两个膝盖头便打起架来。怎么他们日本人那么喜欢跳崖呢？他的背上挨了重重的一掌，他没防着，一个踉跄扑了出去，啃了一嘴雪。姥爷已经跑上去了，他爬起就追，哪里还来得及！

只见大个子已经高高挺立在缺口上，伸开双臂像一只临风展翅的黑色大鸟，大鸟振翅飞翔之前发出一声长鸣，鸣声粗利凄惶，在四周泥壁间回旋震荡，久久不绝。那老雕闻声自天而降，老雕展开的羽翼像展开一片乌云，把一切连同两位气喘吁吁的中国人全都笼罩住了，天色骤然阴沉下来。

等到他俩跌跌撞撞爬上坡子，出现在眼前的是山川榛莽，云推雾涌，白茫茫一派古野阔天蛮荒激荡之气。此外，他们什么也没有看见。

15 安魂祭

☮原来森田君并不是要上太行山，他是有心去死的，不，应该说他是有心去赴义的，正如孟子所说的舍生而取义。

☮当他们觉得自己很难再活下去，或者说他们再活下去便会使得别人活不下去时，他们选择了死。

☮森田君他们活着所造成的威胁绝不止一个小小的联队长，而他所能做的仅仅是为他们的死保密。

☮啊！原来森田君他们是非死不可的！

☮不叫鬼子叫啥，都叫顺口啦，鬼子不是也有好坏之分吗，他们是好鬼子。

弹指间，数度春秋。

这天，小胡庄还沉浸在睡梦里，只有胡琏起了个大早，将一捧剁碎的香柴籽撒到锅子里烧开了一锅子水，洗了个香汤澡。这是日本的风俗，他特意要这么做的。一种新鲜檀香木那样的香味儿充满了他这间用秫秸编起的小泥屋。他换上了一套干净的内衣裤，披着一袭丝绵袍子，打开屋门一看，夜里下了一场小雪，辣津津的雪后，清新的空气迎面扑来，他不由打了个喷嚏。

他从内衣上面的小口袋里摸出一块银壳怀表，表链已经断了半截，他打开一看，那位 25 岁的日本人，照常审慎地凝望着他。当然，他凝望着的是他那个时代他所面对的世界。可以告慰于他的是，那个时代终于结束了。

6 点 25 分。

他从挂在矮矮顶棚上的大竹篮里，取出一只荷花形的漆盆和一只元宝状两头翘起的小竹篮。小竹篮里盛着十几样小吃，一式 3 份，都是他亲手仿照日本人的习惯制作的：3 块雪白的盐水野鸭脯，3 条酱黄的小熏鱼，3 片玫瑰火腿，3 小方菊花蛋饼，3 朵用囊子和地瓜雕成的拇指大小的野百合，3 粒青豆瓣，3 只玉米糁做的笨头笨脑的小虾子，3 条莲藕状的腌渍黄瓜，3 片秫秫做的醉红鸡爪枫叶，3 只红绿黄相间的豆沙小甜包，3 朵打成蝶结的嫩笋衣，还有 3 只小酒盅和 3 双筷子。小竹篮放到漆盆里，靠着小竹篮再放进一把瘦瘦的紫砂壶。他捧起漆盆轻轻搁到一张白木方桌上。

他只觉得眼前晃动着一片迷乱的彩虹，并不是由于荷花漆盆和元宝小竹篮里缤纷的色泽造成的一种视觉幻象，他在白木方桌前坐了下来。

这两年的时间过得好长，等得好苦呵，那是你吗小泽君？为什么不再给我们一个机会、一点消息呢？小竹篮里的祭品是不是要做这样的安排，他实在拿不定主意。

两年前他曾不止一次听到过关于一个野人的传说，那野人体型高大，全身长毛，在野狼峪的断崖峭壁上行走如飞。这种给说成是半人半兽的野人不同于未开化的野蛮人，在世界上还没有被证实过，西藏曾有雪人之谜，也还只是一个谜，老洼子那一带的地理条件怎么会产生那种野人呢，起初他认为是捕风捉影的无稽之谈，便一笑置之。

可是有一天，忽然来了一位老人，他是张小尕的姥爷，一位远近闻名的伤科郎中，他说他见到过那个野人。在他们老洼子，虽说有好几个人都见到过，但他们只是见过野人的影子，一眨眼便不见了，而这位老郎中，却同那野人面对面碰上了，野人没有逃避，也没有伤害他，因为那野人跌断了右边的股骨。老郎中斩钉截铁地说，那不是野人，更不是猿猴一类的野兽，而是人，一个真正的人。老郎中当时就为他接上断骨，还给他留下几服伤药。过了个把月光景，一天夜里，老郎中听得门外有什么响动，开门出去一看，一头上百斤的大黄羊摔在他家的院子里。黄羊是让一根磨尖的木棒捅死的，捅得十分有力，木棒的尖头折断了，就嵌在黄羊的颈骨里。谁会送给他一头黄羊呢？他们老洼子只有煤黑子可没猎户，一般的人也断断乎没有那么大的力气。老郎中蓦地想起来，这个人只能是一个月前遇到过并为他治过伤的那个跌断了股骨的“野人”，但野人大概是不会用这种方式来报恩的。

老郎中的这番奇遇引起了胡琏的莫大兴趣。那会儿鬼子仍是经常要来骚扰的，小胡庄的人还不敢回去在废墟上重建家园，胡琏是在红土崖下的一孔窑洞里接待老郎中的。窑洞里连个凳子也没有，两个人就坐在一盘土炕上。胡琏给老郎中续上茶后说，以后还见到过那个人吗？老郎中说没有再见到过了。胡琏又说，那你认为他是个什么人呢，怎么会突然在你们老洼子一带出没呢？老郎中诡谲地笑着说，这也正是我这次来想要告诉你的。老郎中接下去说出来的一番话，使得胡琏激动得一下子从炕上跳了下来，并且立即就跟着老郎中上了山。

原来老郎中在一个月前遇到那个跌断股骨的人的地方，恰巧是两年前有两个日本人先后在那里跳了崖的虎跳崖下面那块狭长的谷地。虽然老郎中在为那人接骨治疗时没敢仔细察看，那人也确实可怕，不仅披着长长的枯草一样蓬乱的头发，胸前还长着一撮黑毛，身上到处都是伤疤，但从乱发后面射出来的眼光是清澈的，老郎中感觉得出来，炯炯有神，这是人的眼光，要不还真不敢给他治伤呢。可折断的股骨很难接，因为大腿的肌肉太厚实不好摸，只能凭手的感触，而那人的腿肌更是硬得像块石头，老郎中为他接了很长久，换作别人那一定受不了，他却连哼也不哼一声，他的心也同石头一样硬。真是个怪人呵，老郎中想，究竟是谁呢？而当那人给老郎中送来一头大黄羊的那个夜晚，他才终于会意过来，一月之前在那块狭长谷地上的一次偶然的巧遇绝不是一种巧合，那个跌断股骨的人正是两年前在他眼前跳了崖的那个鬼子大个子。

然而世事难遂人愿，胡琏跟随老郎中爬上老洼子，在他家里守候了半个多月不见动静，两次到虎跳崖下的谷地去寻找也找不到丝毫踪迹。他们曾为大个子带去几件衣服和一包干粮，还特意为他准备了一把防身的刀子，到第二次再去时，这些衣物仍然放在那里原封未动。

这次小尕子别出心裁，随身带着一面大镜子，趴到西首那个缺口上，利用太阳的反光，一边对着崖脚那片老林子照射，一边用胡琏大哥教给他的日本话“大个儿小泽君，小泽君大个儿”地喊了一遍又一遍，喊得鸟雀惊飞、群山共鸣，把喉咙都喊哑了，还是没有一点反响。

深秋天气早晚已很有点寒意了，他们没有取回带给他的衣物，即便那人不是小泽君也应该将东西留下。

小尕子主张爬下去试一试，只要有一根足够长的绳子爬下去并不难，但胡琏没有同意，他认为人家要是不想见的话，在那么一大片莽莽苍苍的老林子里是没法寻找到他的，只好等待以后的机会了。

两年又过去了，这样的机会却一直没有再出现。老郎中的那次偶然的巧遇也便成了一个谜。

天色渐渐明亮起来，从窗户纸上透进最初一束阳光。雪后初霁的阳光格外亮堂，照在白木方桌上的荷花漆盆上，将小竹篮映成整个儿一朵七彩的大丽菊。

胡琏轻轻叹了口气，手扶白木方桌往起站，他的目光又一次停留在小竹篮子里一式三份的祭品上，他是多么想从中拿掉一份呵，但愿小泽君还活在世上，他相信总有一天他会找到他。可是愿望尚未实现之前，既然已经这样做了，那就做下去吧。

日本人的食事讲究新鲜、洁净、清淡，尤其讲究视觉美感，从器皿的样式、铺陈排列到食物的形状色泽，都有着他们特殊的爱好和习惯。为准备今天的这场祭奠，他是煞费了一番苦心的。因为今天是三位日本士兵殉难四周年的安魂祭，它不同于以往任何一次的周年祭，抗战胜利了，为了中国人民的胜利，他们付出了生命的代价。现在，他面对着白木方桌上满满一篮子丰富多彩的祭品，竭力想回忆起从前他在日本京都留学时听到过的悼亡歌和安魂曲一类的歌词和调子，却怎么也记不起来了。

记不起来也不要紧，便是记得起来他也不会唱，便是他会唱也造不成一人高歌同声悲哭的气氛。这里到底不是日本，而三位死者到底也不是中国人，所以除了尕子他也没有惊动旁人。虽然如此，他还是怀着一种惆怅的心情走出门去。尕子他们几家还住在上面窑洞里，现在是 6 点 40 分，他应该下来了。

门前是一条弯弯曲曲的从瓦砾堆和蒿草丛中清理出来的小道，一场早雪未能掩盖它的荒凉和颓败，反而增添了一层孤寂和凄冷的情调。这些破砖碎瓦、断壁残垣，是一次暴行的见证，暴行早已成为历史，记忆却永远留在人们的心头。多行不义必自毙，中外古今有多少当权者懂得记取这个教训呢！

小道上看不见一个人影，散落在小道两旁的小泥屋都还关着大门。今年收成不错，又赶走了鬼子，可以睡个安稳觉了。他自嘲地笑笑，独自个儿朝前走着。

现在已经到了重整家园的时候了，他想，当然不是这些用秫秸编起的小泥屋，而是一色的青砖瓦房。他没有停下。

要有个统一的规划，比如先建个砖瓦窑……尕子怎么还不下来呢，原说好7点钟动身的。到7点半如果还不来，他决定不再等了。

他一直走到距离庄子里把路远近一座傍着地沟的小土丘前，才蓦然收住脚步。怎么又走到这里来了呢，他记不清自从四年前送一位日本朋友上山去在这里分手之后，已经来过多少回了。

他到今天才终于明白，原来森田君并不是要上太行山，他是有心去死的，不，应该说他是有心去赴义的，正如孟子所说的舍生而取义。所以他才把他的两位伙伴和他大哥遗留给他的这块怀表一并托付给他。

他重又打开表壳，嵌在内壳上的这张发黄的相片是森田君的大哥森田之助，但他宁愿将他看作是森田君本人。有的人你相识了一辈子，可一旦分开，随即便会把他忘记；而有的人，虽然只是一面之交，却老是会怀念着他。真是相见时难别也难呵！之助大哥如果活到今天该有39岁了，比他大5岁，森田君29岁，又比他小5岁，森田君的两个伙伴还要更年轻，佐佐木君死时才20岁，他们都死了，他还活着。在得到森田君和小泽君先后跳崖的消息后，他曾思索了很久很久。

难道他们非死不可吗！从他们的联队长大竹正义在不惜一切代价

搜捕他们这一点上看，似乎可以说明，他们活着将会给他造成某种威胁。而当他们觉得自己很难再活下去，或者说他们再活下去便会使得别人活不下去时，他们选择了死，但只要大竹正义并不知道他们已经死了，对他的威胁就会一直存在。可是，森田君，你们的联队长比你还早死了两天，你原是可以不死的呀，而小泽君是亲眼看见了大竹正义的下场的。这又是怎么回事呢？

……

“森田君，莫非你不知道大竹正义在不惜重金悬赏捉拿你们，活着见人死掉见尸，非得把你们抓获不可吗？”

“我知道。”

“莫非你不知道所有大小通道，渡口，码头，车站，都派有便衣探子严密把守着吗？”

“我知道。”

“那你为什么还要走？你能走到哪里去？”

“胡君，我相信你，所以我才把我的两个同伴托付给你，但我不能不走，我可以从山上走，上太行去，事关重大，请你无论如何要为我保密，拜托了！”

……哦，事关重大！这是说，森田君他们活着所造成的威胁绝不止一个小小的联队长，而他所能做的仅仅是为他们的死保密。至于他们真正的死因，却像个谜团搁在他的心头达四年之久。

今年8月15日，日本天皇宣告无条件投降。11月，前太原驻屯军司令今井武夫在狱中招供说，军曹长森田成吉等三名叛国反战分子逃离军营时，随身携带该反战组织所窃取的一份绝密军事情报，由于一直未能将其捉拿归案，总部害怕泄密，被迫取消了一次空前规模的大扫荡。今井披露这次大扫荡的具体日期为1941年11月7日，正是日本偷袭珍珠港发动太平洋战争前一个月。

啊！原来森田君他们是非死不可的！

森田君，你们死了，而成千上万的中国人却由此活了下来，你们的死比泰山还重，比泰山还重啊！

……天上云彩渐浓，朝阳被裹在一层白色的雾纱里。他似乎听到一种如泣如诉的声音，侧耳细听，那声音又似乎太遥远、太微弱，如烟似雾，若有若无。仰望长空，他看见有一只孤鹰在愈聚愈低的云层下艰难地飞翔。他不觉心头一阵颤动。小泽君是被一只老雕挟裹而去的，是不是他的精灵也化成了一只老雕，飞来悼念生死伙伴的亡魂呢？你看它不是低低地盘旋在红土崖的上空久久不肯离去吗？是不是天公也感到悲戚，所以才展开白色的雾纱表示哀悼呢？那一缕如泣如诉、若有若无的声音不就是山河同悲的天籁吗！他深深垂下脑袋，心头感到难言的沉重。

“琏哥，琏哥……”

谁在喊他？

“他们都来了……”

他们是谁？

“琏哥，你看呀……”

他缓缓抬起头，两眼一下子放出光来。啊！他看见了，看见了，从小胡庄白色的废墟上正有一长溜白色的人群向他走来，像一条游动的银龙。

“小尕子，他们来干什么？”

“怎么是干什么呢，不是定在9点开祭吗，”小尕子掏出怀表，嗒的一声打开，流利地报出时刻，“你看，现在已经是8点15分了。”

“噢，他们来了，老老小小男男女女都来了，小尕子，他们怎么知道9点开祭呢？”

“他们怎么会不知道呢，他们早知道了。”

“没有人不来吗？”

"能不来吗，连刚坐满月子的翠嫂子都说要抱着她家小柱子去磕个头。"

"就是大柱家的小翠吗？"

"没错。"

"小尕子，你还听他们说过什么？"

"他们说，那几个鬼子是为俺们死的，俺们可不敢忘了他们。"

"怎么还叫人家鬼子呢？"

"不叫鬼子叫啥，都叫顺口啦，鬼子不是也有好坏之分吗，他们是好鬼子。"

胡琏苦笑了笑，他知道这称呼并没有恶意。

"快走吧，琏哥，又过去5分钟了。"

"啊呀！"胡琏叫起来，"那只荷花盆子还搁在家里方桌子上哩。"说着他袍角一提就要赶回去，被小尕子一把扯住了。

"不用啦……"

"你说的什么话呀，那是祭品，能不用吗？"

"我是说不用回去啦，你看，那只荷花盆子不就捧在赵大柱的手里么，你看呀，走在头里的就是他，后面是他家翠嫂子，翠嫂子怀里抱着小柱子，再后面是老葛头，老葛头的手里还擎着一杆白幡子，看见没有？"

"看见啦看见啦，你个猴精……"胡琏高兴地说，忽地又焦急起来。他们小胡庄，男的都套着孝服，女的都在额头束一条孝带子，这个小尕子也同样罩着一件白粗布孝服，孝服大了点儿，还在腰间扎起一条草绳，唯独他一个人，穿的是一袭湖蓝色的袍子。中日两国，关于祭奠亡灵时的穿戴几乎是相同的，怎么单单就把它忘了呢，现在可来不及了。

小尕子说："你把袍子脱下来。"

他眯着眼不解地问："脱下袍子做什么？"

小尕子固执地说："你脱下来嘛。"

他果真脱了下来，顺从得像个孩子。

小尕子接过袍子，三两下就将它翻了过来，袍子的里是白府绸的，他帮他重新穿上，又解下自个儿腰间的草绳往他的腰上一扎。“成了，”他说，“要是再有根哭丧棒，你就更像个孝子啦。”

胡琏给弄得哭笑不得，可又没更好的法子，只能这么将就着了。他想了想，认真地问道：“你看还缺什么吗？”

“还缺利市、香烛，”小尕子说，“不过你别急，俺娘早给备下啦。”

胡琏宽了口气，说：“多谢大婶了。”

“用得着吗，都是尽自个儿的一份心，”小尕子说，“就是还有一件事，怕来不及办了。”

“什么事？”他忙问。

“红土崖头三个鬼子的那块墓碑还没刻上字哩，总不能老竖着块无字碑吧，小日本赶走了咱还怕啥？”

“那是那是，”胡琏鸡啄米似的点着头。

“我跟大柱哥说过了，家伙他带来，笔墨由俺娘备着，单等你去写上字了，该写啥字儿你得先想出来，大柱哥说，只要一写上字，用不了一个时辰就能刻好它。”

一个调皮捣蛋的机灵鬼，在胡琏的眼中忽然长大成人了。那年森田君他们跳了崖之后，也是这个小尕子自作主张请了个师公①，到虎跳崖下把两人的魂招了回来，引到红土崖头同佐佐木君合葬在一起。他明知那是迷信，但并未加以阻止，非但未加阻止，反而还因为自己没能先想到这么做而深感有愧于心。那时候怕被鬼子发觉不敢在碑上刻字，所以就一直竖着一块无字碑。这回又亏得小尕子先想了起来，而且还安排这么周到。他今年才 20 岁，正好同佐佐木君牺牲时的年龄一般大，如果换个

① 师公：道士的俗称。

环境，他又何尝不能干出一番值得后人敬仰的大事来呢！

他举起手，在小尕子的后脑勺上亲亲热热劈了一巴掌。小尕子又没防着。他人生得瘦小，老防着有人劈他的后脖子、后脑勺，可又老是防不胜防，真他娘的不是个玩意儿。要是无缘无故谁都要不明不白劈他一巴掌，他有十个脑袋瓜子也不够让人劈呀。

人们渐渐走近了。全庄子几百口人胡琏没有通知过一个，但他们都知道今天这个日子，每年的这个日子，他们已经像亲人的忌辰那样记在心里，如今再不用害怕惊动鬼子了，除了还住在红土崖下窑洞里的那几家早已等在前面，现在都向他走来了。正如同四年前森田君他俩跳了崖，全庄子的人也都知道要为这事儿保密，个个守口如瓶，终于没让鬼子侦察去。他们小胡庄不过是全中国不计其数的村庄中的一个小庄子，他们小胡庄的人不过是全中国四万万同胞中的几百个平平常常的庄稼汉，但他们同样深明大义，恩怨分明，大柱家的说得何其好啊，出世才一个月的小柱子，也要抱着他去磕个头。

胡琏快步迎了上去，从大柱的手中接过荷花盆子，捧在自己的胸前。他觉得分量很重很重，因为他捧着的是中国人的一份心意。他领头朝红土崖走去，朝着长眠在中国大地上的三位日本朋友的坟墓走去。

对了，他不是也可以用这句话镌刻到他们的墓碑上吗：

长眠在中国大地上的三位日本朋友森田成吉、小泽卫吉、佐佐木嘉树之墓。